图书在版编目（CIP）数据

出仙入凡说封神 / 陈洪著. —— 北京：人民文学出版社，2025. —— ISBN 978-7-02-019136-9

Ⅰ. I207.419

中国国家版本馆CIP数据核字第2025HM0592号

责任编辑　胡文骏
装帧设计　陶　雷
责任印制　苏文强

出版发行　人民文学出版社
社　　址　北京市朝内大街166号
邮政编码　100705

印　　刷　三河市宏盛印务有限公司
经　　销　全国新华书店等

字　　数　205千字
开　　本　880毫米×1230毫米　1/32
印　　张　10.375　插页11
版　　次　2025年2月北京第1版
印　　次　2025年2月第1次印刷

书　　号　978-7-02-019136-9
定　　价　55.00元

如有印装质量问题，请与本社图书销售中心调换。电话：010-65233595

陈洪 著

CREATION OF THE GODS
封神

出仙入凡
说封神

人民文学出版社

目录

绪　言___1

品榜说封神___1

太公在此___10

散仙陆压的神秘话题___37

从"女妖"到"妖女"——拓展的苏妲己话题___70

哪吒："封神"人物系列中最复杂的形象___107

哪里来的黄飞虎___140

尴尬的辈分："燃灯""惧留孙"与"三大士"___173

魔幻世界的魔幻人物___201

魔幻世界的魔幻器物___244

三部奇书——《封神》与《西游》《西洋》打擂台___261

极致的"准复调"之作___298

余韵：从昆仑到蜀山___321

阅读书目___324

绪　言

《封神演义》是我国古代小说史上一部重要作品。特别是在白话长篇神魔小说中，其影响仅次于《西游记》。而这部书看似通俗，却有相当丰富、复杂的文化蕴涵。本书就是要揭示其中一些有料的、有趣的蕴涵，增进读者对相关文化传统的了解。写法上以严谨、严肃的学术研究为基础，以深入浅出为宗旨，写成一部有知识、有思想、有可读性的文学／文化读物。

《封神演义》的男主角姜子牙，经由小说的描写，成为家喻户晓的人物。姜子牙原本是知名度甚高的历史人物，《孟子》中是"诛独夫"的正义的化身，《史记》中是"帝王师"的范例，唐肃宗之后成为官方的"武圣"，年年享受与"文圣"孔子老先生同等的皇家祭祀。但到了明代却被太祖皇帝朱元璋"废黜"，在"冷宫"中寂寞了将近二百年。而经由《封神演义》的创作与传播，这个历史人物在全新的躯壳中复活了。而小说所加的喜剧色彩与神职功能成为社会传统中广为接受的内容。

《封神演义》的女主角苏妲己，同样经由小说的描写，成为家喻户晓的人物，而且成为"妖女"的共名。在中国文学史上，"妖女"大略可以分为两大类：一类是"好"妖女，以《白蛇传》

的白娘子为范例，以《聊斋》的多数狐女、金庸笔下的系列"小妖女"为"扩展版"，主要的特征是为爱情而挣扎、而牺牲；另一类则是"坏"妖女，以《封神演义》的苏妲己为范例、为极致，主要特征是迷惑男人、恶毒凶狠的"红颜祸水"。

《封神演义》中的商纣王，成为暴君的"共名"。虽然，在史学界对于其制造炮烙、虿盆，以及比干剖心之类，有着不同的解读，但经过小说的描写、渲染，在社会大众文化的层面上，此类情节成为"板上钉钉"的事情。在这个意义上，《封神演义》中的商纣王已经超越了历史上的"帝辛"，成为人们抨击暴政的标靶，从而被钉在了我国民间政治思想史的耻辱柱上。

哪吒在中国民众中是知名度非常高的神祇，同时出现在《西游记》与《封神演义》中。在《西游记》中，他出场次数不少，但能给读者留下深刻印象的情节却几乎没有。而在《封神演义》中的"哪吒传"，却是小说史上独一无二的存在。"哪吒闹海"的知名度毫不逊于孙猴子的"大闹天空"。哪吒的"剖腹剔肠，剜骨肉还于父母"，为报仇追杀其父李靖的情节都是极其惨烈大胆的——在封建礼教的牢笼中，实属意义非凡的"异数"，而作者为他设计的莲花化身更是从形象上塑造出了文学史上的"这一个"。

从小说艺术的角度看，《封神演义》的一大特点是把人间的改朝换代战争与仙界正邪之争交织到一起，叙事忽而着眼于人间、人事，如"黄飞虎反五关"，极似《三国演义》关云长的"过五关斩六将"；忽而变换到神魔之中，神通、妖术层出不穷，各种奇特的法宝满天飞。作为大思路，这种结构与希腊神话有异曲同工之处，套用一个思想史的术语，就是"联地天通"①。而几百年后畅销于神州大地的一部千万字巨著很大程度上便是脱胎于此书——那就是现在还有相当生命力的《蜀山剑侠传》。

除此之外，《封神演义》在民间的影响还体现到民俗、民间宗教等方面。例如过去不少地方建房，地基打好后，顶梁柱上要贴"太公在此，诸神退位"的红帖。道教名山的财神殿，供的是"黑虎赵公明"。不少道教庙宇的装饰性绘画、雕塑都是《封神演义》中的故事。甚至不少佛教名刹中四大天王形象也是从"魔家四将"脱化而来的。

对于《封神演义》学术研究的一些问题，如作者何人？《封神演义》与《西游记》的关系孰先孰后？作品的宗教观念是否"三教合一"？等等，本书也有适当的解读。由于定位于文化普及，这些解读既努力体现出学术的严肃、严谨，又要保持相对简略、明了，其中难免有未曾充分展开之处，尚祈读者诸君鉴谅。

---

① 思想史讲到商周之际思想文化的变迁时，多认为出现了"绝地天通"的趋势。这里仅是借用。

品榜说封神

封神之榜，《封神》之魂

《封神演义》有一个别名，叫作《封神榜》，例如晚清光绪九年扫叶山房刊刻的本子，封面就直接题署为《绣像评点封神榜全传》。书场里讲唱《封神演义》，很多也是径自称为"封神榜"。

人们觉得很自然，因为在这部小说中，"封神榜"实在太重要了。说它是全书的"纲"、全书的"魂"，也不算是夸张。

如"绪言"所讲，这部小说最大的特点就是"联地天通"：把人间的王朝兴替与仙界的劫运争斗缠绕到一起来写。而之所以能让高高在上的仙人们放下身段，不惜冒着身名俱灭的风险，介入凡间的"蛮触之争"中，就是因为有了这份"封神榜"。

据小说所写,"封神榜"的原委是:

> 话说昆仑山玉虚宫掌阐教道法元始天尊,因门下十二弟子犯了红尘之厄,杀罚临身,故此闭宫止讲又因昊天上帝命仙首十二称臣,故此三教并谈,乃阐教、截教、人道三等,共编成三百六十五位成神,又分八部:上四部雷火、瘟、斗,下四部群星列宿、三山五岳,步雨兴云、善恶之神。此时成汤合灭,周室当兴,又逢神仙犯戒,元始封神,姜子牙享将相之福,恰逢其数,非是偶然。所以"五百年有王者起,其间必有名世者",正此之故。①

作者还有一个"补充说明":"看官:大抵神道原是神仙做,只因根行浅薄,不能成正果朝元,故成神道。"② 而在另一处,小说又借太乙真人之口对"封神榜"的来历重复了一遍:

> 太乙真人曰:"石矶,你说你的道德清高。你乃截教,我乃阐教,因吾辈一千五百年不曾斩却三尸,犯了杀戒,故此降生人间,有征诛杀伐,以完此劫数。今成汤合灭,周室当兴,玉虚封神,应享人间富贵。当时三教佥押'封

---

① 《封神演义》15回,100页,上海古籍出版社,2011。(下文引《封神演义》正文,均出自此版本,只标明回数、页码。)
② 《封神演义》38回,247—248页。

神榜',吾师命我教下徒弟降生出世,辅佐明君。"[1]

说实话,这两段话的用语、逻辑都问题不少,似乎作者自己也没完全想明白:到底为什么编制这份榜文?榜上的神职难道原本都是空缺?列到榜上是一种惩罚还是一种褒奖?

当然了。一部小说而已,没有几个人会刨根问底来追究。

反正作者这么讲了,又顶着"昊天上帝"与"劫数"两顶大帽子,更显得很高大上,很不容置疑。读者"姑妄听之"就可以了。

撇去钻牛角尖的疑问不说,上述设立"封神榜"的缘由说明告诉读者的就是两条:一、仙人犯了错误就会成"神","神"是有职守、有品级的,是要担负管理人间工作的。二、谁是那个犯错误受惩戒的,早已判定,一切只是把宿命的结果演示一番而已。

于是,循着这个设定的"程序",阐教与截教的仙人们前赴后继地投身到人间商周之战的修罗场中,展演出这一部"演义"。

作为小说,设计出这样的结构,以利编织故事情节,有利有弊。我们在后面会陆续有所评说。这里要指出的是,作者之所以有此思路,实与道教的一种思想传统有关。

道教的"封神"传统

道教的起源比较复杂,其早期信仰的对象也杂乱无序。东

---

[1] 《封神演义》13回,90页。

晋道士葛洪撰有《神仙传》，传世本共录仙人八十四名。但另有一说，称原本实录一百九十名，后散佚，故所传不全。这些仙人大多自修其道、自行其事，看不出作为一个信仰系统的内在联系。

到了南朝齐梁之际，道士陶弘景编制了《真灵位业图》，即道教的神谱，第一次把道教的信仰系统化了。

在他撰写的《洞玄灵宝真灵位业图序》中，讲到了编撰的初衷与原则：

> 夫仰镜玄精，睹景耀之巨细；俯眈平区，见岩海之崇深。搜访人纲，究朝班之品序；研综天经，测真灵之阶业。……虽同号真人，真品乃有数；俱目仙人，仙亦有等级千亿。若不精委条领，略识宗源者，犹如野夫出朝廷，见朱衣必令史，句骊入中国，呼一切为参军。岂解士庶之贵贱，辩爵号之异同乎。①

按照他的逻辑：因为宇宙之中、天地之间、人类社会都有大小、高下的排列，所以仙人的世界也应该明确其中的"阶业"；仙人们是有源流联系，有高下等级的。如果不能彰显出来，那就混淆了贵贱，不利于道教在社会的影响。

于是，《位业图》把众多仙人分为七个等级，每个等级设定

---

① 《洞玄灵宝真灵位业图序》，《正统道藏》洞真部。

一个主尊,左右各配上一批他的佐贰,如:

> 上第一中位:上合虚皇道君应号元始天尊。左位:五灵七明混生高上道君,东明高上虚皇道君、西华高上虚皇道君……第四中位:太清太上老君(为太清道主,下临万民),上皇太上无上大道君。左位:正一真人三天法师张(讳道陵),东华左仙卿白石生……①

在陶弘景的这份神谱中,元始天尊成为道教最高神,所以位居最上方第一位阶的中央。此前崇尚的老子被尊称为"太清太上老君",但下降到第四阶的中央。

这份《位业图》并没有被后世各教派完全接受,但这样对神仙系统进行组织的思路,以及其中相当一部分高低位置安排,对后世道教还是产生了深刻的影响。

另外,在道教的传统中,凡人的言行会受到神仙的监察,于是有"功过格"、灶君上天等名堂。同时,鬼神的行为也要接受考核,其结果封入铁匣,以定功过。据《道法会元》第二百六十七卷的《泰玄酆都黑律仪格》:

> 酆都御史大夫,七日一次巡察天下法官功过……有功有过,请御史提举一次。……重宪黑律,酆都御史,以铁

---

① 《洞玄灵宝真灵位业图》,《正统道藏》洞真部。

为文，以黑为篆，收于铁匣，藏于幽室。及天地劫运所终，强雄难制，故北帝开匣付此律，授四目老翁，乃传于世。若非难治之祟，不可用此黑律。出不得已方始用之，为鬼神之重宪也。①

这样的制度安排，与《封神演义》筑封神台，秘藏"封神榜"，须待劫运终了方可开榜宣示，在机制上也有几分相似。

《搜神记》《平话》与《封神》：民间的"封神"传统

道教设计、安排神谱的传统，在文学（或"准文学"）作品中也有表现。如唐人段成式的志怪小说《诺皋记》中，有这样的情节：

> 昆仑之墟，帝之下都，百神所在也。
> 天翁姓张，名坚……振策登天……封白雀为上卿侯……刘翁为太山太守，主生死之籍。

称昆仑山为"百神所在"，又"封"各色人物为神职，这样的思路在《封神演义》中都依稀可见类似的影子。

"封神"的思路后世渐次影响、渗透到民间，又以民间理解

---

① 《道法会元》卷267，《正统道藏》正一部。

的形式衍生出更随意的神仙谱系。如刊刻于明代的《新刻出像增补搜神记》,就把佛教的部分信仰对象,以及儒家的圣贤人物与道教神祇汇聚到一起。道教人物有玉皇上帝、玄天上帝、清源妙道真君、哪吒太子、炳灵真君等,其中若干与《封神演义》可以相互呼应,如"五方之神"一条:

> 武王伐纣都洛邑,天大雨雪。甲子朔,五神车骑止王门之外,欲谒武王。王曰:诸神各有名乎?师尚父曰:南海神名祝融,北海神名玄冥,东海神名勾芒,西海神名蓐收,河伯名冯修。使谒者以名召之,神皆警而见武王。王曰:何以教之?神曰:天伐殷立周,谨来受命,各奉其使。武王曰:子岁时无废礼焉。按传,共工氏子曰尤,主社,为后土神;少昊子曰重,主木,为勾芒神;颛顼子黎,主火,为祝融神;少昊第二子该,主金,为蓐蓐神;少昊第三子熙,主水,为玄冥之神也。[①]

这里把武王伐纣与五方神祇联系到一起,中间还是姜子牙来介绍见面。其具体内容虽然与《封神演义》不同,但思路上的相近还是有迹可循的。

这本书,学界或以为形成于元代。但其中有引自《西游记》的文字,说明刊刻是在明后期。至于成书,不排除开始于元代。

[①] 《搜神记》卷1,《万历续道藏》。

元代思想禁忌较少，特别是民间的文化，在不少问题上更为开放一些。即以《封神演义》的前身——《武王伐纣平话》而言，其中能写出纣王之子殷交亲手斩杀其父，并以十分赞扬的态度进行叙述，这在明清两代都是不可思议的。

《武王伐纣平话》很可能受到当时民间神谱的影响，讲述武王伐纣的故事时，便穿插进"封神"的情节：

> 有费仲出班奏曰："臣启陛下，臣举一人堪为大将矣。"纣王曰："是谁人？"费仲曰："教崇侯虎为大将；教薛延沱为副将，此人封为白虎神；尉迟桓，此人封为青龙神；要来攻，此人封为朱雀神；申屠豹，此人封为豹尾神；戌庚，此人封为太岁神。戌庚以下众将，百万雄兵，守朝歌者无数。教彭举、彭矫、彭执三人先锋将。"纣王曰："依卿所奏。"拜起崇侯虎为大将，领兵百万，来收西周。在路行经数日，前到故恩州西陵底下寨。崇侯虎知太公下五武寨，崇侯虎亦下五星寨：第一、木星寨，飞廉下；第二、水星寨，申屠豹下；第三，火星寨，薛延沱下；第四、金星寨，尉迟桓下；第五，土星寨，彭举下。[①]

"此人封为白虎神""此人封为青龙神""此人封为朱雀神""此

[①] 《武王伐纣平话》卷下，42页，华夏出版社，1997。（下文引《武王伐纣平话》正文，均出自此版本，只标明回数、页码。）

人封为豹尾神""此人封为太岁神"——这些话,应是说书人穿插到故事讲述中的说明,今天看来有些突兀,有些莫名其妙。但也可理解为全部"平话"中,封神也是一条线索,只不过今天见到的传世本有所删略,剩下这些突兀的插话。接下来,被封为"白虎神""青龙神""豹尾神"的,又分别主持了"火星寨""金星寨""水星寨"等,这个情节也与《封神演义》的榜文隐隐有所呼应。

所以,《封神演义》建构出"签押封神榜"这个总体情节框架,不完全是作者的文学性构思,其背后是与道教传统以及民间信仰有相当关联的。

太公在此

一部小说能够广泛传播、世代流传，一个重要的因素是塑造出几个独特的人物形象。而如果它们成为普遍接受的文化符号，那就更是会"人"与"书"并垂不朽。如《水浒传》中的武松、李逵与鲁智深，《三国演义》中的诸葛亮、关羽与曹操，《西游记》中的猪八戒与孙悟空，而《红楼梦》《金瓶梅》《儒林外史》等也莫不如是。

这方面，《封神演义》要稍弱一些，但也有在民间产生广泛影响的人物形象，乃至成为文化符号的角色，如姜太公、苏妲己、哪吒。这三个人物当然不完全是小说的原创，但小说集旧说而加工改造之，如同关羽、曹操之类也都是如此，即从有限的历史材料里破蛹化蝶，终成家喻户晓的文学形象。

如果说，在中国历史上有这样一个人，他的名字频繁出现在上古典籍中——《易》《书》《诗》《礼》《春秋》，以致《论》《孟》《史记》《汉书》，等等；他的荫泽使一片边疆荒夷之地成为经济最为富庶、文化最为发达的诸侯国；他本人在近千年中享受着帝王最高礼遇的祭祀，与孔老夫子分庭抗礼；他又长时期成为文人歌咏的对象，连诗仙、诗圣都表达过深情的向慕；他在儒家与道教都被尊崇，其名号更是成为民间祈福避邪的符号；可是，他在民间传说中又有小丑般的形象，成为背时乖运的代名词；这种双重形象在文学作品中被统合到一起，成为民间五百年里影响深远的文学形象之一；这一形象竟又反转来渗透到百姓的宗教生活中，成为文学与宗教互动的案例。

具有如此丰富而复杂的文化历程的历史人物，在中国五千年的文化史中，可能只有一人而已。

他就是家喻户晓的姜子牙！

显赫身份——封神大业的"全权代理人"

《封神演义》是把历史演义与神魔斗法结合起来的一部特殊小说，神和人在同一个平台上分营设垒来争高低、斗输赢。从这个意义上说，与希腊神话倒是有几分近似。而像这样历史与神魔各占一半而又紧紧纠结的作品，我国古代小说史上似乎仅此一部（《女仙外史》略有此意而程度远逊）。

把这两部分内容"粘结"到一起的重任，就是由"姜太公"这个形象担当起来的。

担当重任的"姜太公"，据《史记》其姓名当为"吕尚"，尊称为"太公望",而民间则俗称姜子牙①。在小说中,他的"身份"是非常显赫的。

先来看看他在人间的"身份"。

小说写周文王(当时是西伯侯)用极为隆重的礼仪到磻溪——姜子牙隐居垂钓的地方请他出山,请来入朝即封为"右灵台丞相",把朝政完全交付。到了武王时,进一步加拜其为"大将军","付以黄钺、白旄,总理大权,得专阃外之政……得专征伐"。而这整个拜将的仪式,前前后后就写了四千余字,如:

> 吉辰,武王带领合朝文武齐至相府前。只听里面乐声响过三番,军政司令门官放炮开门,只见三声炮响,相府门开。宜生引道,武王随后,至银安殿。军政司忙禀请元帅升殿:"有千岁亲来拜请元帅登辇。"子牙忙从后面道服而出。武王乃欠身言曰:"请元帅登辇。"子牙慌忙谢过,同武王分左右并行至大门。武王欠身打一躬,两边扶子牙上辇。宜生请武王亲扶凤尾,连推三步。后人有诗赞子牙末年叨此荣宠,诗曰:
>
> 周主今朝列将台,风云龙虎四门开。香生满道衣冠引,紫气当天御仗来。统领貔貅添瑞彩,安排士马

---

① 在《史记》的《周本纪》和《齐太公世家》中,姜子牙的称呼有"太公望""师尚父""太公""吕尚""姜尚"等。在这些称呼中,吕尚与姜尚是姜子牙的姓名(祖上为姜姓,封于吕),《史记索隐》则称其字为"牙"。"姜子牙"当为后起。

尽崔嵬。磻溪今日人龙出，八百开基说异才。

话说子牙排仪仗出城，只见前面七十里俱是大红旗，直摆到西岐山。西岐百姓扶老携幼，俱来观看。①

武王之恭敬，场面之盛大，几乎无以复加。而到了拜将的时刻：

> 武王忙下舆。宜生曰："大王可至元帅前，请元帅下辇。"武王行至辇前，欠身曰："请元帅下辇。"子牙忙令中军扶下辇来，宜生引导子牙至台边，散宜生赞礼……周公旦引子牙上第二层台，周公旦赞礼曰："请元帅面东背西。"……周公旦读罢祝文，有召公奭引子牙上第三层台，毛公遂捧武王所赐黄钺、白旄，祝曰："自今以后，奉天征讨，罚此独夫，为生民除害，为天下造福，元戎往勖之哉！"子牙跪受黄钺、白旄，乃令左右执捧，礼官赞礼曰："请元戎面北，拜受龙章凤篆。"子牙跪拜，左右歌"中和"之曲，奏"八音"之章，乐声嘹亮，动彻上下。……召公奭读罢祝文，子牙居中而立。
>
> 军政司上台，启元帅："发鼓竖旗。"两边鼓响，拽起宝纛旗来。军政司请元帅戴护顶之宝，军政官用红漆端盘，捧上一顶金盔来……军政司将盔捧与子牙戴上，又传令："取袍甲上台。"军政官高捧袍铠，献在台上。……军政司

---

① 《封神演义》67回，464—465页。

> 传:"取印、剑上台。"军政官捧印、剑上台,又捧一架,架上有三般令天子、协诸侯之物,内有令天子旗、令天子剑、令天子箭……话说军政司将印、剑捧至子牙面前,子牙将印、剑接在手中,高捧过眉。散宜生请武王拜将,武王在台下大拜八拜,武王拜罢,子牙令辛甲把令天子旗将武王请上台来。少时,辛甲执旗大呼曰:"奉元帅将令,请我王上台!"武王随令旗上台,子牙传令:"请开印、剑!"……①

真可谓"备极荣宠""位极人臣"了。用这么多篇幅铺陈渲染一场登坛拜将的仪式,无论正史还是稗官,似仅此一例而已。

再来看他在仙界的身份。

按说姜子牙只在昆仑山修行了四十年,比起那些动辄数百年甚至上千年的修道者,实在是"幼儿园"的资格。但是,他的辈分却很高,是阐教领袖元始天尊的及门弟子,与千年以上道行的广成子、赤精子同一班辈。而且,他是全权代理元始天尊斩将封神的使者。元始天尊一再强调:"你与我代劳封神","与吾代理封神"。在姜子牙登坛拜将之后,元始天尊特意赶来为其饯行,并亲自奉酒三杯。这样的礼遇是其他弟子从未享有的。为了显示其"代理人"的权威,元始天尊还把自己的坐骑四不相交给姜子牙乘骑,把玉虚宫镇宫之宝——杏黄旗交其使用。作品特地渲染此宝的威力:

---

① 《封神演义》67回,465—467页。

（太公）把杏黄旗招展，那旗现有千朵金莲护住身体，青光不能下来。此正是玉虚之宝，自比别样宝贝不同。①

"自比别样宝贝不同"，是说杏黄旗的珍异，也无形地表现了姜子牙特殊的封神使者身份。

"师尚父"：历史文献中的姜太公

这两重显赫的身份，虽然是小说家言，却与历史文献中姜太公的身份大体相称。

历史文献中的姜太公是身兼多种形象典型的人物：

首先是伐罪吊民的功臣、主谋。在此过程中，呈现出杰出军事家，乃至猛将的形象。

其次还是安邦治国、开疆拓土的政治家。在文人的书写中，又成了"王者师"的"首席代表"。

还把他渲染为"高尚其事，不事王侯"的典型，以及大器晚成的"励志"典型，等等。

我们不妨简单地浏览一番。

记述姜太公事迹最完整的是《史记·齐太公世家》：

---

① 《封神演义》70回，486页。

太公望吕尚者，东海上人。其先祖尝为四岳，佐禹平水土甚有功。虞夏之际封于吕，或封于申，姓姜氏。……尚其后苗裔也。本姓姜氏，从其封姓，故曰吕尚。吕尚盖尝穷困，年老矣，以渔钓奸（今按：即"干"，干谒）周西伯。西伯将出猎，卜之，曰："所获非龙非彲，非虎非罴；所获霸王之辅。"于是周西伯猎，果遇太公于渭之阳，与语大说（今按：即"悦"），曰："自吾先君太公曰'当有圣人适周，周以兴'，子真是邪？吾太公望子久矣。"故号之曰"太公望"，载与俱归，立为师。

　　或曰，太公博闻，尝事纣。纣无道，去之，游说诸侯，无所遇，而卒西归周西伯。或曰，吕尚处士，隐海滨。周西伯拘羑里，散宜生、闳夭素知而招吕尚。吕尚亦曰："吾闻西伯贤，又善养老，盍往焉。"三人者为西伯求美女奇物，献之于纣，以赎西伯。西伯得以出，反国。言吕尚所以事周虽异，然要之为文武师。周西伯昌之脱羑里归，与吕尚阴谋修德以倾商政。其事多兵权与奇计，故后世之言兵及周之阴权皆宗太公为本谋……天下三分，其二归周者，太公之谋计居多。

　　文王崩，武王即位。九年，欲修文王业，东伐以观诸侯集否。师行，师尚父左杖黄钺，右把白旄以誓，曰："苍兕、苍兕，总尔众庶，与尔舟楫，后至者斩。"遂至盟津。诸侯不期而会者八百诸侯。诸侯皆曰："纣可伐也。"武王曰："未可。"还师，与太公作此《太誓》。

居二年，纣杀王子比干，囚箕子。武王将伐纣，卜，龟兆不吉，风雨暴至。群公尽惧，唯太公强之劝武王，武王于是遂行。十一年正月甲子，誓于牧野，伐商纣。纣师败绩。纣反走，登鹿台，遂追斩纣。明日，武王立于社。……迁九鼎，修周政，与天下更始。师尚父谋居多。于是武王已平商而王天下，封师尚父于齐营丘。东就国，道宿行迟。逆旅之人曰："吾闻时难得而易失。客寝甚安，殆非就国者也。"太公闻之，夜衣而行，犁明至国。莱侯来伐，与之争营丘。营丘边莱。莱人，夷也，会纣之乱而周初定，未能集远方，是以与太公争国。太公至国，修政，因其俗，简其礼，通商工之业，便鱼盐之利，而人民多归齐，齐为大国。[①]

其中，姜子牙最重要的功业是兴周灭纣，而建功立业的方式则是权谋、奇计。在兴周灭纣的几个关键时刻，都是姜子牙起到了决定性的作用，如救文王出羑里，集诸侯大会孟津，牧野决战等。而关于牧野决战中姜子牙的表现竟然还有更传奇的书写，那是在《诗经·大雅·大明》中，诗曰："牧野洋洋，檀车煌煌，驷䮫彭彭。维师尚父，时维鹰扬。凉彼武王，肆伐大商，会朝清明。"《大雅》的创作年代是西周，距离姜子牙伐纣的时间不会太远，应该是比较可信的。对于这段描写，朱熹的解释是："鹰

---

① 《史记》卷32，422页，清乾隆武英殿刻本。

扬，如鹰之飞扬也"，"鹰，鸷鸟也。勇略如鹰之飞扬。""车马鲜强，将帅勇武。"也就是说，姜子牙不仅是运筹帷幄的指挥者，还是冲锋陷阵的猛将。

这个两军阵前的勇武形象，虽然与七八十岁老者的身份不太协调，但为《封神演义》中姜子牙冲锋在前，挥舞打神鞭大战闻太师、鞭打吕岳、殷郊、余元的情节提供了依据，对小说的姜子牙形象无疑是有影响的。

这里还有一个细节值得注意，就是"言吕尚所以事周虽异，然要之为文武师"一句。作为臣子，在君主面前以"师"的身份行事，姜子牙成为第一个典型人物，其后便是张良张子房，再往后就是诸葛亮。这种君臣关系保证了臣子的人格尊严，成为中国古代自负才略的读书人的千古梦想，也成为文学作品——首先是小说虚构的一种类型。对此，儒道两家都是举双手赞同的。《道藏》的《道德真经广圣义》："齐太公姜子牙钓于磻溪，剖鱼得玉璜，中有此书。……汉留侯张子房于下邳坯桥遇黄石公，授以《三略》，曰：'子得之可为帝王之师。'……子牙用之，佐武王克商伐纣而成王业；子房用之，佐汉祖灭项籍而有帝图。"儒家更是大力揄扬。孟子、司马迁都是借姜子牙事迹鼓吹"王者师"观念，《韩诗外传》《大戴礼记》更是各自有生动的故事来演绎，如后者：

> 王齐（今按：即"斋"，斋戒）三日，端冕，师尚父亦端冕，奉书而入，负屏而立。王下堂，南面而立。师尚父曰：

"先王之道不北面!"王行西,折而南,东面而立。师尚父西面道书之言,曰:"敬胜怠者强,怠胜敬者亡;义胜欲者从,欲胜义者凶……"王闻书之言,惕然若惧,退而为戒书。于席之四端为铭焉……①

这是讲周武王登基之初,姜子牙(师尚父)教他保有天下之道。从形式到内容,完全是一派"师道尊严"的气象。

在"王者师"的大帽子之下,姜子牙就不仅是军事家、谋略家,而是治国兴邦的大政治家了。

在署名太公望的《六韬》中,治国之道甚至先于兵略,摘录两段以见其余:

太公曰:"天下非一人之天下,乃天下之天下也,同天下之利者,则得天下;擅天下之利者,则失天下。天有时,地有财,能与人共之者仁也。仁之所在,天下归之。免人之死,解人之难,救人之患,济人之急者,德也。德之所在,天下归之。与人同忧同乐,同好同恶者,义也。义之所在,天下赴之。凡人恶死而乐生,好德而归利,能生利者,道也。道之所在,天下归之。"文王再拜曰:"允哉!敢不受天之诏命乎?"乃载与俱归,立为师。②

---

① 《大戴礼记》卷5,30页,四部丛刊本。
② 《六韬》卷1,1页,平津馆丛书本。

>　　文王问太公曰:"愿闻为国之大务。欲使主尊人安,为之奈何?"太公曰:"爱民而已。"文王曰:"爱民奈何?"太公曰:"利而勿害,成而勿败,生而勿杀,予而勿夺,乐而勿苦,喜而勿怒。"文王曰:"敢请释其故。"太公曰:"民不失务则利之,农不失时则成之,省刑罚则生之,薄赋敛则与之,俭宫室台榭则乐之,吏清不苛扰则喜之。民失其务则害之,农失其时则败之,无罪而罚则杀之,重赋敛则夺之,多营宫室台榭以疲民力则苦之,吏浊苛扰则怒之。故善为国者,驭民如父母之爱子,如兄之爱弟,见其饥寒则为之忧,见其劳苦则为之悲,赏罚如加于身,赋敛如取己物。此爱民之道也。"①

如此细致的良政主张,即使置于《论语》《孟子》中,也是罕见而珍贵的。《六韬》虽然是托名之作,但古人大多是宁信其真的。宋代还列之于"武学七书",是参加武举考试的指定教材,且延续于后代。其影响可想而知。

正因为这些功业在历代将帅中无人可比,所以唐玄宗时开始认定了姜太公的武圣人身份并建庙祭祀。到唐肃宗时,进一步追封太公望为武成王,祭典与文宣王孔子等同。陪祀首位为张良,其次有诸葛亮等历代著名将帅。当时封王的诏书曰:"定

---

① 《六韬》卷1,2页,平津馆丛书本。

祸乱者，必先于武德；拯生灵者，谅在于师贞。周武创业，克宁区夏，惟师尚父，实佐兴王。况德有可师，义当禁暴，稽诸古昔，爰崇典礼。其太公望，可追封为武成王。有司依文宣王置庙，……享祭之典，一同文宣。"到了宋代，宋太祖不仅下令重修武成王庙，并亲到现场指示陪祀事宜。宋真宗又为武圣太公加封号为"昭烈武成王"。其时，姜子牙的风光达到了顶点。

在风光、荣宠的同时，姜太公的形象还具有一些"非官方"的色彩——这对后世小说的描写不无影响。一是"尝穷困"，为后来的民间书写留下想象的空间。一是钓得鲤鱼，鱼腹得玉上书"吕望封于齐"，成为他上膺天命的端倪。还有以屠牛游说文王，诛杀狂矞（读作玉），等等。

总之，在一两千年的时间里，姜子牙、姜太公、姜尚、吕望、太公望，这一连串的名字，伴随着官方的祭祀，各类的文献，以及民间的传说，逐渐形成了具有多方面文化内涵的同时影响于大小传统的一个"符号"。

卖惨、尴尬：小说中姜子牙的另一面

这样一位地位崇高、形象光辉的历史人物，如果只看前文列举的姜子牙在《封神演义》中仙、凡两界的"身份"，确实称得上是恰如其分、实至名归。但是，小说里的姜子牙形象还有另一面，就值得我们来研究一番了。

《史记》中讲到姜子牙未遇文王时的状况，只用了"尝穷困"

三个字，并无任何渲染。其他文献中也罕有这方面的记载。但在《封神演义》中，这却成为刻画姜子牙的一个重点方面。

前面我们讲过，《封神演义》的"人间"故事是从《武王伐纣平话》和《列国志传》迻录、发展而来，特别是后者，相当多的文字被《封神演义》直接抄袭了过来。那么，这两部作品是怎样描写姜子牙未遇之前的处境呢？

先看《武王伐纣平话》。里面有四十余字写到这方面内容："姜尚所图经济道路，皆无胜心，运命不通。有妻马氏，遂弃索休而去，子牙亦不苦留，与休了教去。"姜子牙生计不好，是他无心经营。而妻子不甘贫苦，二人"和平分手"。仅此而已。

再看《列国志传》。这里写得多了一些，前后有三处文字涉及。一处是："（姜子牙）挈家属，徙居东海之滨，钓鱼为生。其妻马氏，见其老而不遇，终朝求去，曰：'子今七十以上，竟无显达，吾请与子诀别！'子牙曰：'吾年八十，位至封侯，尔且暂守目下之贫，富贵之乐，终有在也！'马氏怏怏不悦。一日，出钓海滨，马氏馈饷，子牙迎而受之，恭敬如宾。子牙乃按竿垂钓，坐石矶而啖饭。马氏私视篮蕳，并无片鳞，及收钓视之，其钩直而不曲。马氏怒而言曰：'丝不设饵，钓不曲钩，其鱼从何而得？子将穷困至死，又何望封侯乎？'子牙笑曰：'吾丝不设饵，钓不曲钩，不钓鱼鳖，独钓王侯，此非妇人之见所能知也。'马氏曰：'虽钓王侯，亦必曲钓而得，焉有直钩而能取者乎？'子牙又曰：'吾宁向直中取，不向曲中求。尔暂归家，再过数年，不遇圣王而取富贵，誓不立于天地间！'马氏不对而归。"（第四回）这一段分明是作者借写马氏的对话，把姜子牙"不钓鱼鳖，独钓王侯"的名言展现出来，其中并未见姜子牙的窘困之状。

第二处是："子牙甘守淡苦，以仁义之风，化诸樵牧。磻溪前后，村中民户，皆服其化。独其妻姜马氏，不乐贫困。一日，又诘子牙曰：'子言年至八十，位至封侯，今者东迁西徙，寂寞如故，富贵不来，年光屡换，如之奈何？'子牙慰曰：'吾观西北，有祥云瑞气，三年之后，必有明王至此，汝宜暂守清寒，富贵屈指可得矣！'马氏悻悻不乐。"（第五回）这一段写姜子牙虽然生活"淡苦"，但赢得了民众的尊敬，自得其乐。妻子发发牢骚，并无过分之词，似乎也是人之常情。

第三处是与文王遇合之后，文王"拜子牙为太公望……并收其家属，载于后车而归"（第六回）。虽只是一句，却是照应前面那两段，表明太公望终于荫及妻子，扬眉吐气了。而马氏也得以同享富贵，不负多年贫贱相伴之情。

我们再来看看《封神演义》是怎样描写的。

第十五回《昆仑山子牙下山》开篇诗曰："子牙此际落凡尘，白首牢骚类野人。几度策身成老拙，三番涉世反相嗔。"后文又有诗："离却昆仑到帝邦，子牙今日娶妻房。六十八岁黄花女，稀寿有二做新郎。"按说此时的姜子牙已在昆仑山修行了四十年，而且是元始天尊的及门弟子，又领受了"代理"封神的重大使命，怎么也不至于沦落到"类野人"的地步。

小说写他在朋友宋异人的撺掇之下娶了马氏，从此便厄运缠身。

先是听了马氏的主意，编了笊篱去卖：

> 子牙依其言，劈了篾子，编了一担笊篱，挑到朝歌来卖。从早至午，卖到未末申初，也卖不得一个。子牙见天色至申时，还要挑着走三十五里，腹内又饥了，只得奔回。一去一来共七十里路，子牙把肩头都压肿了。走到门前，马氏看时，一担去，还是一担来。正待问时，只见子牙指马氏曰："娘子，你不贤。恐怕我在家闲着，叫我卖笊篱。朝歌城必定不用笊篱，如何卖了一日一个也卖不得，倒把肩头压肿了？"马氏曰："笊篱乃天下通用之物，不说你不会卖，反来假抱怨！"夫妻二人语去言来，犯颜嘶嚷。①

一个七八十的老人，而且是修行了四十年的道者，忍饥挨饿走七十里路去卖笊篱，压肿了肩膀一无所获，回家还要被老婆数落。这已经不能用"可怜"来形容了。可是作者还不肯罢休，还要继续让他出糗：

> （姜子牙）磨了一担干面。子牙次日挑着进朝歌货卖，从四门都走到了，也卖不的一斤。腹内又饥，担子又重，只得出南门，肩头又痛。子牙歇下了担儿，靠着城墙坐一坐……只见一个人叫："卖面的站着！"子牙说："发利市

---

① 《封神演义》15回，103页。

的来了。"歇下担子。只见那人走到面前，子牙问曰："要多少面？"那人曰："买一文钱的。"子牙又不好不卖，只得低头撮面。不想子牙不是久挑担子的人，把扁担抛在地旁，绳子撒在地下。……子牙弯着腰撮面，不曾堤防，后边有人大叫曰："卖面的，马来了！"子牙忙侧身，马已到了。担上绳子铺在地下，马来的急，绳子套在马七寸上，把两箩面拖了五六丈远，面都泼在地下，被一阵狂风将面刮个干净。子牙急抢面时，浑身俱是面裹了。买面的人见这等模样，就去了。子牙只得回去，一路嗟叹，来到庄前。

马氏见子牙空箩回来，大喜："朝歌城干面这等卖的！"子牙到了马氏跟前，把箩担一丢，骂曰："都是你这贱人多事！"马氏曰："干面卖的干净是好事，反来骂我！"子牙曰："一担面挑至城里，何尝卖得？至下午才卖一文钱。"马氏曰："空箩回来，想必都赊去了。"子牙气冲冲的曰："因被马溜缰把绳子绊住脚，把一担面带泼了一地，天降狂风一阵，把面都吹去了。都不是你这贱人惹的事！"马氏听说，把子牙劈脸一口啐道："不是你无用，反来怨我？真是饭囊衣架，惟知饮食之徒！"子牙大怒："贱人女流，焉敢啐侮丈夫！"二人揪扭一堆。①

这样的姜子牙形象实在不能引发读者的同情。若平心而论，这

---

① 《封神演义》15回，103—104页。

场争执，似乎马氏占的理儿还要多些。姜子牙全无修道人的气质，不仅无能，而且器量狭小，蛮不讲理。当然，作者这样写的初心肯定不是存心贬损，写姜子牙时乖运蹇是为了衬托日后的变泰发迹，但把他写得一派小丑模样，却也不能说是刻画"武圣人"应有的笔墨。

作者到此却还不肯罢休，在丑化的路线上继续前进：

> 异人随将南门张家酒饭店与子牙开张。朝歌南门乃是第一个所在，近教场，各路通衢，人烟凑积，大是热闹。其日做手多宰猪羊，蒸了点心，收拾酒饭齐整，子牙掌柜，坐在里面。一则子牙乃万神总领，二则年庚不利，从早晨到巳牌时候，鬼也不上门。及至午时倾盆大雨，黄飞虎不曾操演。天气炎热，猪羊肴馔，被这阵暑气一蒸，登时臭了，点心馊了，酒都酸了……
>
> 子牙收拾去买猪羊，非止一日。那日贩买许多猪羊，赶往朝歌来卖。此时因纣王……禁了屠沽，告示晓谕军民人等，各门张挂。子牙失于打点，把牛马猪羊往城里赶，被看门人役叫声："违禁犯法，拿了！"子牙听见就抽身跑了，牛马牲口俱被入官，子牙只得束手归来。①

到这种程度，真正用得上那句评语了：百无一用！于是乎，老

---

① 《封神演义》15回，104—105页。

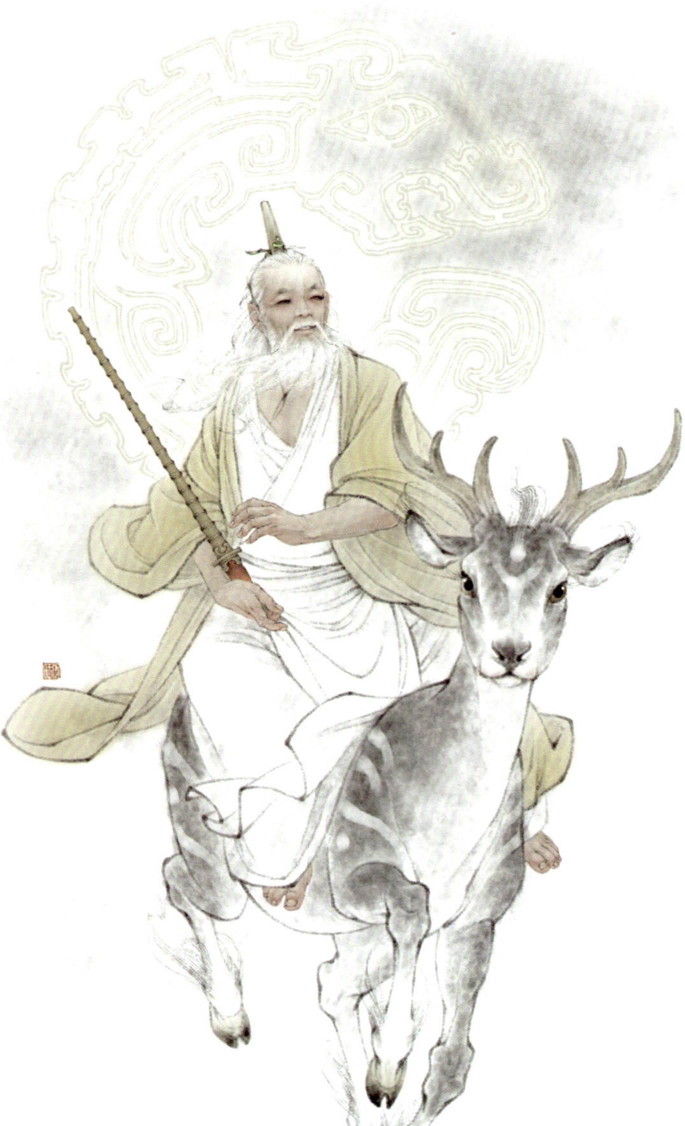

婆终于也留不住了。作者借鉴了《列国志传》好多地方，偏偏这里不肯采用其"扬眉吐气，同享富贵"的安排，似乎不把姜子牙的霉运写到无以复加不肯罢手：

> 子牙曰："你女人家不知远大。天数有定，迟早有期，各自有主。你与我同到西岐，自有下落。一日时来，富贵自是不浅。"马氏曰："姜子牙，我和你缘分夫妻只到的如此。我生长朝歌，决不往他乡外国去。从今说过，你行你的，我干我的，再无他说！"子牙曰："娘子错说了。嫁鸡怎不逐鸡飞，夫妻岂有分离之理！"马氏曰："妾身原是朝歌女子，那里去离乡背井。子牙，你从实些写一纸休书与我，各自投生，我决不去！"……子牙写了休书拿在手中："娘子，书在我手中，夫妻还是团圆的。你接了此书，再不能完聚了！"马氏伸手接书，全无半毫顾恋之心。①

用了这么多篇幅来写姜子牙出乖露丑，与前面引述的大肆铺陈将相威仪形成了强烈的反差。也许作者有此凸显反差的初衷，但这一番夸张的笔墨毕竟给"太公"鼻子上涂了不小的白斑，使得这位"武圣人"在读者心目中的形象很难庄严、崇高起来了。

不仅如此，小说写姜子牙在仙界的际遇、表现也与此类似。虽然具有"特命全权大使"的身份，却时常"有权无力"，处于

---

① 《封神演义》18回，121页。

相当尴尬的境地。例如第一次与商纣方面的修道之士——"四圣"对敌,双方尚未交手,姜子牙便被对方的坐骑惊到了:

> 子牙撞下鞍鞒……四道人见子牙跌得冠斜袍绽,大笑不止,大呼曰:"不要慌!慢慢起来!"子牙忙整衣冠,再一看时,见四位道人好凶恶之相……子牙曰:"道兄分付极是明白。容尚回城,三日后作表,敢烦道兄带回朝歌谢恩,再无他议。"两边举手:"请了!"①

"跌得冠斜袍绽",被对方嘲笑"不要慌!慢慢起来!"都是近乎漫画的笔墨。无奈之下,答应了对方三项苛刻条件,求得撤军回城的机会。撤回后,上昆仑山求援,得到了元始天尊的"御用"坐骑和打神鞭等宝物,似乎应该扭转局面了。结果一上阵,情况更糟:

> 李兴霸把劈地珠照子牙打来,正中前心。子牙"嗳呀"一声,几乎坠骑;带四不相望北海上逃走。王魔曰:"待吾去拿了姜尚。"来赶子牙……子牙在西岐有七死三灾,此是遇四圣头一死。王魔见赶不上子牙,复取开天珠望后心一下,把子牙打翻下骑来,骨碌碌滚下山坡,面朝天,打死了。②

---

① 《封神演义》38回,249—250页。
② 《封神演义》38回,253页。

战阵上是如此窝囊，道法方面更是不堪一击：

> （姚天君）披发仗剑，步罡念咒于台前，发符用印于空中，一日拜三次。连拜了三四日，就把子牙拜的颠三倒四，坐卧不安。……又过十四五日，姚天君将子牙精魂气魄，又拜去了二魂四魄。子牙在府不时鼾睡，鼻息如雷。……不觉又过了二十日。姚天君把子牙二魂六魄俱已拜去了，止有得一魂一魄，其日竟拜出泥丸宫，子牙已死在相府。①

无论如何，这样来描写一位执掌"封神"大权，又是人间正义的代表，总是有失尊重的。

如果说，这样描写是因为姜子牙修道时间太短，修为、法力不够，是作者"写实性"笔法，那么下面的两个例子就实在无法为他粉饰了。

一个是统率六十万大军发兵讨纣，刚刚到第一个关隘，遇到了劲敌，武王心生动摇，提出退兵，而作为统帅的姜子牙竟然毫无主见：

> 子牙奏曰："大王之言虽是，老臣恐违天命。"武王曰："天命有在，何必强为！岂有凡事阻逆之理？"子牙被武王一

---

① 《封神演义》44回，294—295页。

> 篇言语把心中感动，这一回执不住主意，至前营传令与先行官："今夜减灶班师。"众将官打点收拾起行，不敢阻谏。①

如此决策，简直就是儿戏！一则出兵宣示天下，是因为"纣王无道，逆命于天，残虐百姓"，岂能稍遇困难就从这个道德制高点滚落下来！二则已有若干将士被俘，怎么能不顾其死活？三则还有"崇高"的封神任务，怎么忽然就忘记了？所以，这一段描写与前面姜子牙威风凛凛登坛拜将形成了强烈的反差，一个至高无上的大将军忽然显形为糊涂无主见的懦夫。

另一个是他到昆仑山向师父元始天尊求援时，元始天尊临别再三叮嘱他一件重要的注意事项：

> 元始曰："此一去，但凡有叫你的，不可应他。若是应他，有三十六路征伐你。"……南极仙翁曰："上天数定，终不能移。只是有人叫你，切不可应他，着实要紧！我不得远送你了。"②

可是一转头，姜子牙就把二人的叮嘱当成了儿戏，不仅回头答应了申公豹，还听信其鬼话，答应看了申的幻术就烧掉"封神榜"，并且叛周投纣：

---

① 《封神演义》70回，487页。
② 《封神演义》37回，242页。

（姜子牙）曰："兄弟，你把头取下来。果能如此起在空中，复能依旧，我便把'封神榜'烧了，同你往朝歌去。"申公豹曰："不可失信！"子牙曰："大丈夫一言既出，重若泰山，岂有失信之理！"

……

话说子牙仰面观头，忽见白鹤衔去。子牙跌足大叫曰："孽障！怎的把头衔去了？"不知南极仙翁从后来，把子牙后心一巴掌。子牙回头看时，乃是南极仙翁。子牙忙问曰："道兄，你为何又来？"仙翁指子牙曰："你原来是一个呆子！申公豹乃左道之人，此乃些小幻术，你也当真！只用一时三刻，其头不到颈上，自然冒血而死。师尊分付你不要应人，你为何又应他！你应他不打紧，有三十六路兵马来伐你。方才我在玉虚宫门前看着你和他讲论，他将此术惑你，你就要烧'封神榜'；倘或烧了此榜，怎么了？我故叫白鹤童儿化一只仙鹤，衔了他的头往南海去，过了一时三刻，死了这孽障，你才无患。"子牙曰："道兄，你既知道，可以饶了他罢。道心无处不慈悲，怜恤他多年道行，数载功夫，丹成九转，龙交虎成，真为可惜！"南极仙翁曰："你饶了他，他不饶你。那时三十六路兵来伐你，莫要懊悔！"子牙就说："后面有兵来伐我，我怎肯忘了慈悲，先行不仁不义。"①

---

① 《封神演义》37回，243—244页。

"你原来是一个呆子",南极仙翁的评价正是作者这样描写姜子牙的初衷。联系前面引述的他未遇之前卖面、卖肉的表现,小说作者塑造这个人物时,人设的一个基本底色就是有几分呆、几分蠢的形象,是一个身负重任的"正生"与一个命好而无能的"方巾丑"的合体——这一点倒是和《西游记》中唐僧的形象有几分相似。

至于为何出现这种情况,当然不排除通俗小说取悦市民读者的因素,但还有一个更重要的历史／政治原因是绝对不应忽视的。

跌下"武圣"宝座:君权不容挑战

明朝之初的洪武年间,是大事不断的三十年。其中涉及思想文化的两件事,今天看来都有些匪夷所思。

据《明史》:

> 帝尝览《孟子》,至"草芥、寇仇"语,谓"非臣子所宜言",议罢其配享。诏:"有谏者,以大不敬论。"唐抗疏入谏曰:"臣为孟轲死,死有余荣。"时廷臣无不为唐危。[①]

---

① 《明史》卷138,1352页,清乾隆武英殿刻本。

《孟子》一书，在中国古代政治思想史上的最大价值就是其强烈的民本思想——"民为贵，社稷次之，君为轻"，"君之视臣如手足，则臣视君如腹心；君之视臣如犬马，则臣视君如国人；君之视臣如土芥，则臣视君如寇仇"，"齐宣王问曰：'汤放桀，武王伐纣，有诸？'孟子对曰：'于传有之。'曰：'臣弑其君，可乎？'曰：'贼仁者，谓之贼；贼义者，谓之残。残贼之人，谓之一夫。闻诛一夫纣矣，未闻弑君也。'"在此方面，《孟子》言论的透彻、大胆，是孔子远不能及的。而朱元璋建政之初便极力强化专制统治，所以看到《孟子》便按捺不住心头怒火，提出把孟子的牌位从孔庙中撤除。并且提出不准进谏，敢讨论者将获重罪。据《双桥随笔》：

> 明初洪武间，欲去其（今按：指孟子）配享，尚书钱唐上疏争之。先是有旨：谏者当射杀之。唐即置棺，袒胸当箭。太祖见其谏甚切，命太医院疗其箭疮，配享得不废。黄南山先生有《钱文奇勋之诗》曰："引棺绝粒箭当胸，拚死扶持亚圣公。仁义七篇文莫蠹，冕旒千载绘仍龙。批鳞既奋回天力，没齿终成卫道功。那得洪恩遍寰宇，泮宫东畔置祠宫。"[①]

朱元璋听说有人将入宫谏言，竟然命令金吾卫张弓搭箭格杀勿

---

① 《双桥随笔》卷9，92页，文渊阁四库全书本。

论。这个钱唐是刑部尚书，抬着棺材进谏，讲出甘心为孟子而死。事情闹到这种地步，"暴君"也不得不顾及舆论影响，于是收回了成命。但是，专制权力岂容臣下挑战，批逆鳞的后果可以想象。时隔不久，这位勇敢的孟子维护者就付出了最高的代价——在莫须有的罪名下贬谪寿州，然后莫名其妙地死掉了。《明史考证》在这个地方用了非常含混的讲法："不详其坐事之由"，"他无可考，谨识阙疑"。明眼人自然明白其中的暗黑程度。朱元璋不仅用极端手段报复了钱唐，而且事后组织人员专职阉割《孟子》，形成了删节本的《孟子节文》。

这个《孟子节文》堪称中国政治思想史上的一朵奇葩，其前言云："天下一君，四海一国，人人同一尊君亲上之心，学者或不得其扶持名教之本意，于所不当言、不当施者，概以言焉、概以施焉，则学非所学，而用非所用矣。"毫不掩饰，开篇就十分明确地指出为了强化君主一尊，必须钳制学者的思想、言论。然后昭示具体的做法："（删去）《孟子》一书中间词气之间抑扬太过者八十五条……悉颁之中外校官，俾读是书者，知所本旨。自今八十五条之内，课试不以命题，科举不以取士。"全书删掉了三分之一以上，被删掉部分，在任何官方场合——学校、科举统统不允许出现。

我们对照原书看看都删去了哪些内容呢？

  民为贵，社稷次之，君为轻。
  君之视臣如手足，则臣视君如腹心；君之视臣如犬马，则臣视君如国人；君之视臣如土芥，则臣视君如寇仇。

（齐宣王）曰："臣弑其君，可乎？"曰："贼仁者，谓之贼；贼义者，谓之残。残贼之人，谓之一夫。闻诛一夫纣矣，未闻弑君也。"

君有大过则谏，反复之而不听，则易位。

诸侯危社稷，则变置。

这些是《孟子》中最有棱角，也是最有价值的观点。其核心就是不承认君主的无上权威，而把君主是否有资格掌握权力的裁判权交给了臣下，并且赋予这一裁判伦常道德的依据。把这些删掉，就是阉割掉了《孟子》之所以为《孟子》的灵魂。于是，朱元璋满意了。

但是，朱元璋还没有完全放心。因为"诛一夫纣"的行为主体——姜太公还享受着皇家的祭祀，从而被臣下、被民众景仰、崇拜，还有成为榜样、楷模的可能。于是，就在组织力量删除这些"危险"的思想言论的同时，朱元璋作出了"配套"的动作：

洪武二十年，礼部奏请，如前代故事，立武学，用武举，仍祀太公，建昭烈武成王庙。上曰："太公，周之臣，封诸侯。若以王祀之，则与周天子并矣。加之非号，必不享也。至于建武学，用武举，是析文武为二途，自轻天下无全才矣。三代之上古之学者，文武兼备，故措之于用，无所不宜。

> 岂谓文武异科，各求专习者乎？即以太公之鹰扬而授丹书，仲山甫之赋政而式古训，召虎之经营而陈文德，岂比于后世武学，专讲韬略不事经训，专习干戈不闲俎豆，拘于一艺之偏之陋哉！今欲循旧，用武举，立庙学，甚无谓也！太公之祀止。宜从祀帝王庙。"遂命去王号，罢其旧庙。[1]

朱皇帝堂而皇之地讲了一通人才要文武兼备、"全面发展"的大道理，而实质只是七个字："去王号，罢其旧庙。"讲得更直接一些，就是做了六七百年"武圣人"的姜子牙，不仅被废黜了"王"位，不再享有皇家祭祀的殊荣，而且连庙都被拆掉了，几乎成了落魄的孤魂野鬼。

虚拟的神权在现实的王权面前，是如此的不堪一击。

朱皇帝为了消弭任何一点点影响君主绝对威权的因素，宁可废除"崇文、宣武"传统的一半，任由二百余年"武圣"缺位、"武庙"不存，这也预示了明代的专制程度远超唐宋的趋势。

姜子牙失去了皇权的加持，头顶的光环褪色是必然的事情。

《封神演义》的写作正是在这二百年中，书中的姜子牙被抹上一块白鼻子，似乎也是有几分必然性的。

---

[1] 《秘阁元龟政要》卷13，522页，明钞本。

散仙陆压的神秘话题

《封神演义》的主体部分是一场接一场的战斗。战斗又大体分为两类：一类是"人间"的，周营的主力是黄飞虎、南宫适、武吉等一干战将，对手则是邓九公、张山等人，过程无非"大战二十回合"之类；另一类是"仙界"的，周营的主力是阐教的三、四两辈仙人，如燃灯、广成子、赤精子以及哪吒、黄天化等，对手则是闻太师、赵公明、金光圣母、梅山七怪等。在多数场合，周营方面并不占上风，即使取胜也是令读者提心吊胆。

在这种情况下，周营有一个人物便显得十分突出。他在这两类战斗中总能起到定海神针一样的作用，不仅无往不利，而且专门解决各种难题，甚至挽狂澜于既倒。

他就是无门无派、无班无辈的"散仙"陆压。

这个陆压，身世、渊源都带着几分神秘，解读这方面的话题，对于《封神演义》的研究，在某种程度上甚至可以说是最基本的工作。

专门解决难题的能手

我们说陆压是"专门解决难题的能手",有说服力的就是作品中具体的情节。所以下面难免要列举得稍微多一些。

先看一般战阵上的表现:

> 燃灯同众道人下篷排班,方才出来,未曾站定,只见柏天君大叫:"玉虚教下,谁来会吾此阵?"燃灯顾左右,无一人答应。陆压在傍问曰:"此阵何名?"燃灯曰:"此是'烈焰阵'。"陆压笑曰:"吾去会他一番。"道人笑谈作歌,歌曰:"烟霞深处运元功,睡醒茅庐日已红。翻身跳出尘埃境,把功名付转篷,受用些明月清风。人世间逃名士,云水中自在翁,跨青鸾游遍山峰。"
>
> 陆压歌罢,柏天君曰:"尔是何人?"陆压曰:"你既设此阵,阵内必有玄妙处。我贫道乃是陆压,特来会你。"天君大怒,仗剑来取,陆压用剑相还。未及数合,柏天君望阵内便走。陆压不听钟声,随即赶来。柏天君下鹿上台,将三首红幡招展。陆压进阵,见空中火、地下火、三昧火,三火将陆压围裹居中。他不知陆压乃火内之珍,离地之精,三昧之灵,三火攒绕共在一家,焉能坏得此人?陆压被三火烧有两个时辰,在火内作歌曰:"燧人曾炼火中阴,三昧攒来用意深。烈焰空烧吾秘授,何劳柏礼费其心?"
>
> 柏天君听得此言,着心看火内,见陆压精神百倍,手

中托着一个葫芦。葫芦内有一线毫光,高三丈有余。上边现出一物,长有七寸,有眉有目;眼中两道白光反罩将下来,钉住了柏天君泥丸宫。柏天君不觉昏迷,莫知左右。陆压在火内一躬:"请宝贝转身!"那宝物在白光头上一转,柏礼首级早已落下尘埃,一道灵魂往封神台上去了。陆压收了葫芦,破了"烈焰阵"。①

"燃灯顾左右,无一人答应",可见这个烈焰阵之险恶。这一笔反衬了陆压的超群出众。而陆压出战后,吟诗作歌,一派潇洒从容气象。最后破阵也是"精神百倍",举手之劳。

陆压来到周营之初,是在众仙人被赵公明压制得束手无策的危险时刻。赵公明神通广大,自称"先有吾党后有天","能使须弥翻转过,又将日月逆周旋"。阐教十二门人的领袖燃灯道人与其对敌,不但落荒而逃,连坐骑都被赵公明"一闸两段"。而陆压到来之后,轻描淡写地就置赵公明于死地——竟无丝毫招架、还手的余地:

> 陆压揭开花篮取出一幅书,书写明白,上有符印口诀:"依此而用,可往岐山立一营,营内筑一台,扎一草人,人身上书'赵公明'三字,头上一盏灯,足下一盏灯。自步罡斗,书符结印焚化,一日三次拜礼,至二十一日之时,

---

① 《封神演义》48回,325—326页。

贫道自来午时助你，公明自然绝也。"子牙领命……连拜三五日，把赵公明只拜的心如火发，意似油煎，走投无路，帐前走到帐后，抓耳挠腮。……

只恨钉头七箭书把一个大罗神仙只拜得如俗子病夫一般，可怜讲甚么五行遁术，说不起倒海移山，只落得一场虚话！大家相看流泪。

且说子牙至二十一日巳牌时分，武吉来报："陆压老爷来了。"子牙出营迎接，入帐行礼。序坐毕，陆压曰："恭喜！恭喜！赵公明定绝今日！且又破了'红水阵'，可谓十分之喜！"子牙深谢陆压："若非道兄法力无边，焉得公明绝命？"陆压笑吟吟揭开花篮，取出小小一张桑枝弓，三只桃枝箭，递与子牙："今日午时初刻，用此箭射之。"子牙曰："领命。"二人在帐中等至午时，不觉阴阳官来报："午时牌！"子牙净手，拈弓搭箭。陆压曰："先中左目。"子牙依命先中左目。这西岐山发箭射草人，成汤营里赵公明大叫一声，把左眼闭了。闻太师心如刀割，一把抱住公明，泪流满面，哭声甚惨。子牙在岐山二箭射右目，三箭劈心一箭，三箭射了草人，公明死于成汤营里。……且言子牙同陆压回篷与众道友相见，俱说："若不是陆压兄之术，焉能使公明如此命绝！"燃灯甚是称羡。[①]

[①] 《封神演义》48、49回，325—333页。

这样整治死了赵公明，似乎不是那么正大光明。不过两军对垒，生死相搏，也讲不了太多"武德"。谈笑之间除去了心腹大患，而且是一位"在天皇时得道，修成玉肌仙体"的所谓"大罗天仙"——全书有此称谓者寥寥。陆压这样的战绩，无怪乎连"仙人班首"的燃灯道人都要"甚是称羡"了。

这位陆压，不仅神通广大，而且识大体明大理，还"善于做思想工作"，在伐纣大业存废的关键时刻挽狂澜于既倒：

> 武王曰："闻元帅连日未能取胜，屡致损兵折将。元帅既为诸将之元首，六十万生灵俱悬于元帅掌握。……元帅听孤，不若回兵，固守本土，以待天时，听他人自为之，此为上策。元帅心下如何？"子牙奏曰："大王之言虽是，老臣恐违天命。"武王曰："天命有在，何必强为！岂有凡事阻逆之理？"子牙被武王一篇言语把心中惑动，这一回执不住主意，至前营传令与先行官："今夜减灶班师。"众将官打点收拾起行，不敢阻谏。
>
> 二更时，辕门外来了陆压道人，忙忙急急大呼："传与姜元帅！"子牙方欲退兵，军政官报入："启元帅，有陆压道人在辕门外求见。"子牙忙出迎接，二人携手至帐中坐下。子牙见陆压喘息不定，子牙曰："道兄为何这等慌张？"陆压曰："闻你退兵，贫道急急赶来，故尔如此。"乃对子牙曰："切不可退兵！若退兵之时，使众门人俱遭横死。天数已定，决不差错。"子牙听陆压一番言语，也无主张，故此

子牙复传令："叫大小三军依旧扎住营寨。"武王听见陆压来至，忙出帐相见，问其详细。陆压曰："大王不知天意，大抵天生大法之人，自有大法之人可治。今若退兵，使被擒之将俱无回生之日。"武王听说，不敢再言退兵。①

武王、姜子牙的糊涂、颠顸，与陆压的清醒、果断，形成了鲜明的对比。写陆压"喘息不定"，与其一向潇洒从容的姿态大不相同，虽有夸张失当的嫌疑，却把其强烈的责任心，以及兹事体大、形势危急凸显出来了。

陆压解决难题的本领还表现在持有的奇特法宝上。每遇到无法惩处的顽敌时，陆压的法宝就显出无上的威力。凶神余元被惧留孙偷袭捉住，但无法除掉：

子牙在中军正无法可施，无筹可展，忽然报："陆压道人来至。"子牙同惧留孙出营相接至中军，余元一见陆压，只唬得仙魂缥缈，面似淡金，余元悔之不及。余元曰："陆道兄，你既来，还求你慈悲我，可怜我千年道行，苦尽功夫，从今知过必改，再不敢干犯西兵。"陆压曰："你逆天行事，天理难容，况你是'封神榜'上之人，我不过代天行罚。"……陆压焚香炉中，望昆仑山下拜，花篮中取出一个葫芦放在案上，揭开葫芦盖，里面一道白光如线起在空

---

① 《封神演义》70回，486—487页。

中，现出七寸五分横在白光顶上，有眼有翅。陆压口里道："宝贝请转身！"那东西在白光之上连转三四转，可怜余元斗大一颗首级落将下来。①

这个法宝在全书林林总总的"宝贝"、兵器中十分特别，本身似乎是一个活物，每次使用无往不利——这一点和它的主人陆压情形十分相似。而陆压分手时把这件宝贝借给了姜子牙，似乎是"如朕亲临"一般，解决了姜子牙的几个大难题。如斩杀白猿精。这个白猿精类似于孙悟空——两个猴谁抄谁，后面将有专题讨论——砍掉一个头颅立马再长出一个。这时：

> 子牙取出一个红葫芦，放在香几之上，方揭开葫芦盖，只见里面升出一道白线光，高三丈有余。子牙打一躬："请宝贝现身！"须臾间，有一物现于其上，长七寸五分，有眉有眼，眼中射出两道白光，将白猿钉住身形。子牙又一躬："请法宝转身！"那宝物在空中，将身转有两三转，只见白猿头已落地……众门人问曰："如何此宝能治此巨怪也？"子牙对众人曰："此宝乃在破万仙阵时，蒙陆压老师传授与我，言后有用他处，今日果然。"②

---

① 《封神演义》75回，528页。
② 《封神演义》93回，664页。

另一次法宝显灵，是在更有戏剧性的情节中。按照小说的描写，商纣的堕落，大半源于狐狸精妲己的诱惑——这又是一个具有强烈悖论的话题，也是有待后文专门讨论。武王伐纣、太公统兵，胜利的一个重要标志就是捉到了妲己。对这个罪魁祸首当然要明正典刑了。《武王伐纣平话》写到"小白旗下斩妲己"时，刻意渲染了妖狐之"妖"，每次都是"以妖眼"诱惑行刑者，以致连累、害死了几个周营军士。姜子牙没有办法，只得把她装到口袋里，用木碓砸死。至《列国志传》，仍袭用了苏妲己妖媚迷惑军士的情节，不过结局把民间色彩浓厚的装口袋改成了："太公曰：'吾闻妲己乃妖类，必得其形，方可除之。'命左右悬起照魔镜以鉴之，妲己乃露本相，却是个九尾金毛狐狸，咆哮于场上。太公命曰：'谁速除之？'殷郊跳出，大喊一声，手起斧落，断狐狸为三截。"（第十回）《封神演义》的作者感觉这是个可以大做文章的桥段，便用了更多描写的笔墨，而最终仍是借助陆压的宝贝来解决难题：

> 那妲己绑缚在辕门外，跪在尘埃，恍然似一块美玉无瑕，娇花欲语，脸衬朝霞，唇含碎玉，绿蓬松云鬓，娇滴滴朱颜，转秋波无限钟情，顿歌喉百般妩媚，乃对那持刀军士曰："妾身系无辜受屈，望将军少缓须臾，胜造浮屠七级！"那军士见妲己美貌，已自有十分怜惜，再加他娇滴滴的叫了几声将军长，将军短，便把这几个军士叫得骨软筋酥，口呆目瞪，软痴痴瘫作一堆，麻酥酥痒成一块，莫

能动履。……

　　子牙同众诸侯门弟子出得辕门，见妲己绑缚在法场，果然千娇百媚，似玉如花，众军士如木雕泥塑。子牙喝退众士卒，命左右排香案，焚香炉内，取出陆压所赐葫芦放于案上，揭去顶盖，只见一道白光上升，现出一物，有眉有眼，有翅有足，在白光上旋转。子牙打一躬："请宝贝转身！"那宝贝连转两三转，只见妲己头落在尘埃，血溅满地。①

纵观全书，姜子牙伐纣、封神，虽有十二个师兄以及燃灯道人的助力，但最得力的护佑者却是与其毫无瓜葛的陆压。

　　这个陆压究竟是何方神圣呢？

无拘无束的"野人"散仙

　　这个陆压在书中如此重要，身份、来历却是十分模糊。

　　《封神演义》中的仙人，尤其是"正方"的，师承渊源大都交代得清清楚楚，如"昆仑山玉虚宫掌阐教道法元始天尊"门下的十二弟子："九仙山桃园洞广成子，太华山云霄洞赤精子，二仙山麻姑洞黄龙真人，夹龙山飞龙洞惧留孙（后入释成佛），乾元山金光洞太乙真人，崆峒山元阳洞灵宝大法师，五龙山云霄

---

① 《封神演义》97回，692—693页。

洞文殊广法天尊（成文殊菩萨），九宫山白鹤洞普贤真人（后成普贤菩萨），普陀山落伽洞慈航道人（后成观世音大士），玉泉山金霞洞玉鼎真人，金庭山玉屋洞道行天尊，青峰山紫阳洞清虚道德真君。"不仅统一交代出这些仙人师门与班辈，而且一一开列出"户口所在地"，甚至对于今后的身份转变，也不厌其烦地加以注明。

而陆压的出场则完全不同，相比之下写法颇有悬疑。书中写他是不请而至来到周营：

> 这道人上得篷来，打稽首曰："列位道兄请了！"燃灯与众道人俱认不得此人。燃灯笑容问曰："道友是那座名山？何处洞府？"道人曰："贫道闲游五岳，闷戏四海，吾乃野人也。吾有歌为证歌曰：'贫道乃是昆仑客，石桥南畔有旧宅。修行得道混元初，才了长生知顺逆。休夸炉内紫金丹，须知火里焚玉液。跨青鸾，骑白鹤，不去蟠桃飡寿药，不去玄都拜老君，不去玉虚门上诺。三山五岳任我游，海岛蓬莱随意乐。人人称我为仙癖，腹内盈虚自有情。陆压散人亲到此，西岐要伏赵公明。'"①

这段自我介绍很有意思。"修行得道混元初"，口气相当大，这样的资格几乎是可以与元始天尊、太上老君并肩了，可是燃灯

---

① 《封神演义》48回，324页。

与众师弟竟然"俱认不得",情理上未免有些可疑。而且,"贫道乃是昆仑客",更加深了疑点——这些仙人的老师元始天尊就在"昆仑山玉虚宫"修行,换言之,昆仑山就是仙人们当年"学校"所在地。对于当地这样资深的修道者一无所知,实在有点说不过去了。

另外,自我介绍里,陆压自称是"野人",这也是很有趣的现象。在传统的士人文化里,"野人"是有丰富文化内涵的称谓。如李白:"白,野人也,颇工于文。"(《上安州裴长史书》)杜甫:"野人旷荡无腼颜,岂可久在王侯间。"(《去矣行》)苏东坡:"雨洗东坡月色清,市人行尽野人行。莫嫌荦确坡头路,自爱铿然曳杖声。"(《东坡》)等等。远离权贵、远离世俗,保持淳朴本性,是所谓"野人"的核心内涵与基本价值。所以,接下来"野人"陆压要说"不去玄都拜老君,不去玉虚门上诺"了。换言之,陆压就是仙界里的"另类"。至于为什么要安排一个"另类"来担负重要的关键性工作,很可能是有深层的原因——这一点,后面也会专题讨论到。

陆压自我介绍的主体部分是一首诗。他在后面对赵公明介绍自己时也是吟诗。这样来写显得他很潇洒、很从容。"任我游""随意乐"正是这样的姿态。除此之外,这首诗里还隐藏着一个重要的信息。"石桥南畔有旧宅"一句,与"野人"的身份,与"任我游""随意乐"的姿态似乎都有些格格不入,而且也不像是"昆仑客"修道之地。那么,怎么凭空有这样一句凿枘不合的诗句呢?原来,里面大有名堂。

据道教经典文献《纯阳帝君神化妙通纪》："元丰中，惠卿守单州天庆观。七月七日有异人过焉，书二诗于纸。一曰：'四海孤游一野人，两壶霜雪足精神。坎离二物君收得，龙虎丹成运水银。'一曰：'野人本是天台客，石桥南畔有旧宅。父子生来有两口，多好歌兮不好拍。'惠卿婿余中解之，曰：后篇第一句'客'者，'宾'也；第二句石桥者，'洞'也；第三句两口者，'吕'也。"那么，这条材料的名堂在哪里呢？

原来这条材料是写宋神宗时吕惠卿的一段奇遇。吕所遇是一位"异人"，留下的神迹就是两首诗。诗中隐含了一个人名。"有两口"隐一"吕"字，"石桥"隐指"洞"字，"客"即为"宾"字。所以"异人"就是吕洞宾。而吕洞宾一向潇洒不羁，也合于"野人"的形象。材料的出处标为"纯阳帝君"，更是挑明了是吕纯阳（吕洞宾号纯阳子）的神迹。

毫无疑问，小说中陆压所吟，正是从这里转录出来的。"贫道乃是昆仑客，石桥南畔有旧宅"脱胎于"野人本是天台客，石桥南畔有旧宅"。而《妙通纪》前后两首诗的"野人"，则被挪到了陆压的"开场白"中。可以说，《封神演义》作者在描写陆压出场时，是很认真、很用心地运用了《纯阳帝君神化妙通纪》这条材料的。

也就是说，作者写这个神秘的陆压，既让他神龙见首不见尾，又不愿读者轻易含糊过去，所以在这里弄了个小狡狯，让明眼的读者知道陆压是与吕洞宾有瓜葛的。至于什么瓜葛，我们还是留待后文一并揭晓。

待到第二天对阵赵公明，陆压的自我介绍同样别具特色：

次日，赵公明乘虎，篷前大呼曰："燃灯，你既有无穷妙道，如何昨日逃回？可速来早决雌雄！"哪吒报上篷来。陆压曰："贫道自去。"道人下得篷来，径至军前。赵公明忽见一矮道人，带鱼尾冠，大红袍，异相长须，作歌而来，歌曰："烟霞深处访玄真，坐向沙头洗幻尘。七情六欲消磨尽，把功名付水流，任逍遥自在闲身。寻野叟同垂钓，觅骚人共赋吟，乐陶陶别是乾坤。"赵公明认不得，问曰："来的道者何人？"陆压曰："吾有名，是你也认不得我。我也非仙，也非圣，你听我道来。歌曰：'性似浮云意似风，飘流四海不停踪。或在东海观皓月，或临南海又乘龙。三山虎豹俱骑尽，五岳青鸾足下从。不富贵，不簪缨，玉虚宫里亦无名。<u>玄都观内桃千树</u>，自酌三杯任我行。喜将棋局邀玄友，闷坐山岩听鹿鸣。闲吟诗句惊天地，静理瑶琴乐性情。不识高名空费力，吾今到此绝公明。'贫道乃西昆仑闲人陆压是也。"①

这个陆压似乎有作诗"癖"：两军阵前，作了一首又一首。作者在这里还是用了一些心思，不像当时大部分白话小说的打油诗词。前面一首是从元代全真道士刘志渊的《访隐者不遇》"烟霞

---

① 《封神演义》48回，324—325页。

深处访仙人,争奈寻真不遇真"脱化而来。后面一首则借用了唐代诗人刘禹锡《戏赠看花诸君子》"玄都观里桃千树"的诗句。这两处借来的诗句倒是都符合作者塑造的"野人"——另类仙人陆压的形象。

前面提到陆压特殊的法宝,我们再看一段文例,由这件法宝所显示的陆压与姜子牙之间特殊的关系。仙界两派的大决战是万仙阵,小说特意在眼花缭乱的混战中写了一笔陆压:

> 话说通天教主把九曜二十八宿调将出来,按定方位……只见陆压道人从空飞来,撞入万仙阵内也来助战。……丘引见势不好了,借土遁就走,被陆压看见,惟恐追不及,急纵至空中将葫芦揭开,放出一道白光,上有一物飞出,陆压打一躬,命:"宝贝转身。"可怜丘引头已落地。陆压收了宝贝,复至阵中助战。……话说群仙作别而去,惟有陆压握子牙之手曰:"我等此去,会面已难。前途虽有凶险之处,俱有解释之人,只还有几件难处之事,非此宝不可,我将此葫芦之宝送你以为后用。"子牙感谢不已。陆压随将飞刀付与,也自作别而去。①

若单纯从战事来看,陆压这一笔完全没有必要。但作者插入这一笔,效果就是强化了陆压与众不同的印象——特别是在护佑

---

① 《封神演义》83、84回,591—598页。

姜子牙，助成伐纣大业这一点上。

这个人物形象进入学术研究的视野，则是晚近的事情。不过牵连到的却是《封神演义》研究的最基本问题：小说的作者究属何人。

《封神演义》的作者问题复杂而有趣。据孙楷第《中国通俗小说书目》按语云：

> 《封神演义》作者，明以来有二说：一云许仲琳撰，见明舒载阳刊本《封神演义》卷二，题云"钟山逸叟许仲琳编辑"。鲁迅先生有文记之。仲琳盖南直隶应天府人，始末不详。且全书惟此一卷有题，殊为可疑。一云陆长庚撰，余始于石印本《传奇汇考》发见之。卷七《顺天时》传奇解题云："《封神传》传系元时道士陆长庚所作。未知的否？"张政烺谓"元时"乃"明时"之误，长庚乃陆西星字。其言甚是……惜不言所据耳。[①]

这里把两种主要观点的来龙去脉梳理得清清楚楚。"惜不言所据"，也是很客观、很谨慎的态度。不过，从语气看，孙先生还是比较倾向于"陆西星著"一说的。

许、陆二说之外，二十世纪八九十年代又有李云翔合著的说法，惟依据含混，影响不大，这里且置之不论。

---

① 孙楷第《中国通俗小说书目》卷5，196—197页，人民文学出版社，1982。

由于孙楷第先生留下了"惜不言所据"的憾词，旅澳学者柳存仁便接下了这个任务。他在《陆西星、吴承恩事迹补考》《佛道教影响中国小说考》《元至治本〈全相武王伐纣平话〉、明刊本〈列国志传〉卷一与〈封神演义〉之关系》等文章中，相当细密地论证了陆西星撰写《封神演义》的根据[①]。大略言之，有以下几个方面：

一、不仅《全相武王伐纣平话》是《封神演义》的早期蓝本，嘉隆万之际的《列国志传》亦"或曾为陆西星所见，且为陆所利用"。

二、《封神演义》中的一些道教用语与陆西星其他著作如《南华副墨》等颇有相同或相近者。

三、《封神演义》中的散仙陆压是个神龙见首不见尾的人物，值得深究。

四、张政烺认为陆西星与吕洞宾关系至为密切，所以神通广大的陆压暗指陆的老师吕洞宾。证据是"陆压"二字的声母与"吕岩"（吕洞宾名吕岩）的声母皆为 L、Y。而柳存仁先生认为其观点与论证均未免迂远，不如直接以"陆压"为作者自己的隐名为妥。

五、指"陆压"为陆西星的隐名，理由多多，主要有："压星"为道教方术[②]，以"压"指"星"自然而然；"陆压"不在书中

---

① 柳存仁《和风堂文集》，上海古籍出版社，1991。
② 压星常为道士所用，但不严格限于道教范围，有些江湖术士也有类似活动。

设定的阐教、截教神仙谱系之中，更谈不上辈分问题；陆西星的"性命双修"宗教主张、"西昆仑"的地望等，都在小说的陆压身上有所体现，等等。

可以说，柳先生的工作相当细致。然推敲之下，前两点与陆西星的著作权关系不大[①]。但后面三条出于文本内部，非如此对"陆压"这一奇特的人物形象难有圆通的解释。虽然据此尚不能对著作权问题铸成铁案，却也是相当有说服力的。假如有"陪审团"来表决，相信通过的可能性还是相当大的。

我们在这里梳理问题的由来与现状，当然不是为了彰显柳存仁的贡献，或是讨论李云翔的资格，而是由"陆西星"还可以延伸出去，涉及几个较为有趣的话题。

先来说由"压"及"星"的话题。

原来，在道教文化中，"压"与"星"连用组成动宾词组，专指某一类法术。如《封神演义》第十六回：

> 子牙曰："小弟择一日辰，仁兄只管起造。若上梁那日，仁兄只是款待匠人，我在此替你压压邪气，自然无事。"……话说子牙在牡丹亭里，见风火影里五个精灵作怪。子牙忙披发仗剑，用手一指，把剑一挥，喝声："孽畜不落，更待何时！"再把手一放，雷鸣空中，把五个妖物慌忙跪倒……
>
> 不说子牙压星收妖。且说那日是上梁吉日，三更子时，

[①] 章培恒曾著文驳柳，主要也是从此下手。

前堂异人待匠，马氏同姆姆孙氏往后园暗暗的看子牙做何事。二人来至后园，只听见子牙分付妖怪。马氏对孙氏曰："大娘，你听听，子牙自己说话。这样人一生不长进，说鬼话的人怎得有升腾的日子？"马氏气将起来，走到子牙面前问子牙曰："你在这里与谁讲话？"子牙曰："你女人家不知道，方才压妖。"[1]

"压星"也写作"厌星"，这里的"厌"音、义皆同"压"。如第二十四回：

且说子牙三更时分，披发仗剑，踏罡布斗，掐诀结印，<u>随与武吉厌星</u>。[2]

结合来看，施行这一法术的规定动作是"披发仗剑"，似乎还要"踏罡步斗，掐诀结印"——与"罡""斗"有关，可能这就是称为"压星"的原因。这一点，《三国演义》可为旁证。第一百零三回《五丈原诸葛禳星》一节："姜维入帐，正见孔明披发仗剑，踏罡步斗，压镇将星。""压镇将星"显然就是"压星"，而做法同样是"披发仗剑，踏罡步斗"。当然，还有另一种阐释的可能。如《新齐谐》卷二："蜀人滇谦六富而无子，屡得屡亡，

---

[1] 《封神演义》16回，106—107页。
[2] 《封神演义》24回，157页。

有星家教以压胜之法。"似乎压星就是"星相家的压胜"。

不过，古人并没有哪个来咬文嚼字"下定义"，在当时的语境中，"压星"乃一种方术，是不待繁言而解的常识。如《罪惟录》："东山急，反告让，复诬鹤龄兄弟与其诸子宗说、宗俭，为推背、压星图，魇镇圣母、皇上。"同一件事，在《胜朝彤史拾遗记》中虽文字略有出入，"压星"却是一致："东山急，反诬让诸子与延龄通，并为压星图压镇圣母、皇上。"

简言之，在当时，由"压"联想到"星"，是很自然的事，是大概率的事。

而小说中的陆压自称"西昆仑闲人陆压"，也就很自然地指向了"陆""西""星"。

陆西星，何许人也？

陆西星是明代中叶赫赫有名的全真教道士。

陆西星，字长庚，号潜虚子，又号方壶外史，江苏兴化人。生活于明嘉靖至万历中期。《兴化县志》记载他多才艺，为诸生，颇有名望，但考举人九试而不中。于是弃儒学道，入山隐居。自称遇异人受仙传秘诀，遂成为道教内丹派东派的创始人物。

陆西星平生著述甚富，有《老子元览》二卷、《阴符经测疏》一卷、《参同契测疏》一卷、《金丹就正篇》一卷、《紫阳四百字测疏》一卷、《方壶外史》八卷、《南华副墨》八卷。此外传世的还有《张三丰传》，以及数十首诗词。如《题白白子注道德经》："一注能将道奥开，重看紫气自东来。弹琴度笛真名士，说法谈经大辨才。我坐方壶玩沧海，君登圆峤压蓬莱。今朝共坐江亭上，口诵《南华》自笑呆。"

要坐实陆西星与陆压的关系，一条比较现实的途径就是从《封神演义》文本中寻找"内证"。

开展这项工作之前需要介绍一个重要的背景信息，就是陆西星与吕洞宾的特殊缘分。

众所周知，吕洞宾名吕岩，号纯阳子、回道人等，以字行世，世称吕洞宾，是唐后期著名道士，后来被道教全真派尊奉为"北五祖"之一，又是民间传说"八仙"中最活跃的人物。

陆西星自称是吕洞宾的及门弟子，吕祖曾降临其草堂，亲授丹诀。陆西星自著《金丹就正篇》的两篇序言重点便是宣传自己与吕洞宾深厚的仙缘：

> 嘉靖丁未，偶以因缘遭际，得遇法祖吕公于北海之草堂，弥留款洽，赐以玄醴，慰以甘言。三生之遇，千载稀觏。
>
> 甲子嘉平……恩师示梦，去彼挂此，遂大感悟，追忆曩所授语，十得八九。参以契论经歌，反复紬绎，寐寐之间，性灵豁畅，恍若有得，乃作是篇。……庶几不背吾师之旨乎！
>
> 昔师示我云："《参同》《悟真》乃入道之阶梯。"顾言微旨远，未易剖析，沉潜廿载，始觉豁然。且夫仆非能心领

神悟也，赖玩索之功深，而师言之可证耳。[1]

据此，他能入道完全是吕洞宾的提携（注意，历史上的道士吕洞宾是唐代人物；此吕洞宾乃是"得道"后的仙人）。吕洞宾甚至住到他家里，传授内丹的诀窍，实在是"千载稀觏"——千载难逢的旷世缘分。其次，吕洞宾始终关心他这个弟子，二十年后又托梦来指导，打破他修行的种种瓶颈性问题，使之"寐寐之间，性灵豁畅"——换个说法是"当下大悟"。于是乎，他不敢私密；于是乎，把吕祖所传及自己的学习心得公之于众，便有了这本《金丹就正篇》。

吕洞宾几乎是道教中在民间知名度最高的人物。自宋至明，他具有越来越多的头衔，受到越来越多的供奉，同时也有越来越多的故事、传说。其中之一是他与黄龙禅师的纠葛。

从北宋到晚明，"吕洞宾飞剑斩黄龙"是一个热闹非凡的宗教话题。站在佛教的立场，是黄龙禅师折服了吕洞宾，如《五灯会元》写吕的忏悔词："自从一见黄龙后，始觉从前错用心。"又如《飞剑斩黄龙》，则写"（吕）夜半飞剑入禅室中，剑被黄龙收摄，卓地不动。洞宾百计取剑，终不能得，乃拜服，愿归佛法"。而站在道教立场的书写，便全然翻转，杂剧《吕纯阳点化度黄龙》，以及《吕真人神碑记》《吕祖全书》等，都是让吕洞宾最终占了上风。

---

[1] 均见电子版《国学大师》v3.3，道部，道别。

不过，总体来看，社会上流传的黄龙与吕洞宾的斗法故事，以黄龙得胜的为多。这在道教徒，特别是全真教教众心中是一记耻辱的印痕。

《封神演义》书中虽然转抄了不少吕洞宾的诗句，但并没有出现这个人物形象。倒是"黄龙"频频亮相，而且是以一个与众不同的形象出现的。

这位黄龙真人是元始天尊门下十二弟子之一，其"戏份"是十二仙人中最多的一个。他的出场是这样写的：

> 杨戬启子牙（曰）："二仙山麻姑洞黄龙真人到此。"子牙迎接至银安殿，行礼毕，分宾主坐下。子牙曰："道兄今到此，有何事见谕？"黄龙真人曰："特来西岐，共破十绝阵。方今吾等犯了杀戒，轻重有分，众道友咫尺即来。此处凡俗不便，贫道先至与子牙议论，可在西门外搭一芦篷席殿，结彩悬花，以便三山五岳道友齐来可以安歇。"……①

接下来一段带有总体交代的意味，列出了十二弟子的大名单。而十二弟子的到来，却是黄龙真人来"打前站"，提前安排。感觉黄龙真人似乎在十二弟子中地位稍微特殊一些，好像是这个群体的"秘书长"。

这一点在后文继续有所表现，如另一重头戏"诛仙阵"，也

---

① 《封神演义》44回，299页。

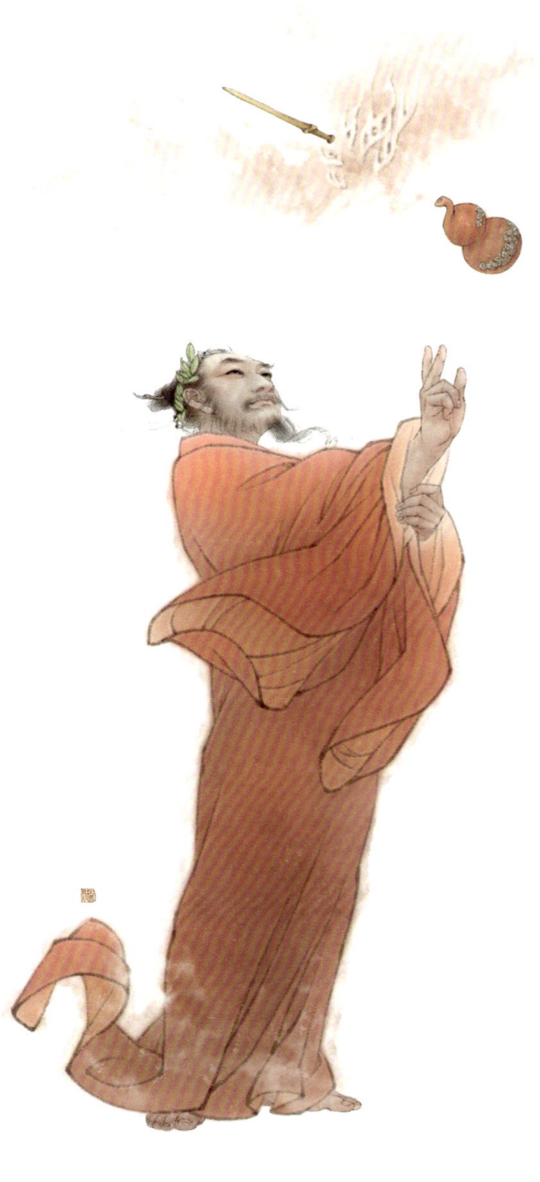

◎陆压道人

是"(姜子牙)正在殿上忧虑,忽报:'黄龙真人来至。'子牙迎接至中堂,打稽首,分宾主坐下。黄龙真人曰:'前边就是诛仙阵,非可草率前进。子牙可分付门人,搭起芦篷席殿,迎接各处真人异士,伺候掌教师尊,方可前进。'子牙听毕,忙令南宫适、武吉盖芦篷去了。……子牙感谢毕,复至前殿,与黄龙真人同众门弟子离了汜水关,行有四十里,来至芦篷。只见悬花结彩,叠锦铺毹,黄龙真人同子牙上了芦篷坐下。少时间,只见广成子来至,赤精子随至。次日,惧留孙、文殊广法天尊、普贤真人、慈航道人、玉鼎真人来至;随后有云中子、太乙真人……陆续来至。"[①] 而姜子牙被吕岳暗害性命垂危,也是"哪吒正忧烦,听的空中鹤唳之声,元来是黄龙真人跨鹤而来,落在城上"[②],并修书伏羲索取丹药救治。

若看这些情节,作者似乎很看重这位黄龙真人,突出他在十二弟子中的地位。可是,奇怪的是,他又是十二弟子中最"倒霉"的一位。

先是与赵公明作战:

> 赵公明道罢。黄龙真人跨鹤至前,大呼曰:"赵公明,你今日至此,也是'封神榜'上有名的,合该此处尽绝!"公明大怒,举鞭来取,真人忙将宝剑来迎。鞭剑交加未及

---

① 《封神演义》76回,535—536页。
② 《封神演义》58回,401页。

> 数合,赵公明将缚龙索祭起,把黄龙真人平空拿去。……
>
> 至中军,闻太师见公明得胜,大喜。公明命将黄龙真人也吊在幡杆上,把黄龙真人泥丸宫上用符印压住元神,轻容易不得脱逃。……燃灯闻言甚是不乐。忽然抬头,见黄龙真人吊在幡杆上面,心下越觉不安。众道者叹曰:"是吾辈逢此劫厄不能摆脱,今黄龙真人被如此厄难,我等此心何忍?谁能解他怨尤方好?"①

作战、斗法,不妨互有胜负。但做了俘虏,被吊在幡杆上示众出丑,这样的写法用在"正面"的仙人身上就显得有点怪异了——十二弟子只有他"享受"了这样的待遇。最后还是被自己的晚辈师侄从杆子上救下来。

如果说事出偶然、作者无心,那下一段文字就不好解释了。

> 黄龙真人曰:"众位道友,自元始以来,为道独尊,但不知截教门中一意滥传,遍及匪类,真是可惜工夫,苦劳心力,徒费精神;不知性命双修,枉了一生作用,不能免生死轮回之苦,良可悲也!"……黄龙真人上前曰:"马遂!你休要这等自恃!如今吾不与你论高低,且等掌教圣人来至,自有破阵之时。你何必倚仗强横,行凶灭教也。"马遂跃步仗剑来取,黄龙真人手中剑急忙来迎。只一合,马遂

---

① 《封神演义》47回,318页。

> 祭起金箍，把黄龙真人的头箍住了。真人头疼不可忍，众仙急救真人，大家回芦篷上来。真人急忙除金箍，除又除不掉，只箍得三昧真火从眼中冒出，大家闹在一处。不表。①

这是万仙阵的一段，又是黄龙真人逞强出头，不料"只一合，马遂祭起金箍，把黄龙真人的头箍住了"。显然，他本领低劣，无自知之明。问题是箍住了也罢，还有更过分的描写："真人头疼不可忍"，"急忙除金箍，除又除不掉，只箍得三昧真火从眼中冒出"，而"众仙急救真人……大家闹在一处"。不仅黄龙真人狼狈不堪，连众仙人都被他拖累得"闹在一处"，全无尊严了。

除此之外，其他地方还多次写到他的无能，如"吕岳战黄龙真人，真人不能敌，且败往正中央来。杨文辉大呼：'拿住黄龙真人！'哪吒听见三军呐喊，振动山川，急来看时，见吕岳三头六臂，追赶黄龙真人。"②结果又是晚辈哪吒救了黄龙真人的命。

在十二门徒中，多次写黄龙真人出头充当"组织者"，显然是要引起读者对他的注意；而出头的同时却是一次次让他出乖露丑——高吊示众、箍得"三昧真火从眼中冒出"，这样的笔墨中流露出强烈的负面情绪。

一个"正面的"仙人，为何如此"倒霉"？为何只有他如此

---

① 《封神演义》82回，576—577页。
② 《封神演义》59回，404页。

"倒霉"？

这样提问题，看起来似乎有点网络游戏水平的嫌疑，其实还是含有学术因素的。因为，这种反常的情节设计流露出的是作者特殊的情感态度。具体说就是对"黄龙"的反感，甚至憎恶。

联系前面提到的吕洞宾与黄龙之间的过节、"梁子"——当然，都是后人代为结下的，把这些描写看作是为吕洞宾"出头"、解气，应该不失为一种解释吧。既然陆西星与吕洞宾有那么密切的关系。作为吕洞宾的"亲炙弟子"，陆西星在《封神演义》中把"黄龙"置于特殊的尴尬地位，作出带有几分恶意的描写，也就不难理解了。

另外，小说第七十七回，还有这样一段文字："（元始天尊）分付弟子排班。赤精子对广成子，太乙真人对灵宝大法师，清虚道德真君对惧留孙，文殊广法天尊对普贤真人，云中子对慈航道人，玉鼎真人对道行天尊，黄龙真人对陆压，燃灯同子牙在后。"可是，作品在前文明明交代了陆压不是元始天尊的弟子——"不去玄都拜老君，不去玉虚门上诺"，这里却让他参加到"弟子排班"中，而且让他和黄龙真人结成了对子。于是，在似有意似无意之间，作者给读者留下了二者有关联的印象。

可以说，这一笔是作者唯恐自己矮化黄龙真人的"巧妙"用心被忽略过去，就为明眼读者施加的小狡狯。

吕洞宾的超级粉丝

说陆压是陆西星的影子,进而说陆西星是《封神演义》的作者,内证之一(当然还有之二、之三,我们后面慢慢讲)是字里行间反常的对黄龙真人的不友好态度。与之相佐证的是作者对吕洞宾的异常的亲近,证据是对其诗词的引用。

一般来说,中国古代白话小说都会穿插一些诗词。这些诗词大体有三种情况:一种是来自民间早期文本,文字水平低劣,如杨本《西游记》:"猪妖强占人家女,行者持棒赶上他。"一种是作者自撰,一般水平会好一些。还有就是迻录名家名作。如吴本《西游记》就颇多全真教领袖王重阳、马丹阳等作品。迻录何人,也会反映出作者的远近亲疏态度。

总体来看,《封神演义》穿插的诗词韵文,文字水平是比较高的,而其中可注意的就是迻录时对吕洞宾的偏爱。

我们做一不完全的梳理,就发现这样一些文例:

第五回:"云中子笑曰:'陛下之恩赐,贫道无用处。贫道有诗为证。诗曰:随缘随分出尘林,似水如云一片心。两卷道经三尺剑,一条藜杖五弦琴。囊中有药逢人度,腹内新诗遇客吟。一粒能延千载寿,慢夸人世有黄金。'"

《吕祖志》卷五,《艺文志》"七言律诗六十一首"中有:

随缘随分出尘林,似水如云一片心。两卷道经三尺剑,一条藜杖五弦琴。囊中有药逢人度,腹内新诗遇客吟。丹粒能延千载寿,漫夸人世有黄金。①

第十三回:"太乙真人曰:'道虽一理,各有所陈。你且听吾分剖:交光日月炼金英,一颗灵珠透室明。摆动乾坤知道力,逃移生死见功成。逍遥四海留踪迹,归在三清立姓名。直上五云云路稳,紫鸾朱鹤自来迎。'"

《吕祖志》卷四,《艺文志》"七言律诗六十首"中有:

红炉迸溅炼金英,一点灵珠透室明。摆动乾坤知道力,逃移生死见功程。逍遥四海留踪迹,归去三清立姓名。直上五云云路稳,紫鸾朱凤自来迎。②

有趣的是,至第四十五回,又有:"惧留孙领命,作歌而来:交光日月炼金英,二粒灵珠透室明。摆动乾坤知道力,逃移生死见功成。逍遥四海留踪迹,归在玄都立姓名。直上五云云路稳,彩鸾朱鹤自来迎。"除个别文字外,惧留孙又重复了太乙真人的诗作。当然,太乙真人也是从吕洞宾那里"借用"过来的。

这只能解释为作者实在是太喜欢吕洞宾的作品了,也太熟悉吕洞宾的作品了。

第四十六回:"慈航道人领法旨。乃作歌曰:'自隐玄都不记春,几回苍海变成尘。玉京金阙朝元始,紫府丹霄悟妙真。喜

---

① 《万历续道藏》。
② 《万历续道藏》。

集化成千岁鹤,闲来高卧万年身。吾今已得长生术,未肯轻传与世人。'"

《吕祖志》卷四,《艺文志》"七言律诗六十首"中有:

> 自隐玄都不记春,几回沧海变成尘。玉京殿里朝元始,金阙宫中拜老君。闷即驾乘千岁鹤,闲来高卧九重云。我今学得长生法,未肯轻传与世人。①

第四十七回:"公明回答曰:'道兄,你等欺吾教太甚!吾道你知,你道吾见。你听我道来:混沌从来不记年,各将妙道补真全。当时未有星和斗,先有吾党后有天。'"

《吕祖志》卷四,《艺文志》"七言律诗六十首"中有《对君作》:

> 混混沌沌不计年,一吸略记五千言。烧丹炼药南山秀,服气吞霞九海干。曾经几度须眉滥,数番沧海变桑田。陛下问臣年多少,先有吾身后有天。②

文字出入略大,但从吕诗中脱化而来,还是很明显的。之所以"缩写",也许是因为赵公明属于反面人物吧?

---

① 《万历续道藏》。
② 《万历续道藏》。

第四十七回:"燃灯曰:'……你且听我道来:盘古修来不记年,阴阳二气在先天。煞中生气肌肤换,精里含精性命团。玉液丹成真道士,六根清净产胎仙。扭天拗地心难正,徒费工夫落堑渊。'"

《吕祖志》卷四,《艺文志》"七言律诗六十首"中有:

水府寻铅合火铅,黑红红黑又玄玄。气中生气肌肤换,精里含精性命专。药返便为真道士,丹还本是圣胎仙。出神入定虚华语,徒费工夫万万年。①

第四十七回还有:"二人笑曰:'你连我也认不得,还称你是神仙!听我道来:堪笑公明问我家,我家原住在烟霞。眉藏火电非闲说,手种金莲岂自夸。三尺焦桐为活计,一壶美酒是生涯。骑龙远出游苍海,夜久无人玩物华。'"

《吕祖志》卷五,《艺文志》"七言律诗六十一首"中有:

堪笑时人问我家,杖担云物惹烟霞。眉藏火电非他说,手种金莲不自夸。三尺焦桐为活计,一壶美酒是生涯。骑龙远出游三岛,夜久无人玩月华。②

由此看来,说《封神演义》的作者是吕洞宾的"超级粉丝",绝

---

① 《万历续道藏》。
② 《万历续道藏》。

非无稽之谈。

《三国演义》，罗贯中最厉害！

有一个"文哏"相声《歪批三国》，从二十世纪五十年代说到现在，常演不衰。其中有一个梗：《三国演义》谁最厉害？说到最后，是"罗贯中最厉害"。理由是他让谁死谁就得死。

虽然是个玩笑，却也含有几分道理。

作者的态度、倾向往往会影响作品的情节发展、人物形象。

特别是如果作者把自己"藏"到作品里的时候。

据明人记载，《三国演义》中的诸葛亮就有罗贯中的影子（"有志图王，乃遇真主，传神稗史"）。而这种现象也称之为创作中的"自我指涉"。

在中国小说史上，这方面的例子颇不罕见。李渔的《十二楼》就把自己写了进去。《红楼梦》的贾宝玉、《儒林外史》的杜少卿，皆含作者自我指涉的成分。《老残游记》的主角铁补残则有作者刘鹗的影子。这是世情题材，似乎自然而然。有趣的是，历史题材与神魔题材也会自我指涉，只是"白日梦"的成分不免大为增加。《女仙外史》的"帝王师"吕律，明显是吕熊自己的"意淫"；无独有偶的是《野叟曝言》之文素臣，只是作者的"梦"更大，把"自我"放大了千百倍。

《封神演义》的陆压又逍遥自在，又神通广大，又建不世之功，又逃世俗之名，天不管兮地不拘，人生如此，夫复何求！

这正是疏离庙堂、自负狂放的陆西星的另类白日梦。

我们从交游来更多地认识一下这个不受羁勒、出入儒释道的人物。

陆西星平生至交宗臣，是嘉隆万时的大名士。他与陆西星文字往来甚多，其中反映出陆的个性及彼此的期许。如《陆长庚母夫人叙》：

> 长庚辄与余几而谈……不夜不别，即别，复相与握手，竟谈途中。当是时，余贫，长庚更大贫，至不能张烛启途，往往错足沟秽，不恨也。而太夫人张颇怪长庚暮归，辄问曰："儿所从朝夕者，谁子哉，而殷殷亟亟焉？"长庚跽进曰："儿读天下之书，见天下之士者至众矣，乃亡逾斯人者。渊停岳峙矣。非儿不能友之。"[①]

两个性情中人的友谊，显露出不同凡俗的气质，而"天下之士……非儿不能友之"，又是何等的自负！

宗臣本是眼高于顶的人物（由其名篇《报刘一丈书》可见一二），而他对陆西星的评价是：

> 顾长庚者，天下才也。用之则夔、龙、稷、契，不用则班、马、杜、李。辟之云焉，即垂，即雨，即结，即霞，

---

① 《宗子相集》卷12，95页，文渊阁四库全书本。

> 终日而遍于宇内，钧之炳然大观也。①

平时彼此之间的相互推许，由此可以想见。

再看宗臣的《报陆长庚书》：

> 足下龙卧沧江，云深雾远，丹经在握，白日难欺。……顷者春水渐深，鱼虾可网，足下箕踞独嚼，散发长吟，亦有一念以及远人乎？②

"龙卧沧江，云深雾远""箕踞独嚼，散发长吟"，这样狂放、潇洒的形象，与《封神演义》中那个"不去玄都拜老君，不去玉虚门上诺"的"野人"陆压何其神似！

总之，作品内外多条线索由陆压指向了陆西星。很可能，陆压的形象又提供了文学创作中自我指涉的一个典型案例。

---

① 《宗子相集》卷12，96页，文渊阁四库全书本。
② 《宗子相集》卷14，145页，文渊阁四库全书本。

从"女妖"到"妖女"——拓展的苏妲己话题

"红颜祸水"集大成

把一个王朝的倾覆归咎于某个女性,对这种现象称之为"红颜祸水"。这是中国古代政治文化、性别文化的一个影响广泛的话题。这方面最早的权威性讲法出自《诗经》的《大雅·瞻卬》:"哲夫成城,哲妇倾城。"据汉末郑玄的解释,这里的"城"就是指国家。所以孔颖达疏解为:"若为智多谋虑之妇人,则倾败人之城国。"

西汉后期,汉成帝宠幸赵飞燕姐妹,宫中资深的女官淖方城唾弃道:"此祸水也,灭火必矣。"当时盛行五行政治说,汉代自认为是"火德"。淖方城认为赵氏姐妹祸乱朝政,必然导致汉王朝的倾覆,如同火被水浇灭,所以有了"祸水"之说。

由于这样的思想既符合统治者推卸政治责任的需要,又是在男权社会中天然具有广泛基础的话语,所以历朝历代都有相关的"故事"增殖、累加。追溯既往，则有夏桀时的妹喜、殷纣时的妲己、周幽王时的褒姒、鲁桓公时的文姜、鲁庄公时的哀姜、晋献公时的骊姬、鲁宣公时的穆姜、齐灵公时的声姬、赵灵公时的吴女、楚考烈王时的李后、赵悼王时的倡女等一大串"祸水"的名单；往后续，西施、贾南风、冯小怜、张丽华，一直到武则天，可谓代不绝书。这些故事既有官方的经典文本的记述，也有野史，以至民间的传说。而种种相关的讲述会聚到一起，各种"祸水"汇流成一股，就有了这明代的《封神演义》，有了《封神演义》中苏妲己的形象。

从这个意义上讲，《封神演义》苏妲己形象的塑造，可以看作是"红颜祸水"观念的集大成者。这个形象其实是一个箭垛式人物，作者是把两千多年间泼到宫廷女性身上的脏水集于此一身，包括：

色之迷——靠美色迷惑君主，影响政局；

宠之争——争宠，残酷打击情敌，掌控后宫；

欲之奢——骄奢淫逸，诱使君主挥霍无度；

意之毒——在权力斗争中无所不用其极，特别是"使阴招"，表现为狠毒与变态。

这几方面，都在苏妲己身上达到了顶点，最终凝聚为文学史上"恶女人"的极致形象——当然，作品中是一个女"妖"的身份。

我们逐一看看小说中描写的这几个方面。

先看色之迷：

《封神演义》从第二回到第九十八回,凡涉及殷商朝政之处,大半会言及妲己。而言及妲己之处,大半会言及其美貌。

女性靠高颜值迷惑男性,这是"祸水"观的基础。在这部小说中,更把妖狐之迷同美女之迷叠加起来,可谓"魅力"描写的登峰造极。

妲己初入宫,对纣王的魅惑是这样的:

> 纣王定睛观看,见妲己乌云叠鬓,杏脸桃腮,浅淡春山,娇柔柳腰,真似海棠醉日,梨花带雨,不亚九天仙女下瑶池,月里嫦娥离玉阙。妲己启朱唇似一点樱桃,舌尖上吐的是美孜孜一团和气;转秋波如双弯凤目,眼角里送的是娇滴滴万种风情。口称:"犯臣女妲己愿陛下万岁,万岁,万万岁!"只这几句,就把纣王叫的魂游天外,魄散九霄,骨软筋酥,耳热眼跳,不知如何是好。
>
> ……两班文武见天子这等爱色,都有不悦之意;……纣王自进妲己之后,朝朝宴乐,夜夜欢娱,朝政隳堕,章奏混淆。群臣便有谏章,纣王视同儿戏。日夜荒淫,不觉光阴瞬息,岁月如流,已是二月不曾设朝,只在寿仙宫同妲己宴乐。天下八百镇诸侯多少本到朝歌,文书房本积如山,不能面君,其命焉能得下?眼见天下大乱。①

---

① 《封神演义》4回,27页。

"魂游天外，魄散九霄，骨软筋酥，耳热眼跳"，把纣王写得如此不堪，正是表现妲己的美貌，特别是由颜值产生的魅惑力量。

其后，随着情节的发展，妲己这个女妖的恶行愈演愈烈，可是作者还不肯罢休，随时都要对美貌再点染几句，来强化读者对妲己魅力的印象，以及这种美貌对君主的影响。如："妲己歌舞起来。但见：霓裳摆动，绣带飘扬。轻轻裙裾不沾尘，袅袅腰肢风折柳。歌喉嘹亮，犹如月里奏仙音；一点朱唇，却似樱桃逢雨湿。尖纤十指，恍如春笋一般同；杏脸桃腮，好像牡丹初结蕊。正是琼瑶玉宇神仙降，不亚嫦娥下世间。"（第七回）而为了情节的腾挪变化，作者还凭空生发出一个"喜媚"。这个喜媚可以看作是妲己的"影像"。她同样靠美貌迷倒了商纣：

> 纣王曰："朕看爱卿容貌，真如娇花美玉，令人把玩不忍释手。"妲己曰："妾有何容色，不过蒙圣恩宠爱，故如此耳。妾有一结识义妹姓胡，名曰喜媚，如今在紫霄宫出家，妾之颜色百不及一。"纣王原是爱酒色的，听得如此容貌，其心不觉欣悦……
>
> 纣王看喜媚，真如蕊宫仙子，月窟嫦娥。把纣王只弄的魂游荡漾三千里，魄绕山河十万重，恨不能共语相陪，一口吞他下肚，抓耳挠腮，坐立不宁，不知如何是好。……[1]

---

[1] 《封神演义》26回，172—173页。

这里，作者用"抓耳挠腮，坐立不宁"的夸张描写，把纣王极度好色的不堪表现重演了一遍，无非是进一步表现女色的巨大魅力，而把一个暴君置于被动、从属的地位。

小说表现妲己的迷惑力，最夸张、给人印象最深的一笔却是在刑场之上。刑场杀妲己，本是史有明文的，所谓"小白旗"悬妲己首级示众云云。但是写得起伏变化、细腻生动，《封神演义》的作者还是下了不小的功夫：

> 话说那妲己绑缚在辕门外，跪在尘埃，恍然似一块美玉无瑕，娇花欲语，脸衬朝霞，唇含碎玉，绿蓬松云鬓，娇滴滴朱颜，转秋波无限钟情，顿歌喉百般妩媚，乃对那持刀军士曰："妾身系无辜受屈，望将军少缓须臾，胜造浮屠七级！"那军士见妲己美貌，已自有十分怜惜，再加他娇滴滴的叫了几声将军长，将军短，便把这几个军士叫得骨软筋酥，口呆目瞪，软痴痴瘫作一堆，麻酥酥痒成一块，莫能动履。……雷震子监斩狐狸精，众军士被妲己迷惑，皆目瞪口呆，手软不能举刃。雷震子发怒，喝令军士，只见个个如此，雷震子急得没奈何，只得来中军帐报知，请令定夺。
>
> 子牙见杨戬、韦护报功，令："拿出辕门号令。"惟有雷震子赤手来见。子牙问曰："你监斩妲己，如何空身来见我？莫非这狐狸走了？"雷震子曰："弟子奉令监斩妲己，孰意众军士被这妖狐迷惑，皆目瞪口呆，莫能动履。"子牙

怒曰:"监斩无能,要你何用?"一声喝退。雷震子羞惭满面,站立一旁。子牙命:"将行刑军士拿下,斩首示众。"复命杨戬、韦护监斩。二人领命,另换了军士,再至辕门。只见那妖妇依旧如前,一样软款,又把这些军士弄得东倒西歪,如痴如醉。杨戬与韦护看见这等光景,二人商议曰:"这毕竟是个多年狐狸,极善迷惑人,所以纣王被他缠缚得迷而忘返,又何况这些愚人哉!我与你快去禀明元帅,无令这些无辜军士死于非命也。"杨戬道罢,二人齐至中军帐来,对子牙"如此如彼"说了一遍。众诸侯俱各惊异,子牙对众人曰:"此怪乃千年老狐,受日精月华,偷采天地灵气,故此善能迷惑人,待吾自出营去斩此恶怪。"子牙道罢先行,众诸侯随后。

  子牙同众诸侯门弟子出得辕门,见妲己绑缚在法场,果然千娇百媚,似玉如花,众军士如木雕泥塑。[①]

如此迷人,可说是到了匪夷所思的地步。

  对于美色和乱政的关系,还有一个影响广远的词语,就是"倾国倾城"。

  这个说法起源于《汉书》,说是汉武帝时宫廷艺术家李延年唱了一首歌,歌词是"北方有佳人,绝世而独立。一顾倾人城,再顾倾人国。宁不知倾城与倾国,佳人难再得"。于是撩动了

---

① 《封神演义》97回,692—693页。

汉武帝渴慕佳人的"春心"。李延年乘机把自己的妹妹进献出来，"上乃召见之，实妙丽善舞，由是得幸"。

不过，这个词语在后世向两个相反的方向演化，一个方向与"红颜祸水"合流，强化了美色对宫廷政治的侵蚀作用，如吕祖谦《左氏博议》：

> 一息妫而产三国之祸，一夏姬而合四国之争。甚矣，色者祸之首也！……誉女之色者必曰"倾城倾国"，呜呼，此何等不祥语也！有士于此，尝倾人之城，尝倾人之国，世必指为不祥之人矣，必畏而恶之矣。至于女，则反夸其倾城倾国，求之惟恐不及焉。在士则为丑名，在女则为美名。如息妫、夏姬，亡人之身，亡人之国，不可一二数。前车覆，后车随；前舟溺，后舟进，明知其祸而竞逐之。……此吾之所惑也，抑吾又有所深惑者焉！①

另一个方向则演化为赞美女性的纯粹褒义用语，如袁文《瓮牖闲评》：

> 所谓倾城与倾国者，盖一城一国之人皆倾心而爱悦之。②

---

① 《左氏博议》卷7，66页，文渊阁四库全书本。
② 《瓮牖闲评》卷2，12页，清武英殿聚珍版丛书本。

这种现象在一定程度上反映出男性对待美貌女性的矛盾心理。

再来看宠之争：

后宫争宠，是帝王的超级一夫多妻制度下——所谓"三宫六院七十二嫔妃""三千宠爱"的必然。但"争"的程度与手段还是大不相同的。《封神演义》刻画妲己形象时，在这方面也是下足了功夫。

历朝历代，有野心的妃嫔争宠的大套路基本一致，就是设法夺取皇后的位置。小说写妲己争宠的第一场大战就是设圈套废掉姜皇后。

这个情节在《列国志传》与《武王伐纣平话》中都有，但详略差之霄壤，且苏妲己的角色、形象也大不相同。

《列国志传》中，废后的桥段不足五百字，而且妲己没有主动做什么事，都是纣王昏庸、残暴的一意孤行。如大主意是他自己拿的："纣王曰：'吾欲废后而立苏氏久矣！正恐群臣谏诤，令其抗拒多端，吾必废之！'"暴行也是他自己主动做的："纣王大怒，左手揽衣，右手揪发，震其四股，仰投十丈楼下。姜后坠于楼下，头破脑裂，顷刻而殂。"这是因为《志传》作者的主旨是贬斥商纣，所以没有在妲己身上花费太多的笔墨。

《平话》稍微复杂一点，多了一个小情节：费仲给妲己出主意，在皇后脚下放了一把刀，说是准备刺杀君主。纣王不察，把姜后摔死。可能是因为这个插曲过于"小儿科"，所以被《志传》作者放弃了。

《封神演义》的作者走的是另一条路。他可能是受了《平话》启发，但把放刀诬陷的"小儿科"改变了，在"谋刺"的环节上大做文章。第七回的"废后"足足写了八千字，大致有四个波澜。而每个波澜都突出了妲己的主导作用。

第一个波澜可称之为"拱火"，也就是恃宠撒娇，离间纣王与姜皇后的关系：

> 妲己跪下奏曰："妾身从今不敢歌舞。"王曰："为何？"妲己曰："姜皇后深责妾身，此歌舞乃倾家丧国之物。况皇后所见甚正，妾身蒙圣恩宠眷，不敢暂离左右。倘娘娘传出宫闱，道贱妾蛊惑圣聪，引诱天子不行仁政，使外庭诸臣将此督责，妾虽拔发不足当其罪矣。"言罢泪下如雨。[①]

以"不敢歌舞"相要挟，以"皇后所见甚正"显大度，以"泪下如雨"示娇弱，于是一个以退为进、饶有心机的妲己形象便跃然纸上了。

第二个波澜可称之为"订计"，这是《平话》"丢刀子"情节的升级版：

> 妲己切齿曰："我乃天子之宠妃，姜后自恃元配，对黄、杨二贵妃耻辱我不堪，此恨如何不报！"鲧捐曰："主公前

---

① 《封神演义》7回，41页。

日亲许娘娘为正官,何愁不能报复?"妲己曰:"虽许,但姜后现在,如何做得!必得一奇计害了姜后,方得妥贴;不然,百官也不服,依旧谏诤不宁,怎得安然。你有何计可行?其福亦自不浅。"鲧捐对曰:"我等俱系女流,况奴婢不过一侍婢耳,有甚深谋远虑。依奴婢之意,不若召一外臣计议方妥。"妲己沉吟半晌曰:"外官如何召得进来。况且耳目甚众,又非心腹之人,如何使得!"鲧捐曰:"明日天子幸御园,娘娘暗传懿旨,宣召中谏大夫费仲到宫,待奴婢分付他定一妙计,若害了姜皇后,许他官居显任,爵禄加增。他素有才名,自当用心,万无一失。"妲己曰:"此计虽妙,恐彼不肯,奈何?"鲧捐曰:"此人亦系主公宠臣,言听计从,况娘娘进宫,也是他举荐。奴婢知他必肯尽力。"妲己大喜。……

纣王在寿仙宫闲居无事,妲己启奏曰:"陛下顾恋妾身,旬日未登金殿;望陛下明日临朝,不失文武仰望。"王曰:"美人所言,真是难得!虽古之贤妃圣后,岂是过哉!明日临朝裁决机务,庶不失贤妃美意。"看官,此是费仲、妲己之计,岂是好意?[①]

整个阴谋是妲己发起,而把纣王推入圈套也是妲己亲自出马。后面的第三个波澜——姜环行刺、诬指姜后便自然依计展开,

---

① 《封神演义》7回,41—43页。

使姜皇后落入陷阱，无法自拔了。

第四个波澜可称之为"严拷"，写姜皇后遭受的非人酷刑。而妲己的狠毒在这一大段中得到充分的表现：

> （纣王）正在迟疑未决之际，只见妲己在旁微微冷笑。纣王见妲己微笑，问曰："美人微笑不言，何也？"妲己对曰："黄娘娘被姜后惑了！从来做事的人，好的自己播扬，恶的推于别人。况谋逆不道，重大事情，他如何轻意便认。且姜环是他父亲所用之人，既供有主使，如何赖得过？且三宫后妃，何不攀扯别人，单指姜后，其中岂得无说？恐不加重刑，如何肯认！望陛下详察。"纣王曰："美人言之有理。"黄妃在旁言曰："苏妲己毋得如此！皇后乃天子之元配，天下之国母，贵敌至尊。虽自三皇治世，五帝为君，纵有大过，止有贬谪，并无诛斩正宫之法。"妲己曰："法者乃为天下而立，天子代天宣化，亦不得以自私自便；况犯法无尊亲贵贱，其罪一也。陛下可传旨：如姜后不招，剜去他一目。眼乃心之苗，他惧剜目之苦，自然招认。便文武知之，此亦法之常，无甚苛求也。"纣王曰："妲己之言是也。"
>
> ……
>
> 黄妃将姜后一目血淋淋的捧将上来。纣王观之，见姜后之睛，其心不忍；恩爱多年，自悔无及，低头不语，甚觉伤情。回首责妲己曰："方才轻信你一言，将姜后剜去一目，又不曾招成，咎将谁委？这事俱系你轻率妄动。倘百

官不服,大不奈何!"妲己曰:"姜后不招,百官自然有说,如何干休? 况东伯侯坐镇一国,亦要为女洗冤。此事必欲姜后招成,方免百官万姓之口。"纣王沉吟不语,心下煎熬,似羝羊触藩进退两难。良久,问妲己曰:"为今之计,何法处之方妥?"妲己曰:"事已到此,一不做,二不休,招成则安静无说,不招则议论风生,见无宁宇。为今之计,只有严刑酷拷,不怕他不认。今传旨:令贵妃用铜斗一只,内放炭火烧红,如不肯招,炮烙姜后二手。十指连心,痛不可当,不愁他不承认!"纣王曰:"据黄妃所言,姜后全无此事;今又用此惨刑屈勘中宫,恐百官他议。剜目已错,岂可再乎?"妲己曰:"陛下差矣! 事到如此,势成骑虎,宁可屈勘姜后,陛下不可得罪于天下诸侯、合朝文武。"纣王出乎无奈,只得传旨:"如再不认,用炮烙二手,毋得徇情负讳!"

……

纣王听言,大惊曰:"此事皆美人教朕传旨勘问,事既如此,奈何奈何!"妲己跪而奏曰:"陛下不必忧虑。刺客姜环现在,传旨着威武大将军晁田、晁雷,押解姜环进西宫,二人对面执问,难道姜后还有推托? 此回必定招认。"纣王曰:"此事甚善。"①

---

① 《封神演义》7回,45—47页。

对一个皇后施以酷刑，这是综合了汉代吕雉人彘戚夫人，唐代武则天骨醉王皇后的史实，安到了妲己身上。而自始至终，纣王不仅是被动的，且天良未曾全泯。作者连续使用了"其心不忍""自悔无及""甚觉伤情""心下煎熬""出乎无奈""听言大惊"这样的心理描写。这在全书对纣王的描写中是绝无仅有的。这样写虽然有表现纣王"也是人""人之常情"的一面，但从效果来看，更多的是衬托了妲己的狠毒、残暴。在描写姜皇后受刑的惨状后，作者在第八回写了一首诗："美人祸国万民灾，驱逐忠良若草莱。擅宠诛妻夫道绝，听谗杀子国储灰。……可笑纣王孤注立，纷纷兵甲起尘埃。"

显然，"美人祸国"四字点明了这一回的主题。

不过，作者意犹未足，后面又浓墨重彩地描上了一笔，进一步把妲己的毒辣渲染得更为淋漓尽致。

除掉姜皇后，妲己又陷害了贾王妃和西宫黄妃，造成二人坠楼身亡。妲己的阴毒狡诈在这个过程中，再次得到充分表现，而纣王依然是被动、从属的地位。作品再三交代："纣王见贾氏坠楼而死，好懊恼，平地风波，悔之不及。""纣王摔了黄妃下楼，独坐无言，心下甚是懊恼，只是不好埋怨妲己。""纣王自贾氏身亡，黄妃已绝，自己悔之不及，正在龙德殿懊恼，无可对人言说。"（第三十回）既后悔又懊恼，还不能（不敢？）埋怨妲己，无人可以诉说。这样写纣王，就把责任完全推到了妲己身上，特别是写出了她的阴险狠毒。

在此之前，写妲己争宠、妒忌，较有影响的是汉人王符《潜夫论》中的一段:"昔纣好色,九侯闻之,乃献厥女,纣则大喜,以为天下之丽莫若此也。以问妲己。妲己惧进御而夺己爱也,乃伪俯而泣曰:'君王年即耆邪?明既衰邪?何貌恶之若此而覆谓之好也?'纣于是渝而以为恶。妲己恐天下之愈进美女者。因白:'九侯之不道也,乃欲以此惑君王也。王而弗诛,何以革后?'纣则大怒,遂脯厥女而烹九侯。自此之后,天下之有美女者,乃皆重室昼闭,惟恐纣之闻也。"(卷二)《封神演义》没有采取这种说法。相比较而言,《潜夫论》也是为了减轻纣王的罪责,而把他写成一个极度愚蠢、任人摆布的傻瓜。但过于夸张适得其反,反不如小说所描写的,虽恶毒却相对近情而可信。

再来看欲之奢:

史载商纣的失德,穷奢极欲是一项重大罪状。《史记》所记为:"益收狗马奇物,充仞宫室。益广沙丘苑台,多取野兽蜚鸟置其中。慢于鬼神。大冣乐戏于沙丘,以酒为池,县肉为林,使男女倮相逐其间,为长夜之饮。"(《殷本纪》)其后的有关文献如《皇王大纪》等,大多由此而出。与之相比,《封神演义》的描写还是明显有所不同的,如:

> 妲己又奏曰:"陛下可再传旨,将虿盆左边掘一池,右边挖一沼。池中以糟丘为山,右边以酒为池。糟丘山上用树枝插满,把肉披成薄片挂在树枝之上,名曰'肉林'。右边将酒灌满,名曰'酒海'。天子富有四海,原该享无穷富贵,此肉林、酒海,非天子之尊不得妄自尊享也。"纣王曰:"御

妻异制奇观真堪玩赏,非奇思妙想不能有此。"随传旨依法制造。非止一日,将酒池肉林造的完全。纣王设宴,与妲己玩赏肉林、酒池。①

　　那日在摘星楼与纣王饮宴,酒至半酣,妲己曰:"妾有一图画,献与陛下一观。"王曰:"取来朕看。"妲己命宫人将画叉挑起。纣王曰:"此画又非翎毛,又非走兽,又非山景,又非人物。"上画一台,高四丈九尺,殿阁巍峨,琼楼玉宇,玛瑙砌就栏杆,明珠妆成梁栋,夜现光华,照耀瑞彩,名曰"鹿台"。妲己奏曰:"陛下万圣至尊,贵为天子,富有四海,若不造此台,不足以壮观瞻。此台真是瑶池玉阙,阆苑蓬莱。陛下早晚宴于台上,自有仙人、仙女下降。陛下得与真仙遨游,延年益寿,禄算无穷。陛下与妾共叨福庇,永享人间富贵也。"②

　　话说纣王与妲己同坐七香车,宫人随驾,侍女纷纷,到得鹿台,果然华丽。君后下车,两边扶持上台。真是瑶池紫府,玉阙珠楼,说甚么蓬壶方丈! 团团俱是白石砌就,周围尽是玛瑙妆成。楼阁重重,显雕檐碧瓦;亭台叠叠,皆兽马金鸾。殿当中嵌几样明珠,夜放光华,空中照耀;

---

① 《封神演义》17回,115—116页。
② 《封神演义》17回,116页。

左右尽铺设俱是美玉良金，辉煌闪灼。比干随行在台观看，台上不知费几许钱粮，无限宝玩，可怜民膏民脂，弃之无用之地。想台中间不知陷害了多少冤魂屈鬼。又见纣王携妲己入内庭。比干看罢鹿台，不胜嗟叹。有赋为证：

"台高插汉，树耸凌云。九曲栏杆，饰玉雕金光彩彩；千层楼阁，朝星映月影溶溶。怪草奇花，香馥四时不卸；殊禽异兽，声扬十里传闻。游宴者恣情欢乐，供力者劳瘁艰辛。涂壁脂泥，俱是万民之膏血；华堂采色，尽收百姓之精神。绮罗锦绣，空尽织女机杼；丝竹管弦，变作野夫啼哭。真是以天下奉一人，须信独夫残万姓！"①

比起《史记》与《皇王大纪》，不同之处有三点：一是描写更细致、更生动，而且语言通俗，这必然造成更大的社会影响；二是伴随着辛辣的评论，如"涂壁脂泥，俱是万民之膏血"，"丝竹管弦，变作野夫啼哭"，"真是以天下奉一人，须信独夫残万姓"等。由于是抨击三千年前的历史人物，由于是下里巴人的通俗读物，所以尽管语言激烈，倒也没有文字狱之虞。《封神演义》问世、流行后的百余年，有黄宗羲的《原君》抨击君主专制"奉一人之淫乐"，与此在雅俗不同层面相互呼应，构成了中国政治思想史的光辉一页。三是再次把商纣行为的主导权"剥夺"了，按到了妲己身上。这方面绘声绘色的描写，如"妲己奏曰：

---

① 《封神演义》25回，166页。

'天子富有四海，原该享无穷富贵，此肉林、酒海，非天子之尊，不得妄自尊享也。'""妲己奏曰：'陛下万圣至尊，贵为天子，富有四海，若不造此台，不足以壮观瞻。'"于是，小说又从奢靡的角度坐实了妲己"红颜祸水""倾国倾城"的罪名。

最后再来看意之毒：

可以说，这是写女妖、恶女人给读者印象最深的部分，达到了无以复加的程度。妲己的阴毒、狠毒，除了表现于争宠之时外，更多是在朝政的"助纣为虐"，甚或是"引纣为虐"上。具体的情节有造炮烙、虿盆之酷刑，残杀伯邑考制作肉饼赐文王，取比干心等。她还把恶行直接扩散到无辜百姓头上，剖孕妇验胎儿，断骨验髓，都是残酷绝伦。这些可谓集暴政之大全了。

小说的这方面描写，有时使人产生不忍卒读的感觉：

妲己曰："妾有奏章。"王曰："美人有何奏朕？""妾启主公：人臣立殿，张眉竖目，恶语侮君，大逆不道，乱伦反常，非一死可赎者也。且将梅伯权禁囹圄，妾治一刑，杜狡臣之渎奏，除邪言之乱正。"纣王问曰："此刑何样？"妲己曰："此刑约高二丈，圆八尺，上、中、下用三火门，将铜造成，如铜柱一般；里边用炭火烧红。却将妖言惑众、利口侮君、不遵法度、无事妄上谏章与诸般违法者，跣剥官服，将铁索缠身，裹围铜柱之上，只炮烙四肢筋骨，不须臾烟尽骨消，尽成灰烬。此刑名曰'炮烙'。若无此酷刑，奸猾之臣，沽名之辈，尽玩弄法纪，皆不知戒惧。"纣王曰："美人之法，可谓尽善尽美！"即命传旨："将杜元铣枭首示众，以戒妖言；将梅伯禁于囹圄。"又传旨意，照样造炮烙刑具，限作速完成。……话言纣王在宫欢乐，朝政荒乱。不一日，监造炮烙官启奏功完。纣王大悦，问妲己曰："铜柱造完，如何处置？"妲己命取来过目。监造官将炮烙铜柱推来：黄澄澄的高二丈，圆八尺，三层火门，下有三滚盘，推动好行。纣王观之，指妲己而笑曰："美人神传，秘授奇法，真治世之宝！待朕明日临朝，先将梅伯炮烙殿前，使百官知惧，自不敢阻挠新法，章牍烦扰。"……纣王大怒，将梅伯剥去衣服，赤身将铁索绑缚其手足，抱住铜柱。可怜梅伯大叫一声，其气已绝。只见九间殿上烙得皮肤筋骨臭不可闻，不一时化为灰烬。可怜一片忠心，半生赤胆，直言谏君，遭此惨祸！①

妲己怒曰："你主母谋逆赐死，你们反怀怨怒，久后必成宫闱之患。"奏与纣王，纣王大怒，传旨："拿下楼，俱用金瓜打死！"妲己奏曰："陛下，且不必将这起逆党击顶，暂且送下冷宫，妾有一计可除宫中大弊。"奉御官将宫女送下冷宫。

且说妲己奏纣王曰："将摘星楼下，方圆开二十四丈阔，

---

① 《封神演义》6回，36—38页。

深五丈。陛下传旨,命都城万民每一户纳蛇四条,都放于此坑之内。将作弊宫人跣剥干净,送下坑中喂此毒蛇。此刑名曰'虿盆'。"纣王曰:"御妻之奇法,真可剔除宫中大弊。"……纣王看见更觉大怒,传旨:"将宫女推下虿盆,连胶鬲一齐喂了蛇蝎!"可怜七十二名宫人,齐声高叫:"皇天后土,我等又未为非,遭此惨刑!妲己贱人!我等生不能食汝之肉,死后定啖汝阴魂!"纣王见宫人落于坑内,饿蛇将宫人盘绕,吞咬皮肤,钻入腹内,苦痛非常。妲己曰:"若无此刑,焉得除宫中大患!"纣王以手拂妲己之背曰:"喜你这等奇法妙不可言!"①

妲己奏曰:"乐声烦厌,歌唱寻常。陛下传旨,命宫人与宦官扑跌,得胜者池中赏酒;不胜者乃无用之婢,侍于御前有辱天子,可用金瓜击顶,放于糟内。"妲己奏毕,纣王无不听从,传旨命宫人宦官扑跌。可怜这妖孽在宫中无所不为,宫宦遭殃,伤残民命。看官:他为何事要将宫人打死入在糟内?妲己或二三更现出原形,要吃糟内宫人,以血食养他妖气,惑于纣王。②

妲己奏曰:"陛下且将邑考拿下楼去,妾身自有处治。"

---

① 《封神演义》17回,113—115页。
② 《封神演义》17回,116页。

纣王随听妲己之言，把邑考拿下楼。妲己命左右取钉四根，将邑考手足钉了，用刀碎剐。可怜一身拿下钉了手足……不一时，将邑考剐成肉酱，纣王命付于虿盆，喂了蛇蝎。那妲己曰："不可。妾常闻姬昌号为圣人，说他能明祸福，善识阴阳。妾闻圣人不食子肉。今将邑考之肉，着厨役用作料做成肉饼，赐与姬昌。若昌竟食此肉，乃是妄诞虚名，祸福阴阳俱是谬说，竟可赦宥，以表皇上不杀之仁。如果不食，当速杀姬昌，恐遗后患。"纣王曰："御妻之言正合朕意。"①

只见有一老人跣足渡水，不甚惧冷，而行步且快。又有一少年人亦跣足渡水，惧冷行缓，有惊怯之状。纣王在高处观之，尽得其态，问于妲己曰："怪哉！怪哉！有这等异事！你看那老者渡水反不怕冷，行步且快；这年少的反又怕冷，行走甚难，这不是反其事了？"妲己曰："陛下不知，老者不甚怕冷，乃是少年父母精血正旺之时交媾成孕，所秉甚厚，故精血充满，骨髓皆盈，虽至末年，遇寒气犹不甚畏怯也。至若少年怕冷，乃是末年父母气血已衰，偶尔媾精成孕，所秉甚薄，精血既亏，髓皆不满，虽是少年，形同老迈，故遇寒冷而先畏怯也。"纣王笑曰："此惑朕之言也！人秉父精母血而生，自然少壮老衰，岂有反其

---

① 《封神演义》19回，131页。

事之理？"妲己又曰："陛下何不差官去拿来，便知端的。"纣王传旨："命当驾官至西门，将渡水老者少者俱拿来。"当驾官领旨，忙出朝赶至西门，不分老少，即时一并拿来。……纣王命："将斧砍开二民胫骨，取来看验。"左右把老者、少者腿俱砍断，拿上台看，果然老者髓满，少者髓浅，纣王大喜，命左右："把尸拖出！"可怜无辜百姓受此惨刑！……

话说纣王见妲己如此神异，抚其背而言曰："御妻真是神人，何灵异若此！"妲己曰："妾虽系女流，少得阴符之术，其勘验阴阳，无不奇中。适才断胫验髓，此犹其易者也。至如妇人怀孕，一见便知他腹内有几月，是男是女，面在腹内或朝东、南、西、北，无不周知。"纣王曰："方才老少人民断胫验髓如此神异，朕得闻命矣；至如孕妇，再无有不妙之理。"命当驾官传旨："民间搜取孕妇见朕。"……纣王将三妇人拿上鹿台，妲己指一妇人："腹中是男，面朝左胁。"一妇人："也是男，面朝右胁。"命左右用刀剖开，毫厘不爽。又指一妇人："腹中是女，面朝后背。"用刀剖开，果然不差。纣王大悦："御妻妙术如神，虽龟筮莫敌！"自此肆无忌惮，横行不道，惨恶异常，万民切齿。[1]

这些暴行虽然是纣王下令实施，但作品中全都要甩锅给妲己。

---

[1]《封神演义》89回，636—639页。

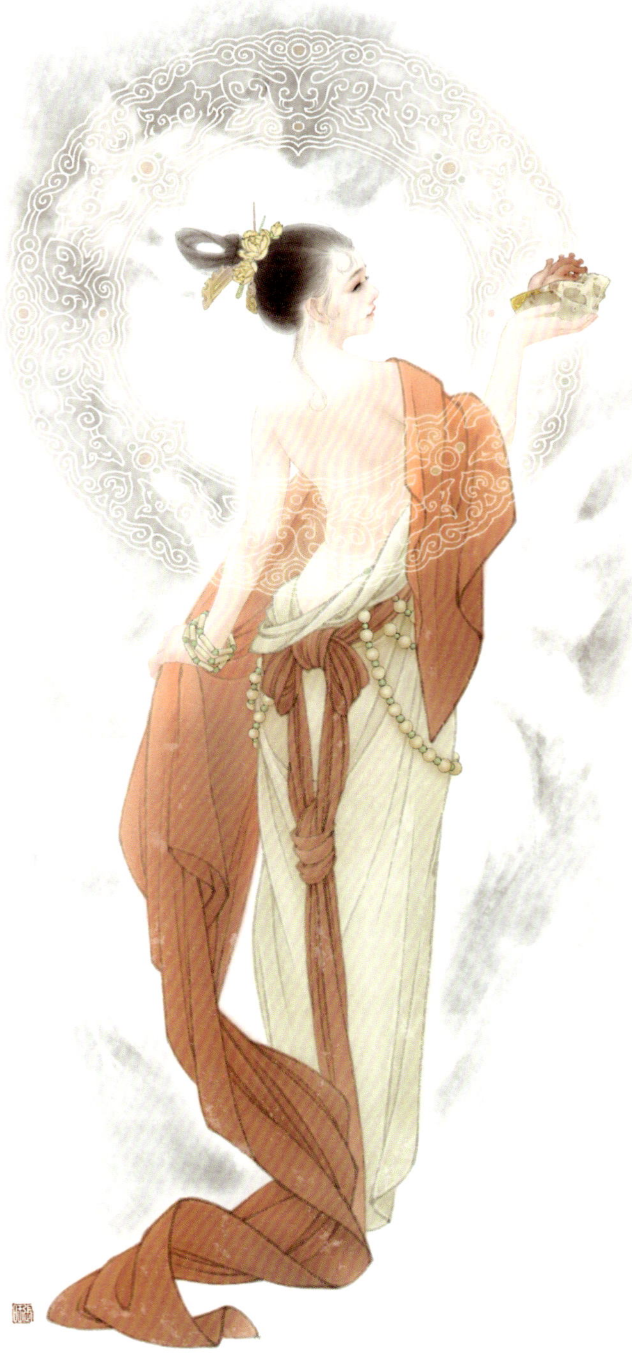

⊙蘇妲己

而纣王每次还都要为妲己的"妙招"来夸奖一番:"美人之法,可谓尽善尽美","纣王以手拂妲己之背曰:'喜你这等奇法妙不可言。'","御妻之言正合朕意","御妻真是神人","御妻妙术如神"。一而再,再而三,真可谓不厌其烦。显然作者是有意为纣王推卸罪责,把恶行主要放到妲己一边。

这一点,在小说对纣王的盖棺论定时有直接的表述,作者在纣王自焚后以诗感叹:"打虎雄威气更骁,千斤膂力冠群僚。托梁换柱超今古,赤手擒飞过鸷雕。拒谏空称才绝代,饰非枉道巧多饶。只因三怪迷真性,赢得楼前血肉焦。"显然,总体的调子是惋惜。作者还称道"纣王才兼文武",诗中则赞美其"真性"是"超古今",是"绝代",而其悲剧结局只是因为被女妖所迷——"三怪迷真性",似乎其"真性"本是纯良美善的。

罪责的逐渐转移

在中国历史上,被钉在"暴君"耻辱柱上的,首推商纣王。

不过,如果我们梳理一下有关的书写,会发现"暴君"的罪责有一个逐渐转移的情况。

对商纣的指控,见于文献记载的,最早是《尚书》的《牧誓》。这是周武王姬发率众在牧野与殷商军队决战前的动员令,其词为:"今商王受,惟妇言是用,昏弃厥肆祀,弗答;昏弃厥遗王父母弟,不迪。乃惟四方之多罪逋逃,是崇是长,是信是使,是以为大夫卿士,俾暴虐于百姓,以奸宄于商邑。"意思是现在商纣王只听信妇人的话，对祖先的祭祀不闻不问，轻蔑废弃同祖兄弟而不任用，却对从四方逃亡来的罪犯推崇尊敬，信任重用他们为大夫、卿士。这些人施暴政于百姓，在商地违法作乱干了很多坏事。

令我们意外的是，在这篇讨伐商纣的檄文中，对纣王罪名的指控，竟然只是不敬祖先、疏远兄弟、听信妇人、用人不当几点。至于后世广为流传的那些暴政酷刑，一个字也没提到。即使以上四点，也有学者提出不同理解、评价的可能。如"惟妇言是用"，不排除是殷商部族女性地位较高产生的文化差异，如类似那种崇敬妇好（商朝一位杰出的女性统帅、军事家）的现象。这种学术性很强的话题，当然不是我们要在这里讨论的。我们只是由此知道两点：一是在历史现场，商纣的罪名并没有后世所讲的那么多；二是类似红颜祸水的话题，在当时的内容不过是女性具有较多话语权。后世经学家解读这一段，也只是说："鬼神当钦而不钦，九族当亲而不亲……推原其本，则惟在用妇人之言故。"（宋人林之奇《尚书全解》）

《尚书》中还有一篇涉及商纣罪行的文献《泰誓》，不过全文已佚。部分见于《史记·周本纪》，指控的是"用其妇人之言……乃断弃其先祖之乐，乃为淫声，用变乱正声，怡说妇人"。看来也是文化差异问题，至少没有后世所讲的那些骇人听闻的暴行。

全面记载商纣王的昏暴，是在《史记》的《殷本纪》中，略云：

> 帝纣资辨捷疾，闻见甚敏，材力过人，手格猛兽，知足以距谏，言足以饰非，矜人臣以能，高天下以声，以为皆出己之下。好酒淫乐，嬖于妇人，爱妲己，妲己之言是从。于是使师涓作新淫声、北里之舞、靡靡之乐；厚赋税以实鹿台之钱，而盈巨桥之粟；益收狗马奇物，充仞宫室；益广沙丘苑台，多取野兽蜚鸟置其中。慢于鬼神，大冣乐戏于沙丘，以酒为池，县肉为林，使男女倮相逐其间，为长夜之饮。百姓怨望，而诸侯有畔者。于是纣乃重刑辟，有炮烙之法。以西伯昌、九侯、鄂侯为三公。九侯有好女，入之纣。九侯女不憙淫，纣怒，杀之，而醢九侯。鄂侯争之强，辨之疾，并脯鄂侯。……比干曰："为人臣者，不得不以死争。"乃强谏纣。纣怒曰："吾闻圣人心有七窍。"剖比干，观其心。……①

这里主要有三个方面的内容：一个是商纣具有过人的天赋，以及由此产生的予智予雄的弊端；一个是奢侈淫靡，具体如酒池肉林，如靡靡之音，而其中特别突出其"嬖于妇人"的脾性；第三个就是残暴，残杀九侯、鄂侯与比干。可以说，后世"暴君"商纣王的基调主要由此而定。不过，这里的罪责完全是商纣"一人做事一人当"。虽有一句"妲己之言是从"，但从上下

---

① 《史记》卷三，58页，清乾隆武英殿刻本。

文来看，似乎指的是"好酒淫乐""靡靡之乐"一类淫佚享乐的事情。

一百多年后，有刘向编撰《列女传》，专设《孽嬖传》——这大约是有感于汉代政治被外戚祸乱的现实。其中专为妲己设了一节：

> 妲己者，殷纣之妃也。嬖幸于纣。纣材力过人，手格猛兽，智足以拒谏，辩足以饰非，矜人臣以能，高天下以声，以为人皆出己之下，好酒淫乐，不离妲己。妲己之所誉贵之，妲己之所憎诛之，作新淫之声、北鄙之舞、靡靡之乐，收珍物，积之于后宫。谀臣群女咸获所欲，积糟为丘，流酒为池，悬肉为林，使人裸形相逐其间，为长夜之饮，妲己好之。百姓怨望，诸侯有畔者，纣乃为炮烙之法。膏铜柱，加之炭，令有罪者行其上，辄堕炭中。妲己乃笑。比干谏曰："不修先王之典法，而用妇言，祸至无日。"纣怒，以为妖言。妲己曰："吾闻圣人之心有七窍。"于是剖心而观之。囚箕子，微子去之。武王遂受命，兴师伐纣，战于牧野，纣师倒戈，纣乃登廪台，衣宝玉衣而自杀。于是武王遂致天之罚，斩妲己头，悬于小白旗。以为亡纣者是女也。书曰："牝鸡无晨，牝鸡之晨，惟家之索。"诗云："君子信盗，乱是用暴。匪其止共，维王之卭。"此之谓也。颂曰：妲己配纣，惑乱是修。纣既无道，又重相谬。指笑炮炙，谏士剖囚。

遂败牧野，反商为周。①

与《史记》比，这两段文字有很多地方相同，可见后者是把前者拿来加工而成的。而具体比较一下，可以看出加工之处主要在两个方面：一是所记每件事，都让妲己"参与"进去。如纣王的横征暴敛，后者就加上一句："谀臣群女咸获所欲。"酒池肉林一节，原本是写"百姓怨望"，后者在前面插进一句："妲己好之。"炮烙一节，插进一句："妲己乃笑。"最严重的一处是在剖比干取心的情节，《史记》是："纣怒曰：'吾闻圣人心有七窍。'剖比干，观其心。"并没有妲己什么言行。《列女传》却改为："妲己曰：'吾闻圣人之心有七窍。'于是剖心而观之。"这就不只是加油添醋了，而是改写事实，凭空让妲己成为暴行的主谋，纣王成了被操纵的从犯。第二个加工之处是加了若干评论，如"亡纣者，是女也"，"妲己配纣，惑乱是修。纣既无道，又重相谬"等，似乎唯恐读者没有充分注意上述种种改动，或没有理解这些改动的意义。

此后，《列女传》的讲法逐渐成为主流观点，而且同时在大传统、小传统中广为传播。如经学中，《周易衍义》阐释《家人》卦义："《家人》之道，利在女贞……商以牝鸡之祸亡，周以褒姒之祸削，汉以此而有人彘之变，唐以此而有则天之变。古今乱亡之由，上下殄灭之原，未有不由于女之不正也。"《虞东学

---

① 《古列女传》卷六，51页，四部丛刊本。

诗》阐释《大雅·召旻》:"向以天不惠我而降乱,由今观之,乱匪天降也,生自妇人耳。盖妇人与奄寺相倚,其性隐鸷,意之所极不可以情理谕止。"而《武王伐纣平话》与《列国志传》中都有商纣"信妲己之言"而施暴的情节。而在戏曲舞台上,则如徐元的《八义记》:"纣王见他生得好,把一片聪明贤惠之心,顿作个痴呆蒙憜之汉。朝朝宴饮,夜夜酣歌。不听谏诤,不理朝纲。焚炙忠良,刳剖孕妇。以酒为池,以肉为林……比干力谏,纣王怒,与妲己取乐,剖比干腹,剜比干心。"

类似的例子不胜枚举。

《论语·子张》记载孔门高足子贡的一段话:"纣之不善,不如是之甚也。是以君子恶居下流,天下之恶皆归焉。"子贡不愧是孔子门下最聪明的一位,看问题非常透彻。在他看来,商纣可能有些劣迹,但绝没有世间传说得那么严重。作为一个失败者,作为"一扇破窗户",谁都有再向里面丢一块石头的冲动,所谓"天下之恶皆归焉"。可以说,这是暴君暴政的第一阶段"增殖"。

同理,《封神演义》中的妲己形象也是"天下之恶皆归焉"的结果。自《列女传》开始,商末暴政的第二阶段"增殖"还伴随着主体责任的转移,最终形成了《封神演义》中万恶的妲己形象。

妲己的悖论与女间谍们的宿命

前面我们提到,《封神演义》关于人世、朝政的情节,是因袭了《武王伐纣平话》与《列国志传》,而又踵事增华的。

妲己出场的描写也是如此。

《武王伐纣平话》的妲己出场大体可视为四个桥段：纣王到玉女观行像，为玉女塑像的美貌所迷；于是要天下进献美女，苏妲己被选中；九尾狐在途中吸去妲己魂魄，幻化为妲己成为纣王的妃嫔；妲己嫉妒玉女，怂恿纣王拆毁了玉女观。这里的"玉女"只是起了个引子的作用，和妲己并无直接交集，此后也没有再出现。

《列国志传》的妲己出场则省去了玉女的因素，事情的起因就是纣王"好声色"，要天下进献美女，苏妲己被迫入宫；然后就是九尾狐在途中吸去妲己魂魄，幻化为妲己成为纣王的妃嫔。

《封神演义》显然是借鉴了《武王伐纣平话》，只是把民间色彩太重的玉女观换成了女娲宫，而纣王同样是被美丽的塑像吸引，开始走上昏暴、亡国之路：

> 忽一阵狂风卷起幔帐，现出女娲圣像……纣王一见，神魂飘荡，陡起淫心。……作诗一首："凤鸾宝帐景非常，尽是泥金巧样妆。曲曲远山飞翠色，翩翩舞袖映霞裳。梨花带雨争娇艳，芍药笼烟骋媚妆。但得妖娆能举动，取回长乐侍君王。"……
>
> 娘娘猛抬头，看见粉壁上诗句，大怒，骂曰："殷受无道昏君，不想修身立德以保天下；今反不畏上天，吟诗亵我，甚是可恶！我想成汤伐桀而王天下，享国六百余年，气数

已尽；若不与他个报应，不见我的灵感。"……唤彩云童儿把后宫中金葫芦取来，放在丹墀之下，揭去芦盖，用手一指。葫芦中有一道白光，其大如线，高四五丈有余。白光之上悬出一首幡来，光分五色，瑞映千条，名曰"招妖幡"。不一时悲风飒飒，惨雾迷漫，阴云四合；风过数阵，天下群妖俱到行宫听候法旨。娘娘分付彩云："着各处妖魔且退，只留轩辕坟中三妖伺候。"三妖进宫参谒，口称："娘娘圣寿无疆！"这三妖一个是千年狐狸精，一个是九头雉鸡精，一个是玉石琵琶精，俯伏丹墀。娘娘曰："三妖听吾密旨：成汤望气黯然，当失天下；凤鸣岐山，西周已生圣王。天意已定，气数使然。你三妖可隐其妖形，托身宫院，惑乱君心；俟武王伐纣，以助成功，不可残害众生。事成之后，使你等亦成正果。"娘娘分付已毕，三妖叩头谢恩，化清风而去。正是：狐狸听旨施妖术，断送成汤六百年。①

这样写，有因有果，比起有头无尾的玉女桥段，显然是后来居上。但是，这样的写法带来了笼罩全书的一个悖论："妲己 — 狐精"进宫迷惑纣王是"带着任务"来的，而且这"任务"十分高大上。交代任务的女娲娘娘，据书中所写，是"上古神女，生有圣德……福国庇民之正神"。不仅是"正神"，而且地位崇高，是"上古神女"。有趣的是，天下的妖怪都受她"领导"，

---

① 《封神演义》1回，4—5页。

一声号令,"天下群妖俱到行宫,听候法旨",可说是"黑白通吃"的超级神祇。她的命令,"妲己—狐精"只能是凛遵执行。何况,女娲还有一番义正辞严的大道理,说是颠覆殷商王朝,乃"气数使然",是合乎、助成"天意"的。

按照这样的情节安排,"妲己—狐精"可以说是接受了最高战略任务的女间谍。最终,她和两个战友一起圆满完成了任务,使得强大的殷商王朝土崩瓦解,文武双全的纣王落得个自焚的下场。这也报了女娲的私仇,满足了女娲娘娘"与他个报应""见我的灵感"的心愿。

所以,当纣王大势已去,"妲己—狐精"被杨戬等追赶,恰遇女娲娘娘的仙驾:

> 话说女娲娘娘跨青鸾而来,阻住三个妖怪之路。三妖不敢前进,按落妖光,俯伏在地,口称:"娘娘圣驾降临,小畜有失回避,望娘娘恕罪。小畜今被杨戬等追赶甚迫,求娘娘救命。"女娲娘娘听罢,分付碧云童儿:"将缚妖索把这三个业障锁了,交与杨戬,解往周营,与子牙发落。"童儿领命,将三妖缚定。三妖泣而告曰:"启娘娘得知:昔日是娘娘用招妖幡招小妖去朝歌,潜入宫禁迷惑纣王,使他不行正道,断送他的天下。小畜奉命,百事逢迎,去其左右,令彼将天下断送。今已垂亡,正欲覆娘娘钧旨,不期被杨戬等追袭,路遇娘娘圣驾,尚望娘娘救护,娘娘反将小畜缚去见姜子牙发落,不是娘娘'出乎反乎'了?望娘

娘上裁！"女娲娘娘曰："吾使你断送殷受天下，原是合上天气数。岂意你无端造业，残贼生灵，屠毒忠烈，惨恶异常，大拂上天好生之仁。今日你罪恶贯盈，理宜正法。"三妖俯伏不敢声言。

只见杨戬同雷震子、韦护正望前追赶三妖，杨戬望见祥光，忙对雷震子、韦护曰："此位是女娲娘娘大驾降临，快上前参谒。"雷震子听罢，三人向前倒身下拜。杨戬等曰："弟子不知圣驾降临，有失迎迓，望娘娘恕罪。"女娲娘娘曰："杨戬，我与你将此三妖拿在此间，你可带往行营，与姜子牙正法施行。今日周室重兴，又是太平天下也。你三人去罢。"杨戬等感谢娘娘，叩首而退，将妖解往周营。①

女娲与妲己各执一词，但毕竟女娲势力要大得多，又是招妖幡，又是缚妖索，小小狐精根本没有话语权，只能是"俯伏不敢声言"。假如读者是个杠精，代替妲己反问女娲："你交给我的任务是迷惑纣王，颠覆殷商，难道不就是助其作恶吗？要是助其行善，何必派我们这种妖精入宫呢？"不知女娲如何回答。

当然，女娲也许要讲："我交代任务时讲过'不可残害众生'，所以推翻商纣是我替天行道的善举，所有坏事是你们不听指挥自行做的恶，怪不得我！"

---

① 《封神演义》97回，690—691页。

这就是悖论所在，而且是具有广泛意义的悖论。

在其他类似的"女间谍"们的命运中，同样回响着这一悖论的魔咒。

例如另一个著名的美女西施。

西施除了不是狐精之外，与妲己的身份、经历几乎完全一样。

先来看看她是怎样接受的任务。《吴越春秋》这样记载：

> 越王谓大夫种曰："孤闻吴王淫而好色，惑乱沉湎，不领政事。因此而谋，可乎？"种曰："可破。夫吴王淫而好色，宰嚭佞以曳心，往献美女，其必受之。惟王选择美女二人而进之。"越王曰："善。"乃使相工索国中，得苎萝山鬻薪之女，曰西施、郑旦。饰以罗縠，教以容步，习于土城，临于都巷。三年学服，而献于吴。乃使相国范蠡进曰："越王勾践窃有二遗女。越国洿下困迫，不敢稽留，谨使臣蠡献之大王，不以鄙陋寝容，愿纳以供箕帚之用。"吴王大悦，曰："越贡二女，乃勾践之尽忠于吴之证也。"子胥谏曰："不可，王勿受也。臣闻五色令人目盲，五音令人耳聋。昔桀易汤而灭，纣易文王而亡。大王受之，后必有殃。臣闻越王朝书不倦，晦诵竟夜，且聚敢死之士数万，是人不死，必得其愿。越王服诚行仁，听谏进贤，是人不死，必成其名。越王夏被毛裘，冬御绨绤，是人不死，必为对隙。臣闻：贤士，国之宝；美女，国之咎。夏亡以怒妹喜，殷亡以妲己，

周亡以褒姒。"吴王不听，遂受其女。①

这真是典型的"阴谋策划"。而在这个过程中，西施本人根本没有选择的余地，就是被发现、被训练、被派遣的一个完全被动的女间谍。

《越绝书》所记略有出入：

> 越乃饰美女西施、郑旦，使大夫种献之于吴王，曰："昔者，越王句践窃有天之遗西施、郑旦，越邦洿下贫穷，不敢当，使下臣种再拜献之大王。"吴王大悦。申胥谏曰："不可。王勿受。臣闻五色令人目不明，五音令人耳不聪，桀易汤而灭，纣易周文而亡。大王受之，后必有殃。……美女，邦之咎也。夏亡于末喜，殷亡于妲己，周亡于褒姒。"吴王不听，遂受其女，以申胥为不忠而杀之。②

不同的是进献美女的使者，一是范蠡，一是文种。相同的是对吴王的甜言蜜语，以及伍子胥的诤谏。而所记的诤谏之词，都提到了商纣与妲己，正所谓的"殷鉴不远"。

后面的事也是极其相似。吴王夫差被西施迷惑，不理朝政，大建楼台馆阁、沉湎酒色、杀戮忠良，最终为越所灭，败亡身死。

---

① 《吴越春秋》卷9，52页，明古今逸史本。
② 《越绝书》卷12，34页，四部丛刊本。

西施圆满地完成了"组织"交给的任务,可以说是"女间谍"成功的典范。那么她会得到怎样的奖赏、表彰呢?

西施的结局问题,古往今来牵动了无数"西粉"的神经,不少大学者都加入了讨论,乃至争论的行列。

有人统计,说是有四种主要意见。其实,简化一下就是两种:一是喜剧,一是悲剧。而无论哪种,西施都没有得到"组织"的认可。明末清初大诗人吴梅村在《戏题士女图·一舸》中写道:"霸越亡吴计已行,论功何物赏倾城?西施亦有弓藏惧,不独鸱夷变姓名。"在他看来,完成了"倾城"任务的西施,如果等着接受君王的奖赏,一定是鸟尽弓藏的悲剧结局。

文人们出于善良的同情心,宁愿相信无辜的西施会有好的结局,如杜牧的诗句:"西子下姑苏,一舸逐鸱夷。"(《杜秋娘诗》)这样的乐观想象在传奇剧《浣纱记》中得到最完满的实现:西施与情人范蠡泛舟太湖,有了一个饱含诗意的归宿——这是喜剧结局。

不过,持相反意见的也不在少数。如明代大学者杨慎就专门著文《范蠡西施》,驳斥乐观派,结论是惩罚"祸水"西施:

> 世传西施随范蠡去,不见所出。只因杜牧"西子下姑苏,一舸逐鸱夷"之句而附会也。予窃疑之,未有可证,以折其是非。一日读《墨子》曰:"吴起之裂,其功也;西施之沉,其美也。"喜曰:此吴亡之后,西施亦死于水,不从范蠡去之一证。墨子去吴越之世甚近,所书得其真然。犹

> 恐牧之别有见，后检《修文御览》，见引《吴越春秋逸篇》云：吴亡后，越浮西施于江，令随鸱夷以终。乃笑曰：此事正与《墨子》合。杜牧未精审，一时趁笔之过也。盖吴既灭，即沉西施于江。浮，沉也。反言耳。"随鸱夷"者，子胥之谮死，西施有力焉。胥死，盛以鸱夷。今沉西施，所以报子胥之忠。故云"随鸱夷以终"。①

费这么大工夫，给西施一个悲剧结局，而且认为是正义的伸张，这同样与前文提到的女娲斥责妲己的逻辑相似。"子胥之谮死，西施有力焉"，而这不正是当初西施所接受的任务吗？任务完成了，就要为这一"恶行"受到惩罚——西施与妲己面对的悖论何其相似！

而这一逻辑同样表现在小说中。

《列国志传》（此书亦称《春秋五霸七雄列国志传》）是这样写的：

> 越王灭吴，掳其宝器以及美女。范蠡谏曰："色倾人国，自古有之。吴王因耽西施之色，大王所以得灭其国。王何不鉴而蹈前车之覆乎？"越王不从。范蠡……乃设一计，及大驾至右湖，密令王之宦者，诱西施出帐，以轻舟载于烟波之中，遂溺西子于湖心。②

---

① 《升庵集》卷68，554页，文津阁四库全书本。
② 《列国志传》87回，542页，中国文史出版社，2019。（下文引《列国志传》正文，均出自此版本，只标明回数、页码。）

可怜的间谍功臣,就因为她的性别,而被自己的"老上级"谋杀了。

冯梦龙改写的《新列国志》(此书亦称《东周列国志》)在这个地方颇费了一些斟酌,不过最后还是狠下心"杀"死了功臣西施:

> 勾践班师回越,携西施以归。越夫人潜使人引出,负以大石,沉于江中,曰:"此亡国之物,留之何为?"①

然后,冯梦龙为自己的这一安排不厌其烦地做了一系列辩解:"后人不知其事,讹传范蠡载入五湖,遂有'载去西施岂无意?恐留倾国误君王'之句。按范蠡扁舟独往,妻子且弃之,况吴宫宠妃,何敢私载乎?又有言范蠡恐越王复迷其色,乃以计沉之于江。此亦谬也。罗隐有诗辨西施之冤云:'家国兴亡自有时,时人何苦咎西施?西施若解亡吴国,越国亡来又是谁!'"

看来,冯梦龙在这个问题上是比较清醒的一个。他引罗隐的诗,在一定程度上代表了自己的看法,即对"红颜祸水""倾国倾城"的传统观点表示了些许怀疑。所以,他在作品中采用了越夫人杀害西施的传说,其潜台词当是宫斗中因妒忌引起的

---

① 《东周列国志》83回,832页,人民文学出版社,1979。

虐杀。从情理上看，这样写比范蠡亲自动手沉江似乎可信一些。但同样跳不出妲己"模式"的悖论——女间谍就必须死，因为她背负着"恶之花"的基因与宿命。虽然她已不是"女妖"，但在"祸水"的罪名之下，"妖女"要承受的惩罚并无二致。

历史上，或文学作品中，类似的情况还可举出一些，如《三国演义》及其衍生文艺作品中的貂蝉，等等。这里就从略了。

哪吒："封神"人物系列中最复杂的形象

何以"魔童"——一次成功的嫁接

2019年的暑期，影视圈冲出了一匹大黑马：动画电影《哪吒之魔童降世》上映首日，便出乎所有人的预期票房破亿；第二日，单日破2亿，打破内地电影史动画电影单日票房纪录；首周票房超4.24亿，打破内地电影史动画电影首周票房纪录；半月票房便升至国内电影史第四位。

这一艺术／文化现象引起广泛的关注：这匹黑马缘何如此神骏？

从技术的角度讲，影片制作精美，人设、特效均大胆而富有创意——这是人所共见的。除此之外，剧本也是成功的重要因素。

这部动画电影的基本架构源于作者巧妙的"嫁接"。"魔童"哪吒的今生与前世是一个很有趣的话题。

总体来看，这个哪吒是由《封神演义》定型的哪吒脱化而出，脱化的痕迹留在了形象的基础元素中，如脚踏风火轮，身披混天绫，手持火尖枪的哪吒造型（这些法宝是哪吒的标志、标配）；不断闯祸；与龙族的两次冲突；为父母"舍身"，等等。但是，在脱化中，作者又有两个大胆变化，一个是略去了（或说是减弱了）哪吒与李靖的父子矛盾，一个是改变了哪吒与敖丙的关系。而后一个改动是全剧的关键，戏剧性的"逆天改命"由此而生。

　　电影的故事开始于元始天尊的一个"顶层设计"：由混元珠提炼生成灵珠和魔丸一对"双胞胎"，而灵珠注定为"善"的极致，魔丸则注定会生出魔王，然后被天雷击毙。这就构成了笼罩仙凡两界的天命。接下来，由于申公豹的阴谋，哪吒成了魔丸的化身，敖丙成了灵珠的化身。

　　这个"双胞胎"的情节核心便是作者巧妙地嫁接出的成果。

　　这一嫁接的"砧木"（树本）从近缘看，自然是《封神演义》，若追寻基因谱系，则是自唐至明千年间，中外文化交融、雅俗文化交融所"定型"的哪吒，而双重的交融使得这个"砧木"带有潜在而又强烈的"魔性"——这一"前世"因缘，我们且留待后面梳理、说明。

　　至于嫁接的"接穗"[①]则是古龙的一部著名小说《绝代双骄》，特别是其中那个可爱的小"魔头"江鱼儿。

---

① 这里借用了植物嫁接的术语："砧木"即接受枝、芽的根部干段，"接穗"即接到砧木上的芽或枝。

我们且分析一下嫁接的基础：江鱼儿与"魔童"的大量相似因子。

相似点之一：

《魔童降世》之哪吒是个善良的"小魔头"。

"魔头"而善良，这一点很重要。

他在陈塘关，恶作剧花样百出，使得人人头疼——电影中着重渲染了这一点；他甚至把恶作剧搞到了师父太乙真人头上。不过，他虽然被强大的势力（元始天尊代表的天命）注定了要做"恶"，但其实内心中却有善根。

《绝代双骄》之江鱼儿也是个善良的"小魔头"：他在恶人谷，恶作剧花样百出，使得人人头疼——小说中也是着重渲染；他甚至于把恶作剧搞到师父冷血杜杀头上。不过，他虽然被强大的势力（十大恶人加移花宫主）注定了要做"恶"，但其实内心却有善根。

——这是两个人物形象的相同基调，"恶作剧"是其突出的特征。

相似点之二：

"魔童"哪吒与英俊、高贵的敖丙本是特殊的双胞胎（混元珠分裂生成的灵珠和魔丸），后来成了一对好朋友，可是命里被"注定"要你死我活——这是他们共同的无法改变的"命运"。

"小坏蛋"江鱼儿与英俊、高贵的花无缺本是双胞胎，襁褓中被强行拆开，后来成了一对好朋友，可是命里被"注定"要你死我活——这是他们共同的无法改变的"命运"。

——这是整个故事矛盾的焦点,"双胞胎"注定成死敌是其核心的因素。

相似点之三:

哪吒以绝大的愿心逆天改命,拒绝做恶人;生死关头维护好朋友敖丙(其实是双胞胎的"兄弟"),大胆地挑战了命运;

江鱼儿以绝大的愿心逆天改命,拒绝做恶人;生死关头维护好朋友花无缺(其实是双胞胎的亲兄弟),大胆地挑战了命运。

——这是表现两个人物(魔童哪吒与小坏蛋江鱼儿)性格的重头戏——决不低头、"我命由我不由天"的顽强意志是其共同的精神。

相似点之四:

哪吒的悲剧命运是由申公豹出于他们那上一代的恩怨情仇操纵造成;

江鱼儿的悲剧命运是由移花宫主出于她们那上一代的恩怨情仇操纵造成。

——这是作者为故事设定的"前因",也是同样的增加矛盾层次、增强戏剧性的一种手段。

这么多的相似之处,欲不承认"魔童哪吒"与江鱼儿的"今生"因缘,岂可得乎?

我们指出《魔童降世》的故事借鉴了《绝代双骄》,并无贬低电影的意味。我国古代著名的文学理论著作《诗式》中曾提出过"偷意""偷势"的观点,认为这是文学创作中难以避免的现象，关键是给前人的"意""势"灌注新的生命，作出巧妙的化妆。

而这一手在本部动画电影中做得相当好，我们不妨称其为"偷意"圣手。

下面我们再来看哪吒的"前世"。一是梳理其来龙去脉——当然是从《封神演义》入手；二是分析其为何能与"今生"相融合、相嫁接，而没有出现"排异"现象？

《封神演义》中的"福将"

《封神演义》的故事是在仙、凡两界交织展开的。

仙界分为阐、截两大阵营。阐教的领袖是老子与元始天尊；下一辈是十二弟子，如慈航道人、太乙真人、黄龙真人等；再下一辈则是杨戬、哪吒、雷震子等。

按说，哪吒在阐教庞大的仙真队伍中是一个不起眼的晚辈，但是在作者的笔下，他却是最为吸引眼球的形象。在阐教一方遭遇挫折、困难的时刻，哪吒的出现往往会使读者眼前一亮。

从这个意义上讲，哪吒算得上"阐—周"阵营中头号福将（杨戬也是一员福将，但"戏份"略少于哪吒）。

第三十四回，哪吒奉师命下山，交给他的第一个任务是劫囚车搭救黄飞虎。这其实是比较简单的情节，小说却浓墨重彩地用了两千多字的篇幅：

话说哪吒踏风火二轮,霎时到穿云关落下来,在一山岗上看一会,不见动静,站立多时,只见那壁厢一枝人马,旗幡招展剑戟森严而来。哪吒想:"平白地怎就杀将起来?必定寻他一个不是处方可动手。"哪吒一时想起,作个歌儿来,歌曰:"吾当生长不记年,只怕师尊不怕天。昨日老君从此过,也须送我一金砖。"

哪吒歌罢,脚登风火二轮,立于咽喉之径。有探事马飞报与余化:"启老爷,有一人脚立车上作歌。"余化传令扎了营,催动火眼金睛兽出营观看,见哪吒立于风火轮上。怎见得,有诗为证,诗曰:"异宝灵珠落在尘,陈塘关内脱真神。九湾河下诛李艮,怒发抽了小龙筋。宝德门前敖光服,二上乾元现化身。三追李靖方认父,秘授火尖枪一根。顶上揪巾光灿烂,水合袍束虎龙纹。金砖到处无遮挡,乾坤圈配混天绫。西岐屡战成功绩,立保周朝八百春。东进五关为前部,枪展旗开迥绝伦。莲花化身无坏体,八臂哪吒到处闻。"

话说余化问曰:"登风火轮者乃是何人?"哪吒答曰:"吾久居此地,如有过往之人,不论官员皇帝,都要留些买路钱。你如今往那里去?乞速送上买路钱,让你好赶路。"余化大笑曰:"吾乃汜水关总兵韩荣前部将军余化。今解反臣黄飞虎等官员往朝歌请功。你好大胆,敢挠路径,作甚歌儿!可速退去,饶你性命。"哪吒曰:"你原来是捉将有功的,今往此处过。也罢,只送我十块金砖,放你过去。"

余化大怒，催开火眼金睛兽，摇方天画戟飞来直取。哪吒手中枪急架相还。二将交加，一场大战，往来冲突。一个七孤星，英雄猛虎；一个是莲花化身，抖擞神威。哪吒乃仙传妙法，比众大不相同，把余化杀的力尽筋酥，掩一戟，扬长败走。哪吒曰："吾来了！"往前正赶。余化回头，见哪吒赶来，挂下方天画戟，取出戮魂幡来，如前来拿哪吒。哪吒一见，笑曰："此物是戮魂幡，只何足为奇！"哪吒见数道黑气奔来，哪吒只用手一招，便自接住，往豹皮囊中一塞，大叫曰："有多少？一搭儿放将来罢！"余化见破了宝物，拨回走兽来战哪吒。

　　哪吒想："奉师命下山来救黄家父子，恐余化泄了机，杀了黄家父子，反为不美。"左手提枪挡架方天戟，右手取金砖一块丢起空中，喝声："疾！"只见五采瑞临天地暗，乾元山上宝生光。那砖落将下来，把余化顶护上打了一阵，打的俯伏鞍鞒，窍中喷血，倒拖画戟败走。哪吒赶了一程，自思："吾奉师命来援黄家父子，若贪追袭，可不误了大事？"随登转双轮，发一块金砖，打得众兵星飞云散，瓦解冰消，各顾性命奔走。哪吒只见陷车中垢面蓬头，厉声大叫曰："谁是黄将军？"飞虎曰："登轮者是谁？"哪吒答曰："吾乃乾元山金光洞太乙真人门下，姓李，双名哪吒。知将军今有小厄，命吾下山相援。"武成王大喜。哪吒将金砖磕开陷车，将众将放出。飞虎倒身拜谢。哪吒曰："列位将军慢行，我如今先与你把氾水关取了，等将军们出关。"众人称谢:"多感盛德,立救残喘。"……韩荣曰:"截抢朝廷犯官,还来在此猖獗,甚是可恶!"哪吒曰:"成汤气数该尽,西岐圣主已生。黄家乃西岐栋梁,正应上天垂象;尔等又何违背天命,而造此不测之祸哉!"韩荣大怒,纵马摇枪来取。哪吒登轮转枪相还,轮马相交,未及数合,左右一齐围绕上来。怎见得好一场大战:冬冬鼓响,杂彩旗摇。三军齐呐喊,众将俱枪刀。……话说哪吒火尖枪是金光洞里传授,使法不同,出手如银龙探爪,收枪如走电飞虹,枪挑众将纷纷落马。众将抵不住,各自逃生。韩荣舍命力敌。正酣战之间,后有黄明、周纪、龙环、吴谦、飞彪、飞豹一齐杀来,大叫曰:"这去必定拿韩荣报仇!"且说余化没奈何,奋勇催金睛兽,使画杆戟杀出府来,两家混战。哪吒见黄家众将杀来,用手取金砖丢在空中打将下来,正中守将韩荣,打了护心镜,纷纷粉碎,落荒便走。余化大叫:"李哪吒,勿伤吾主将!"纵兽摇戟来取,哪吒未及三四合,用枪架住画戟,豹皮囊内忙取乾坤圈打来,正中余化臂膊,打得筋断骨折,几乎坠兽,往东北上败走。哪吒取汜水关。……送至金鸡岭作别。黄滚与飞虎众将感谢曰:"蒙公子垂救愚生,实出望外。不知何日再睹尊颜,稍效犬马,以尽血诚。"哪吒曰:"将军前途保重。我贫道不日也往西岐,后会有期,何必过誉。"众人分别。哪吒回乾元山去了。不题。[1]

---

[1] 《封神演义》34回,223—226页。

我们可以用《封神演义》一段类似的情节来做比较，就可以看出作者对哪吒的"偏爱"了。后面第八十回，杨任奉师命下山，第一个任务也是劫囚车搭救黄飞虎——可怜的黄飞虎又一次成了俘虏。小说是这样写的：

> 且说杨任霎时已至潼关，离城有三十里远，只见方义真解着犯官前进，旗幡上大书"解岐周反将黄飞虎、南宫适"等名字。杨任落下兽来，阻住去路，大呼曰："来将那里去？"军士一见杨任生的古怪蹊跷，眼眶里长出两只手来，手心里反有两只眼睛，骑着一匹神兽，五绺长髯飘扬脑后，军士见之无不骇然，飞报与方义真："启上将军：前边来了个古怪异人阻住了路。"方义真仗自己胸襟，把马一夹走出车前，见杨任如此行状，从来也不曾有这样的相貌，心中也自着惊，大呼曰："来者何人？"杨任终是文官出身，言语自然轻柔，乃应曰："不须问我，吾乃上大夫杨任是也。将军，天道已归明主，你又何必逆天行事，自取灭亡也。"方义真曰："吾奉主将命令，押解周将往朝歌请功，你为何阻住去路？"杨任曰："吾奉师命下山，来破瘟瘟阵，今逢将军押解周将，理宜救护。我劝将军不若和我归了武王，正所谓应天顺人，不失封侯之位，有何不可。"方义真见杨任低言悄语，不把杨任放在心上，把手中枪一举，大喝曰："逆贼休走，吃吾一枪！"杨任忙用手中枪急架相还。两家

> 大战未及数合，杨任恐军士伤了被擒官将，忙用五火神焰扇照着方义真一扇扇去……扇子一扇，方义真连人带马化一阵狂风去了。众军士见了，呐一声喊，抱头弃兵，奔走回关。
>
> 　　且说黄飞虎等见杨任这等相貌，知是异人，忙在陷车中问曰："来者是那一位尊神？"杨任认得是黄飞虎，俱是一殿之臣，忙下了云霞兽，口称："黄将军，我非别人，不才便是上大夫杨任。因纣王失政，起造鹿台，我等直谏，昏君将吾剜去二目。多亏道德真君救吾上山，将两粒仙丹纳放目中，故此生出手中之眼耳。今特着我下山来破瘟癀阵，先救将军等，故效此微劳耳。"随放了四将。①

这段文字约为七百字，是哪吒那段的三分之一。而篇幅的长短只是表面的现象，两相比较，虽同为劫囚车，甚至同为救黄飞虎，作者在哪吒身上的细节描写远非杨任所可比。首先是哪吒索要买路钱的一段。明明是生死相搏的战斗，偏偏还要找一个"理由"，这一笔就把哪吒在陈塘关时顽童的形象延续下来了。若与杨任一本正经地去做敌将"思想工作"的形象比较，哪吒又傲气又顽皮的个性显然更为生动一些。但是，这个哪吒虽然带着游戏的姿态，却又时时表现出明白老练，为了圆满完成任务，杀得兴起而不恋战，打伤敌将而放弃追击。作者每一次都写他

---

① 《封神演义》80回，565—566页。

的心理活动:"心想……师命""自想……不可误了大事"。这种游戏神通的笔墨,与《西游记》中的孙猴子差相仿佛。

此外,作者塑造哪吒形象最妙一笔是莲花化身——这一点我们下文详述。而由此赋予哪吒的特异功能——没有魂魄不惧任何摄魂邪宝,在这一节也首次显现:余化所向无敌的戮魂幡对他毫无作用,"哪吒只用手一招,便自接住,往豹皮囊中一塞,大叫曰:'有多少?一搭儿放将来罢!'"这一绝招,成为哪吒的"招牌"神通,后面一而再、再而三地渲染,如:

> 话说张桂芳大战哪吒……大呼曰:"哪吒,不下轮来更待何时!"哪吒也吃一惊,把脚登定二轮,却不得下来。桂芳见叫不下轮来,大惊:"老师秘授之吐语捉将,道名拿人,往常响应,今日为何不准!"只得再叫一声,哪吒只是不理。连叫三声,哪吒大骂:"失时匹夫!我不下来凭我,难道勉强叫我下来!"……一乾坤圈把张桂芳左臂打得筋断骨折,马上晃了三四晃,不曾闪下马来。哪吒得胜进城。探马报入相府,令:"哪吒来见。"子牙问曰:"与张桂芳见阵,胜负如何?"哪吒曰:"被弟子乾坤圈打伤左臂,败进营里去了。"子牙又问:"可曾叫你名字?"哪吒曰:"桂芳连叫三次,弟子不曾理他罢了。"众将不知其故。但凡精血成胎者有三魂七魄,被桂芳叫一声,魂魄不居一体,散在各方,自然落马。哪吒乃莲花化身,周身俱是莲花,那里有

三魂七魄，故此不得叫下轮来。①

殷郊见哪吒登轮，先将落魂钟对哪吒一晃，哪吒全然不理。……哪吒祭起一块金砖，正中殷郊的落魂钟上，只打得霞光万道，殷郊大惊。②

法戒未及三四回合，忙把那幡取出来也晃哪吒。哪吒乃莲花化身，却无魂魄，如何晃得动他？法戒见哪吒在风火轮上安然不能跌将下来。已自着忙。哪吒见法戒拿一面幡在手内晃，知是左道之术不能伤己，忙祭乾坤圈打来，法戒躲不及，打了一交。……法戒被哪吒打了一圈，逃回关内。徐盖见法戒着伤而回，便问："老师，今日初阵如何失机？"法戒曰："不妨，是我误用此宝。他原来是灵珠子化身，原无魂魄，焉能擒他！"③

只见郑伦对着哪吒一声"哼！"哪吒无魂魄，怎能跌得下轮来？郑伦见用此术不能响应，大惊曰："吾师秘授，随时响应，今日如何不验？"又将白光吐出鼻子窍中。哪吒见头一次不验，第二次就不理他。郑伦着忙，连哼第三次。

---

① 《封神演义》36、37回，240页。
② 《封神演义》65回，452页。
③ 《封神演义》79回，552—553页。

哪吒笑曰："你这匹夫！害的是甚么病？只管哼！"郑伦大怒，把杵劈头乱打。又战三十回合，哪吒把乾坤圈祭在空中，一圈打将下来。郑伦难逃此厄，正中其背；只打得筋断骨折，几乎坠马，败回行营。①

因此，哪吒的形象成为《封神演义》神祇中最为生动，也最为讨喜的一个"福将"。

被追捧的悖伦弑父者

不过，《封神演义》所塑造的哪吒形象，给读者印象最深的还是他的"出身传"，特别是其中的父子恩怨。

这一点，很像《西游记》中的孙悟空形象：虽然取经降妖笔墨最多，但读者印象最深的却是大闹天宫，是与天庭冲突中的"妖猴"。

关于哪吒与李靖之间的父子恩怨，是《封神演义》最独特，也是最大胆的一笔。

《封神演义》中有名有姓的人物四百余名，重要而"有故事的"也有数十名，但只有哪吒的"出身传"足足写了三回书，篇幅甚至超过了姜子牙。可以说，全书最精彩的部分就是这三回。书中写哪吒为灵珠子转世，一出生就不同凡响。七岁时，已"身

---

① 《封神演义》57回，391页。

长六尺";然后因嬉戏闹海,打死了龙王手下的巡海夜叉,又打死了三太子,还抽了龙筋;在师父的纵容下,上天宫揭龙鳞;又射死石矶弟子,闯下了一连串的灭门大祸。接下来,出现了三个极为特异的情节。第一个是剔骨还父,析肉还母:

> 哪吒厉声叫曰:"一人行事一人当,我打死敖丙、李艮,我当偿命,岂有子连累父母之理!……我今日剖腹、剜肠、剔骨肉,还于父母,不累双亲。你们意下如何?"……哪吒便右手提剑先去一臂膊,后自剖其腹,剜肠剔骨,散了七魄三魂,一命归泉。……魂无所依,魄无所倚。……飘飘荡荡,随风而至,径到乾元山来。①

这段文字写得极为惨烈,哪吒的命运也显得极其悲惨。幸而他的师父太乙真人同情其遭遇,于是情节陡转,又有了神奇的莲花化身一段:

> (太乙真人)叫金霞童儿:"把五莲池中莲花摘二枝,荷叶摘三个来。"童子忙忙取了荷叶、莲花,放于地下。真人将花勒下瓣儿铺成三才,又将荷叶梗儿折成三百骨节,三个荷叶按上、中、下,按天、地、人,真人将一粒金丹放于居中,法用先天,气运九转,分离龙、坎虎,绰住哪吒魂

---

① 《封神演义》13回,92页。

魄望荷莲里一推，喝声："哪吒不成人形更待何时！"只听得响一声，跳起一个人来，面如傅粉，唇似涂朱，眼运精光，身长一丈六尺。此乃哪吒莲花化身，见师父拜倒在地。[①]

死而复活，本就是具有戏剧性的情节。而复活的方式又是如此奇特。莲花化身，既有佛教"妙法莲华"的意味，又极具视觉冲击力，活画出天上地下绝无仅有的一个神祇形象——神采灵动、超逸凡尘的少年英雄。另外，这个设计又为小说后来的一系列情节打下了基础：因为是莲花化身，所以好多邪魔外道的法宝在他身上都不起作用，终于成就了哪吒"肉身成圣"的功业。

接下来的第三段更加匪夷所思，就是让哪吒演了一出轰轰烈烈的"弑父"报仇的大戏：

> 真人曰："李靖毁打泥身之事，其实伤心。"哪吒曰："师父在上，此仇决难干休！"真人曰："你随我桃园里来。"真人传哪吒火尖枪，不一时已自精熟。哪吒就要下山报仇。真人曰："枪法好了，赐你脚踏风火二轮，另授灵符秘诀。"真人又付豹皮囊，囊中放乾坤圈、混天绫、金砖一块："你往陈塘关去走一遭。"哪吒叩首拜谢师父，上了风火轮，两脚踏定，手提火尖枪，径往关上来。诗曰："两朵莲花现化

---

① 《封神演义》14回，95页。

身,灵珠二世出凡尘。手提紫焰蛇矛宝,脚踏金霞风火轮。豹皮囊内安天下,红锦绫中福世民。历代圣人为第一,史官遗笔万年新。"

话说哪吒来到陈塘关,径进关来至帅府,大呼曰:"李靖早来见我!"……李靖大怒:"有这样事!"忙提画戟上青骢,出得府来。见哪吒脚踏风火二轮,手提火尖枪,比前大不相同。

李靖大惊,问曰:"你这畜生!你生前作怪,死后还魂,又来这里缠扰!"哪吒曰:"李靖!我骨肉已交还与你,我与你无相干碍。你为何往翠屏山鞭打我的金身,火烧我的行宫?今日拿你,报一鞭之恨!"把枪晃一晃,劈脑刺来。李靖将画戟相迎。轮马盘旋,戟枪并举。哪吒力大无穷,三五合把李靖杀的马仰人翻,力尽筋输,汗流脊背。李靖只得望东南逃走。哪吒大叫曰:"李靖,休想今番饶你!不杀你决不空回!"往前赶来,不多时看看赶上。哪吒的风火轮快,李靖马慢,李靖心下着慌,只得下马借土遁去了。哪吒笑曰:"五行之术,道家平常。难道你土遁去了,我就饶你?"把脚一登,驾起风火二轮,只见风火之声如飞云掣电,望前追赶。李靖自思:"今番赶上,被他一枪刺死,如之奈何?"

……见一道童顶着髽巾,道袍大袖,麻履丝绦,来者乃九宫山白鹤洞普贤真人徒弟木吒是也。木吒曰:"父亲,孩儿在此。"李靖看时,乃是次子木吒,心下方安。哪吒驾

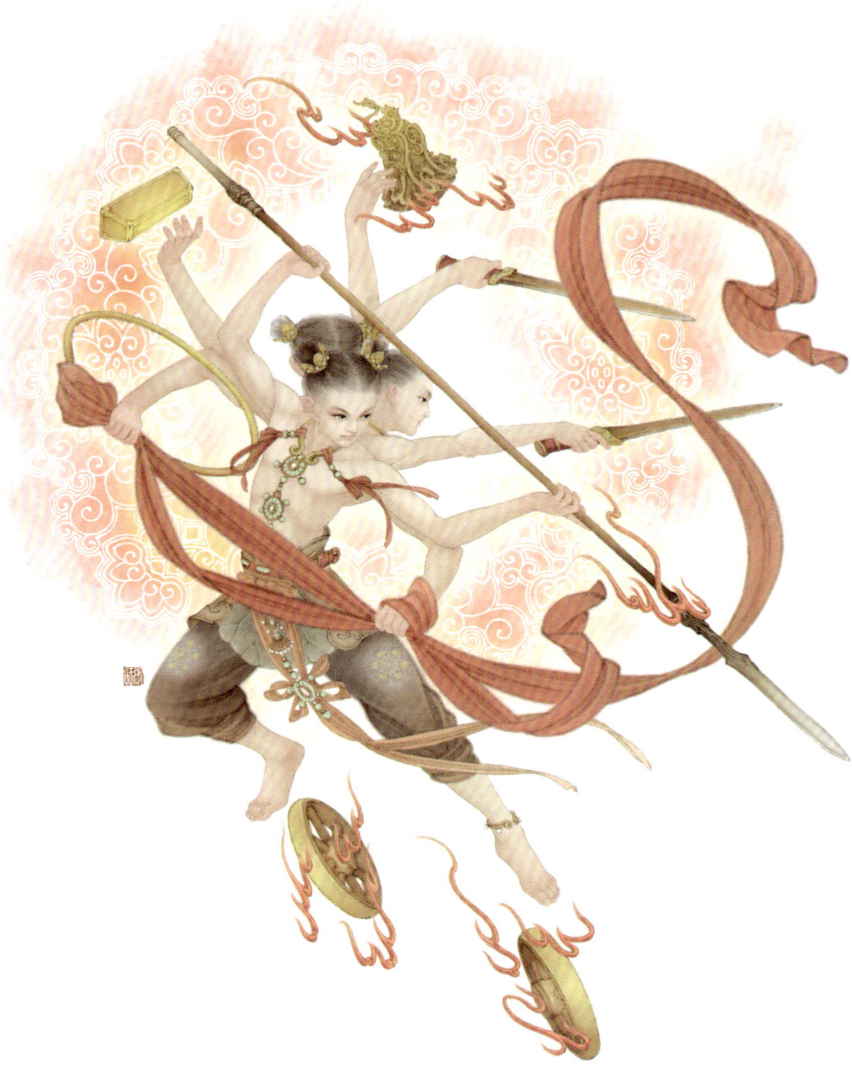

⊙哪吒

轮正赶，见李靖同一道童讲话。哪吒落下轮来，木吒上前大喝一声："慢来！你这孽障好大胆！子杀父，忤逆乱伦。早早回去，饶你不死！"哪吒曰："你是何人，口出大言？"木吒曰："你连我也认不得！吾乃木吒是也。"哪吒方知是二哥，忙叫曰："二哥，你不知其详。"哪吒把翠屏山的事细细说了一遍："这个是李靖的是，是我的是？"木吒大喝曰："胡说！天下无有不是的父母！"哪吒又把剖腹、剜肠，已将骨肉还他了："我与他无干，还有甚么父母之情！"木吒大怒曰："这等逆子！"将手中剑望哪吒一剑砍来。哪吒枪架住曰："木吒，我与你无仇，你站开了，待吾拿李靖报仇。"……用手取金砖望空打来。木吒不堤防，一砖正中后心，打了一交，跌在地下。哪吒登轮来取李靖。李靖抽身就跑。哪吒叫曰："就赶到海岛，也取你首级来，方泄吾恨！"

李靖望前飞走，真似失林飞鸟，漏网游鱼，莫知东南西北。往前又赶多时，李靖见事不好，自叹曰："罢！罢！罢！想我李靖前生不知作甚孽障，致使仙道未成，又生出这等冤愆，也是合该如此。不若自己将刀戟刺死，免受此子之辱。"

……太乙真人叫："李靖过来。"李靖倒身下拜。真人曰："翠屏山之事，你也不该心量窄小，故此父子参商。"哪吒在旁只气的面如火发，恨不的吞了李靖才好。二仙早解其意，真人曰："从今父子再不许犯颜。"分付李靖："你先去罢。"李靖谢了真人,径出来了。就把哪吒急的敢怒而不敢言,只在旁边抓耳揉腮,长吁短叹。真人暗笑,曰:"哪吒,你也回去罢,好生看守洞府。我与你师伯下棋,一时就来。"哪吒听见此言,心花儿也开了。哪吒曰:"弟子晓得。"忙忙出洞,踏起风火二轮追赶李靖。……

却说李靖被哪吒赶的上天无路,入地无门。正在危急之际,只见山岗上有一道人,倚松靠石而言曰:"山脚下可是李靖?"李靖抬头一看,见一道人,靖曰:"师父,末将便是李靖。"道人曰:"为何慌忙?"靖曰:"哪吒追之甚急,望师父垂救!"道人曰:"快上岗来站在我后面,待我救你。"……道人跳开一旁,袖儿望上一举,只见祥云缭绕,紫雾盘旋,一物往下落来,把哪吒罩在玲珑塔里。道人双手在塔上一拍,塔里火发,把哪吒烧的大叫饶命。

道人在塔外问曰:"哪吒,你可认父亲?"哪吒只得连声答应:"老爷,我认是父亲了。"道人曰:"既认父亲,我便饶你。"道人忙收宝塔,哪吒睁眼一看,浑身上下并莫有烧坏些儿。哪吒暗思:"有这等的异事,此道人真是弄鬼!"道人曰:"哪吒,你既认李靖为父,你与他叩头。"哪吒意欲不肯,道人又要祭塔;哪吒不得已,只得忍气吞声低头下拜,尚有不忿之色。道人曰:"还要你口称'父亲'。"哪吒不肯答应。道人曰:"哪吒,你既不称'父亲',还是不服。再取金塔烧你!"哪吒着慌,连忙高叫:"父亲,孩儿知罪了。"哪吒口内虽叫,心上实是不服,只是暗暗切齿,自思道:"李靖,你长远带着道人走!"道人唤李靖曰:"你且跪下,我秘受你这一座金塔。如哪吒不服,你便将此塔祭起烧他。"哪吒在旁只是暗暗叫苦。道人曰:"哪吒,你父子从此和睦。久后俱系一殿之臣,辅佐明君,成其正果,再不必言其前事。哪吒,你回去罢。"哪吒见是如此,只得回乾元山去了。①

这一段"弑父"复仇,小说洋洋洒洒写了将近八千字,中间曲折反复,煞是好看。特别是哪吒的心理活动,一而再,再而三,直至最后在"金塔"的威压之下,不得已而妥协。除此之外,全书再没有如此摇曳多姿的笔墨。

值得提出的是,作者的立场是同情哪吒的。这不仅从太乙真人为哪吒准备复仇的法宝,传授武艺、神通可以感觉到;而且从描写李靖狼狈状况的笔墨也流露出来。特别是在哪吒出发复仇之际,作者的赞语中竟然有"历代圣人为第一"的评价!

然而,这样一个阐教太乙真人的得意门徒,其实是地地道道的佛门出身。

从佛典中走进中土的神祇

在早期的佛经中,"哪吒"经常出现在咒语中,如《大方等

---

① 《封神演义》14回,95—99页。

大集经》:"尔时,世尊即说此陀罗尼句:'……比婆那吒、却伽那吒、阿吒那吒、究那吒、波利究婆那吒、那荼那吒、富利迦那吒……尸利拘婆那吒。'"①《大佛顶如来放光悉怛多般怛罗大神力都摄一切咒王陀罗尼经》:"召那吒鸠伐罗天王咒曰:'唵那咤俱伐罗可可可可吽波多曳莎呵。'"②

哪吒作为人格神的形象从何时开始,很难准确考订。在"阿含"部佛经中有"阿吒哪吒经""阿吒哪吒剑"之说,但尚非人格神。明确成为护法的人格神,并与"天王"成为一家人,并流行于中土,是在密宗的经典中,如唐代不空所译《北方毗沙门天王随军护法仪轨》:

> 尔时那吒太子手捧戟,以恶眼见四方,白佛言:"我是北方天王吠室罗摩那罗阇第三王子其第二之孙,我祖父天王及我那吒同共每日三度白佛言:'我护持佛法,欲摄缚恶人,或起不善之心。我昼夜守护国王大臣及百官僚,相与杀害打陵,如是之辈者,我等那吒以金刚杖刺其眼及其心。若为比丘比丘尼优婆塞优婆夷起不善心及杀害心者,亦以金刚棒打其头。'"③

类似文字出现于密宗多部经典中。不过,其中的哪吒为北方天

---

① 《大正藏》第 13 册 No.0397。
② 《大正藏》第 19 册 No.0947。
③ 《大正藏》第 21 册 No.1247。

王之孙(后逐渐"升级"为子)[1],作为护法神祇,其形象相当凶恶:"恶眼","捧戟","以金刚杖刺其眼及其心"。

透过其他佛典,发现这个哪吒形象逐渐衍生出较为丰富的内容,如《发觉净心经》世尊对弥勒宣示"多言"的害处:

>"弥勒!于中菩萨当观二十种诸患乐多言者。何等为二十?弥勒!乐多话者当无敬心,以多闻故;……不住于正,行当轻躁;不能灭断诸疑行,行之时犹如哪吒,唯随逐声;……随诸烦恼所牵,诸根不调伏故。弥勒!乐多言菩萨有此等二十诸患,唯信知音声,不观正义者。"

>"尔时世尊,欲重宣此义,而说偈言:'……轻躁犹如风吹草,有诸疑心不能决,彼无坚意不能定,乐于多言如是患。犹如那吒在戏场,说他猛健诸功德,彼时亦复如那吒,乐于多言如是患。'"[2]

佛讲多言有二十种祸患,其中举出的反面人物只有一个,便是哪吒。说他"猛健",与前面的护法恶神倒也相近,不过"轻躁""多言",以致"在戏场"自吹自擂,这种形象还是使人大出意外。这部佛经的主角为弥勒菩萨,《大藏经》收入"宝积部"。

---

[1] 不空还曾为玄宗招请北天王二子独健显灵,在安西抵御康居人入侵。可见北天王云云是不空、无畏入唐后博取信任的常用话题。而哪吒只是话题的一部分,故尚未定型。

[2] 《大正藏》第 12 册 No. 0327。

撰述的具体年代很难考定，但属于较为晚近的经典应大致不错。

这个护法神形象传入中土后，继续他的护法工作，而除恶之外多了行善功能，如《佛祖统纪》等书中多有类似事迹："师初在西明寺，中夜行道，足趺前阶。有圣者扶其足。师问为谁，答曰：'北天王太子哪吒奉命来卫。'"此事最早见于晚唐的笔记小说《开天传信记》。"师"即道宣律师，无畏三藏由天竺来长安便依他驻锡于西明寺。哪吒与毗沙门天王的关系，是无畏与不空所译经典首见于中土的。而哪吒在中土"守护"的第一位僧伽就是道宣。这中间无畏与道宣互动互捧的痕迹灼然可见。而哪吒的形象则在此互动中传布开来。

父子反目，剔还骨肉 —— 僧俗之间的一场误会

哪吒的形象融入中土文化之后，给大众印象最深的是"闹海"与"父子反目，剔还骨肉"。在佛教的经典中，他与天王的关系本是主从和谐的，至于何时出现了戏剧性变化，也就是出现了"析骨还父，析肉还母"的说法，尚无确切的文献支撑。

不过，这种说法早期是以禅门公案形式出现的，只是意味与小说所写全然有别。剔还骨肉之说最早见于北宋真宗时编就的《景德传灯录》。《景德传灯录》出现"哪吒"计有三处：

> 曰："如何是主中主？"（善昭禅师）曰："三头六臂惊天地，忿怒那咤扑帝钟。"

问:"那咤太子析骨还父析肉还母,如何是那咤本来身。"师(大同禅师)放下手中杖子。

问:"那咤太子析肉还母析骨还父,然后于莲华上为父母说法。未审如何是太子身?"(德韶国师)师曰:"大家见上座。"

第一段是以哪吒做比喻,但是可以看出此时哪吒已经有了"三头六臂"的形象。同时,"忿怒那吒扑帝钟"的具体情节虽已不可知,但体现出的勇猛、暴烈性格还是与"猛健"形象相一致的。后面两段则属于典型的禅门公案,也便带有了公案普遍存在的神秘、含混的特色。而第三段德韶国师的弟子问中,还多出了"于莲华上为父母说法"的情节。其后惠洪所撰《禅林僧宝传》迻录了这一段。不过,这里的剔还骨肉与莲花上说法,并无父子彼此恩怨情仇在内。今天一般读者来看这段问答,很可能如同看其他禅门机锋一样如堕五里雾中。如果我们强作解人的话,这个公案似应指向"真空妙有""照见五蕴皆空"之类意旨,但是意味又要复杂一些。自此以后,"哪吒"的骨肉与真身关系成为禅宗十分常见的一个"话头"。如《古尊宿语录》卷第二十八《舒州龙门佛眼和尚语录》:

昔日哪吒太子,析肉还母,析骨还父,然后现本身,运大神通。大众!肉既还母,骨既还父,用什么为身?学道人到这里若见得去,可谓廓清五蕴,吞尽十方。听取一颂："骨还父，肉还母，何者是身？分明听取，山河国土现全躯，十方世界在里许。万劫千生绝去来，山僧此说非言语！"下座。[1]

佛眼这段话的大意是，肉身本为虚幻，自性即为佛性，肉身可以抛弃，而佛性无所不在。《禅宗颂古联珠通集》更有意思，若干大德就此一事各抒己见。其赞颂的古则为前述佛眼远禅师那一段："哪吒太子析肉还母，析骨还父，然后现本身运大神力，为父母说法。肉既还母，骨既还父，用甚么为身？学人到这里若见得去，廓清五蕴，吞尽十方。乃颂曰云云"，下面胪列一系列相关颂词：

骨肉都还父母了，未知那个是哪吒。一毛头上翻身转，一一毛头浑不差。（径山杲）。

哪吒太子本来身，卓卓无依不受尘。云散水流天地静，篱间黄菊正争春。（自得晖）。

析骨还父肉还母，不知那个是哪吒。夜深失脚千峰外，万古长风片月斜。（少室睦）。

骨还父肉还母，日西沉水东注。——（良久）露！（北硐简）。

雨散云收后，崔嵬数十峰。王维虽敏手，难落笔头踪。

---

[1] 《卍新续藏》第 68 册 No. 1315。

(无准范)[1]

如同各种禅门公案一样，这些都有些莫名其妙的味道。但可以确知的是：一，哪吒析还父母骨肉的事迹在宋代已经流传甚广，特别是在禅门中；二，其基本含义是摒弃、超越物像而显现内在精神。至于这一事迹从何而来，当时的人们已经深感困惑了，以致有"丛林有'析骨还父，析肉还母'之说，然于乘教无文。不知依何而为此言"的质疑[2]。但如此惊心动魄的神异事迹，已经广为传播，得到采信，些许质疑已不起作用了。此时，不仅禅门热衷讨论，甚至谈文论艺者也深感兴趣，如苏辙的《栾城集》有《哪吒》诗，甚为有趣：

> 北方天王有狂子，只知拜佛不拜父。佛知其愚难教语，宝塔令父左手举。儿来见佛头辄俯，且与拜父略相似。佛如优昙难值遇，见者闻道出生死。嗟尔何为独如此，业果已定磨不去。佛灭到今千万祀，只在江湖挽船处。[3]

观苏子由此诗，说明《封神演义》中哪吒"弑父"的某些故事因素在北宋中后期已经开始流行。细玩该诗，至少有三个相关要素已经存在了：一个是哪吒乃"狂子"而非孝子；一个是哪吒坚

---

[1] 《卍新续藏》第 65 册 No. 1295。
[2] 《祖庭事苑》，见《卍新续藏》第 64 册 No. 1261。
[3] 《栾城集》第三集，卷 1，635 页。四部丛刊本。

持不肯"拜父";一个是出现了"塔",只不过是佛以之为自己的替身,以"如朕亲临"般的诈术来解决父子间的矛盾。但是,此时尚未有"弑父"的严重冲突,也没有从伦理角度谴责哪吒,也没有对"不拜"作出明确的评价,而是以佛教常谈——"业果已定"来搪塞了一下。

赐塔的具体情节不见于印度的佛教文献,而据《北方毗沙门天王随军护法真言》,天王虽然有塔,却与父子矛盾毫无关系。恰恰相反,天王的塔供奉释迦牟尼佛,日常由哪吒捧持不离身边。由上下文看,似乎与天王统率天兵的授权有些关系:

其塔奉释迦牟尼佛,教汝(天王)若领天兵……即拥遣第三子哪吒捧行,莫离其侧。①

考虑到父子反目,以塔镇子等故事要素均不见于任何佛典,我们可以理解为是佛教的哪吒形象在中土的变异。

"析肉还母,析骨还父"本为禅门公案中的寓言,如此惨烈的情景在中土文化传统中从未有过;而禅门若即若离的机锋,更使得一般民众摸不着头脑,只好按照自己的生活逻辑来理解,于是禅门公案就向父子关系的方面转化了,父子矛盾便滋生出来了。

到了南宋中后期,著名文论家严沧浪在《答出继叔临安吴

---

① 《北方毗沙门天王随军护法真言》,《大正新修大藏经》第21册,1248页。

景仙书》中以哪吒析还骨肉比喻自己的文学批评:

> 仆之《诗辩》,乃断千百年公案,诚惊世绝俗之谈、至当归一之论。其间说江西诗病,真取心肝刽子手。以禅喻诗,莫此亲切。……尝谒李友山论古今人诗,见仆辨析毫芒,每相激赏,因谓之曰:"吾论诗,若哪吒太子析骨还父,析肉还母。"友山深以为然。①

他的意思是自己的批评眼光深刻,超越表层揭示了精神。不过,前面又有"取心肝刽子手"之说,血淋淋的,与禅门那种"云散水流天地静,篱间黄菊正争春"的颖悟境界大不相同了。

说到这里,哪吒与天王的关系,护法神的身份,析骨肉还于父母,都在唐宋及以前的佛教文献中找到了根源。但为什么析骨肉还父母? 析还之后,他做了什么? 却找不到佛门的依据。只有《景德传灯录》中德韶弟子讲了一句"于莲华上为父母说法",但言之不详,似乎是说佛法以报父母恩德的意味。要之,佛典中,尚未发现析还骨肉与父子矛盾的关系;倒是在诗文中露出一些苗头,似乎是误读禅门公案的表现。

《封神演义》之外,言及哪吒弑父报仇的,只有《西游记》。其第八十三回《心猿识得丹头,姹女还归本性》:

---

① 严羽著、郭绍虞校释:《沧浪诗话校释》附录,251—253页,人民文学出版社,1961。

天王轮过刀来，望行者劈头就砍。早有那三太子赶上前，将斩妖剑架住，叫道："父王息怒。"天王大惊失色。——噫！父见子以剑架刀，就当喝退，怎么返大惊失色？原来天王生此子时，他左手掌上有个"哪"字，右手掌上有个"吒"字，故名哪吒。这太子三朝儿就下海净身闯祸，踏倒水晶宫，捉住蛟龙要抽筋为绦子。天王知道，恐生后患，欲杀之。哪吒奋怒，将刀在手，割肉还母，剔骨还父；还了父精母血，一点灵魂，径到西方极乐世界告佛。佛正与众菩萨讲经，只闻得幢幡宝盖有人叫道："救命！"佛慧眼一看，知是哪吒之魂，即将碧藕为骨，荷叶为衣，念动起死回生真言，哪吒遂得了性命，运用神力，法降九十六洞妖魔，神通广大。后来要杀天王，报那剔骨之仇。天王无奈，告求我佛如来。如来以和为尚，赐他一座玲珑剔透舍利子如意黄金宝塔，——那塔上层层有佛，艳艳光明。——唤哪吒以佛为父，解释了冤仇。所以称为托塔李天王者，此也。今日因闲在家，未曾托着那塔，恐哪吒有报仇之意，故吓个大惊失色。却即回手，向塔座上取了黄金宝塔，托在手间，问哪吒道："孩儿，你以剑架住我刀，有何话说？"①

这段故事与《封神演义》的哪吒出身传十分相似，包括闹海、抽

---

① 《西游记》83回，973页，人民文学出版社，2020。（下文引《西游记》正文，均出自此版本，只标明回数、页码。）

龙筋、割肉还母剔骨还父、莲花复生、弑父报仇、以塔解冤的主要情节完全一样。这就出现了一个大问题：两部作品之间的关系。是《西游记》"缩写了"《封神演义》的三回书？还是《封神演义》"扩写"了《西游记》的这一段？抑或二者之前本有哪吒弑父的故事存在，二书所取略有差异？

可以说，三种情况皆有可能，而在没有新的文献材料发现之前，这个问题很难作出确定的结论。我们在这里只是梳理了问题的来龙去脉，然后比较一下两部作品讲述同一个故事的差别。至于两个哪吒孰先孰后，后文将有所研判。

在《西游记》中，哪吒弑父复仇是个人行为，而如来并未支持；如来解决问题的方法虽然也是赐塔，但"塔"不是武器、法宝，而是"层层有佛"，因而是佛的象征，哪吒"以佛为父""以和为尚"，于是消解了"冤仇"的因果。这里几乎没有伦理评价的因素出现——既没有同情哪吒，也没有谴责。

相比之下，《封神演义》弑父描写的特异之处就凸显出来了——特别是在伦理层面上。至少有以下几个方面：

一个是给哪吒"弑父"以更充分的理由。哪吒的析肉剔骨本出于自愿（这点与《西游记》"剔骨之仇"不同），结仇乃缘于李靖毁像烧庙的过分行为：

> 李靖指而骂曰："畜生！你生前扰害父母，死后愚弄百姓！"骂罢，提六陈鞭，一鞭把哪吒金身打的粉碎。李靖怒发，复一脚蹬倒鬼判。传令放火烧了庙宇。……

哪吒那一日出神不在行宫，及至回来，只见庙宇无存，山红土赤，烟焰未灭，两个鬼判含泪来接。哪吒问曰："怎的来？"鬼判答曰："是陈塘关李总兵突然上山，打碎金身，烧毁行宫，不知何故。"哪吒曰："我与你无干了，骨肉还于父母，你如何打我金身，烧我行宫，令我无处栖身？"……跪诉前情："被父亲将泥身打碎，烧毁行宫。弟子无所依倚，只得来见师父，望祈怜救。"真人曰："这就是李靖的不是，他既还了父母骨肉，他在翠屏山上与你无干，今使他不受香火，如何成得身体？"……"李靖毁打泥身之事，其实伤心。"哪吒曰："师父在上，此仇决难干休！"真人曰："你随我桃园里来。"真人传哪吒火尖枪，不一时已自精熟。哪吒就要下山报仇。真人曰："枪法好了，赐你脚踏风火二轮，另授灵符秘诀。"真人又付豹皮囊，囊中放乾坤圈、混天绫、金砖一块："你往陈塘关去走一遭。"①

李靖无情无理而十分过分的行为给了哪吒复仇的理由。从读者的角度，也自然会给予哪吒高度的同情。而这个李靖虽为人父，其形象却从一开始就带有暴虐、无情，还有几分鄙俗的色彩。夫人难产分娩，他提剑闯进产房；哪吒闹海，龙王找上门来，他害怕玉帝的"正神"权威，"放声大哭"；哪吒的母亲为儿子建庙，他毁像焚庙，原因竟然是怕"这条玉带送了"——丢官。这些

---

① 《封神演义》14回，94—95页。

描写，都为哪吒的弑父做了背书。这一点，又从太乙真人的言语、行为得到了加强。太乙真人是小说中的正面人物，他不但明确谴责了李靖："这就是李靖的不是……其实伤心。"而且亲自动手为哪吒复仇准备条件：传授武艺、赐予法宝，并为之送行。

与之相反的，哪吒弑父途中遇到哥哥木吒，而木吒是完全站在李靖立场——也就是通常的"三纲五常"上的。作品写木吒以伦常大道理责骂哪吒："孽障好大胆！子杀父，忤逆乱伦！"当哪吒讲出李靖那些过分的行为来做解释时，木吒毫不理会，继续大义凛然地斥责："胡说！天下无有不是的父母！"这是很有意味的一段。"忤逆乱伦"，就把哪吒复仇的故事与伦常大道理紧密联系了起来。而"天下无有不是的父母"，更是那个时代不容置疑的"天经地义"（《四库全书》的经部，这句话出现了三十余次[①]）。作者让它出于木吒之口，给哪吒的行为戴了个负面的"大帽子"。可是，接下来，这个站在道德高地的木吒就被他的弟弟"一砖正中后心，打了一交，跌在地下"，成了一个可笑的失败者。作者的立场、态度由此可见。

还有一个与《西游记》的明显不同处，就是事情的结局。《西游记》是"以和为尚"，双方无是非与对错，塔中有佛，"以佛为父"，伦常问题让位给佛教义理。这显然是与苏辙诗中"儿来见佛头辄俯，且与拜父略相似"一脉相承（不过，苏辙诗中未有弑父情节，只是"不拜"而已）。《封神演义》则不然，结局是灵

---

① 如《五礼通考》《四书大全》等。

鹫山燃灯道人（约略等于"我佛如来"）以宝塔烧炼哪吒。哪吒不是敌手，"哪吒不得已，只得忍气吞声低头下拜，尚有不忿之色……口内虽叫，心上实是不服，只是暗暗切齿"。也就是说，在这场情理与伦理的生死大战中，哪吒是一个在武力胁迫下失败的英雄形象。

打乱龙宫与天庭的秩序，哪吒与孙悟空异曲而同工。但弑父复仇，则是他在文学形象的长廊中与众不同、特立独行之处。如果考虑到这是一个成长中的少年形象，那么他对秩序的反叛，对长辈权威的挑战——甚至到了"弑父"的地步，以及在挑战、反叛过程中，生命却得到了升华，通过这一升华，获得巨大的神奇力量（包括豹皮囊中的种种法宝），都具有某种文学／文化"原型"的意义。而在宋明理学盛行了几百年的思想背景下，何以出现这样的文学形象？何以广为传播竟未遭到质疑，或是禁毁？这些，都是值得作出更深刻的理论性研究的大问题。

当然，那已经超出本书讨论的界域。这里只是指出，在定型的哪吒身上，由此潜藏下了强大的"魔性"基因，终于在"魔童降世"之时，经嫁接由隐而显罢了。

本书所能确定的是：一、哪吒形象源于佛教，但带有很强的开放性。二、到明中后期基本定型的"哪吒"，是在佛教自身的发展演变中，也是在佛教与中土文化交流互动中，在宗教文化与世俗文化的交互影响中，最终完成的。三、这样复杂的过程，使得哪吒形象中包含了十分独特的成分——惨烈而又带有哲理的剔还骨肉，美妙而又包含宗教寓意的莲花化身，叛逆悖伦而又令人同情的弑父心理。而站在一般的社会伦理立场，这正是"魔"的隐性基因。四、恶与善，魔与佛（仙），熔铸到同一个形象中，便成为一个"可写"的文本，给了再创作很大的空间。五、"魔童"正是在哪吒的"前世"基因图谱的基础上生长出来的，经由剧作者巧妙地"今生"嫁接，成为"经典再生"的成功范例。六、由经常闯祸的"少年邪神"成长为神通广大的护法神，哪吒与孙悟空的形象具有很大的可比性；另外，大闹天宫是挑战君权，追杀李靖是挑战父权，这两大段文字成为中国文学史上最大胆的"异端"，也都是具有很大研究空间的理论话题。

哪里来的黄飞虎

"戏份"超众的人物

一部小说，最基本的支撑就是故事情节与人物形象。《封神演义》的人物形象大体可分人间与仙界两大类。姜子牙则是横跨两类的形象。在"纯粹"人间的形象中，作者落墨最多的就是黄飞虎。他的姓名在全书中出现六百余次，甚至超过了姜子牙。

在小说中，他的身份也很奇特，在殷商与西周都是顶级的元戎：

> 帝乙在位三十年而崩，托孤与太师闻仲，随立寿王为天子，名曰纣王，都朝歌。文有太师闻仲，武有镇国武成王黄飞虎；文足以安邦，武足以定国。①

---

① 《封神演义》1回，3页。

> 武王问子牙曰："昔黄将军在商，官居何位？"子牙奏曰："官拜镇国武成王。"武王曰："孤西岐只改一字罢，便封开国武成王。"①

另外，不仅他本人是故事的重要人物，作品里还写了黄氏家族的一干成员。重要的如黄天化。他是黄飞虎的儿子，拜在道德真君门下，一度是姜子牙麾下的主要战将，屡立大功，如消灭劲敌魔家四将等。姓名在全书出现近二百次。还有黄飞虎的父亲黄滚、弟弟黄飞彪、妹妹黄妃、夫人贾氏、儿子黄天祥等。用于这些人的笔墨详略不一，但也各有表现。所以，杨戬评价黄家为"黄氏一门忠烈"。如此牵三挂四写一个家庭，《封神演义》中仅此一例。

纵观全书，黄飞虎的故事有三个高潮：一个是救殷郊、殷洪，一个是打击苏妲己，一个是与纣王决裂、反出五关。

先看第一个。

纣王听信妲己谗言，先是害死了姜皇后，然后又要斩草除根杀死两个儿子殷郊、殷洪。两位王子逃上大殿向黄飞虎求救，于是就开始了黄飞虎的故事：

> 殷郊看见武成王黄飞虎，大叫："黄将军！救我兄弟一

---

① 《封神演义》34回，227页。

命！"道罢大哭……言未了，只听得殿西首一声喊叫，似空中霹雳，大呼曰："天子失政，杀子诛妻，建造炮烙，阻塞忠良，恣行无道。大丈夫既不能为皇后洗冤、太子复仇，含泪悲啼，效儿女子之态！古云：'良禽择木而栖，贤臣择主而仕。'今天子不道，三纲已绝，大义有乖，必不能为天下之主，我等亦耻为之臣。我等不若反出朝歌，另择新君，去此无道之主，保全社稷！"众人看时，却是镇殿大将军方弼、方相兄弟二人。黄飞虎听说，大喝一声："你多大官，敢如此乱言！满朝该多少大臣，岂到得你讲！本当拿下你这等乱臣贼子，还不退去！"方弼兄弟二人低头喏喏，不敢回言。

黄飞虎见国政颠倒，叠现不祥，也知天意人心俱有离乱之兆，心中沉郁不乐，咄咄无言。又见微子、比干、箕子诸位殿下，满朝文武，人人切齿，个个长吁，……黄飞虎长叹数声："大夫之言是也！"百官默默。二位殿下悲哭不止。

只见方弼、方相分开众人，方弼夹住殷郊，方相夹住殷洪，厉声高叫曰："纣王无道，杀子而绝宗庙，诛妻有坏纲常，今日保二位殿下往东鲁借兵，除了昏君，再立成汤之嗣。我等反了！"……

话说众多文武见反了方弼、方相，大惊失色。独黄飞虎若为不知。亚相比干近前曰："黄大人，方弼反了，大人为何独无一言？"黄飞虎答曰："可惜文武之中，并无一位似方弼二人的。方弼乃一夯汉，尚知不忍国母负屈，太子枉死，自知卑小，不敢谏言，故此背负二位殿下去了。若圣旨追赶回来，殿下一死无疑，忠良尽皆屠戮。此事明知有死无生，只是迫于一腔忠义，故造此罪孽，然情甚可矜。"

百官未及答，只听后殿奔逐之声。众官正看，只见晁田兄弟二人捧宝剑到殿前，言曰："列位大人，二位殿下可曾往九间殿来？"黄飞虎曰："二位殿下方才上殿哭诉冤枉，国母屈勘遭诛，又欲赐死太子。有镇殿大将军方弼、方相听见，不忿沉冤，把二位殿下背负反出都城，去尚不远。你既奉天子旨意，速去拿回，以正国法。"晁田、晁雷听得是方弼兄弟反了，吓的魂不附体。话说那方弼身长三丈六尺，方相身长三丈四尺，晁田兄弟怎敢惹他？一拳也经不起。晁田自思："此是黄飞虎明明奈何我！我有道理。"晁田曰："方弼既反，保二位殿下出都城去了，末将进宫回旨。"

……晁田奏曰："方弼力大勇猛，臣焉能拿得来？要拿方弼兄弟，陛下速发手诏，着武成王黄飞虎方可成功，殿下亦不致漏网。"纣王曰："速行手敕，着黄飞虎速去拿来！"晁田将这个担儿卸与黄飞虎。晁田奉手敕至大殿，命武成王黄飞虎速擒反叛方弼、方相，并取二位殿下首级回旨。黄飞虎笑曰："我晓的，这是晁田与我担儿挑。"即领剑敕出午门。只见黄明、周纪、龙环、吴炎曰："小弟相随。"黄飞虎曰："不必你们去。"自上五色神牛，催开坐下兽，两头见日走八百里。

且言方弼、方相背负二位殿下，一口气跑了三十里，放下来。殿下曰："二位将军，此恩何日报得！"方弼曰："臣不忍千岁遭此屈陷，故此心下不平，一时反了朝歌。如今计议，前往何方投脱？"正商议间，只见武成王黄飞虎坐五色神牛飞奔赶来。方弼、方相着慌，忙对二位殿下曰："末将二人一时卤莽，不自三思。如今性命休矣，如何是好！"殿下曰："将军救我兄弟性命，无恩可酬，何出此言？"方弼曰："黄将军来拿我等，此去一定伏诛。"

殷郊急看，黄飞虎已赶到面前。二位殿下轫道跪下曰："黄将军此来，莫非捉获我等？"黄飞虎见二殿下跪于道旁，滚下神牛，亦跪于地上，口称："臣该万死！殿下请起。"殷郊曰："将军此来有甚事？"飞虎曰："奉命差遣，天子赐龙凤剑前来，请二位殿下自决，臣方敢回旨意。非臣敢逼弑储君。请殿下速行。"殷郊听罢，兄弟跪告曰："将军尽知我母子衔冤负屈。母遭惨刑，沉魂莫白；再杀幼子，一门尽绝。乞将军可怜衔冤孤儿，开天地仁慈之心，赐一线再生之路。倘得寸土可安，生则衔环，死当结草，没世不敢忘将军之大德！"黄飞虎跪而言曰："臣岂不知殿下冤枉，君命概不由己。臣欲要放殿下，便得欺君卖国之罪；欲要不放殿下，其实身负沉冤，臣心何忍。"彼此筹画，再三沉思，俱无计策。

只见殷郊自思，料不能脱此灾："也罢，将军既奉君命，不敢违法；还有一言，望将军不知可施此德，周旋一脉生路?"黄飞虎曰:"殿下有何事,但说不妨。"郊曰:"将军可将我殷郊之首级回都城回旨。可怜我幼弟殷洪,放他逃往别国。倘他日长成,或得借兵报怨,得泄我母之沉冤。我殷郊虽死之日,犹生之年,望将军可怜!"殷洪上前急止之曰:"黄将军,此事不可。皇兄乃东宫太子,我不过一郡王。况我又年幼,无有大施展,黄将军可将我殷洪首级回旨。皇兄或往东鲁,或去西岐,借一旅之师。倘可报母弟之仇,弟何惜此一死!"殷郊上前一把抱住兄弟殷洪,放声大哭曰:"我何忍幼弟遭此惨刑!"二人痛哭,彼此不忍,你推我让,那里肯舍。方弼、方相看见如此苦情疼切,二人一声叫:"苦杀人也!"泪如瓢倾。

黄飞虎看见方弼有这等忠心,自是不忍见,甚是凄惶,乃含泪教:"方弼不可啼哭,二位殿下不必伤心。此事惟有我五人共知,如有漏泄,我举族不保。方弼过来,保殿下往东鲁见姜桓楚;方相,你去见南伯侯鄂崇禹,就言我在中途放殿下往东鲁,传与他,教他两路调兵,靖奸洗冤。我黄飞虎那时自有处治。"方弼曰:"我兄弟二人今日早朝,不知有此异事,临朝保驾,不曾带有路费。如今欲分头往东南二路去,这事怎了?"飞虎曰:"此事你我俱不曾打点。"飞虎沉思半晌曰:"可将我内悬宝玦拿去前途货卖,权作路费。上有金厢,价值百金。二位殿下前途保重,方弼、方相,你兄弟宜当用心,其功不小。臣回宫复命。"飞虎上骑回朝歌。进城时日色已暮,百官尚在午门,黄飞虎下骑。比干曰:

"黄将军，怎样了？"黄飞虎曰："追赶不上，只得回旨。"百官大喜。

且言黄飞虎进宫候旨。纣王问曰："逆子叛臣可曾拿了？"黄飞虎曰："臣奉手敕，追赶七十里，到三叉路口，问来往行人，俱言不曾见。臣恐有误回旨，只得回来。"纣王曰："追袭不上，好了逆子叛臣！卿且暂退，明日再议。"黄飞虎谢恩出午门，与百官各归府第。

……纣王听说："美人此言，正合朕意。"忙传手诏："命殷破败、雷开点飞骑三千，速拿殿下，毋得迟误取罪！"殷、雷二将领诏，要往黄飞虎府内来领兵符，调选兵马。

黄飞虎坐在后厅，思想："朝廷不正，将来民愁天怨，万姓皇皇，四海分崩，八方播乱，生民涂炭，日无宁宇，如何是好！"正思想间，军政司启："老爷，殷、雷二将听令。"飞虎曰："令来。"二将进后厅，行礼毕。飞虎问曰："方才散朝，又有何事？"二将启曰："天子手诏，令末将领三千飞骑，星夜追赶殿下，捉方弼等以正国法，特来请发兵符。"飞虎暗想："此二将赶去，必定拿来，我把前面方便付与流水。"乃分付殷破败、雷开曰："今日晚了，人马未齐。明日五更，领兵符速去。"殷、雷二将不敢违令，只得退去。这黄飞虎乃是元戎，殷、雷二将乃是麾下，焉敢强辩，只得回去。不表。

且言黄飞虎对周纪曰："殷破败来领兵符，调三千飞骑，追赶殿下。你明日五更，把左哨疾病、衰老、懦弱不堪的点三千与他去。"周纪领命。次早五更，殷、雷二将等发兵符。周纪下教场，令左哨点三千飞骑，发与殷、雷二将领去。二将观之，皆老弱不堪疾病之卒，又不敢违令，只得领人马出南门而去。一声炮响，催动三军，那老弱疾病之兵如何行得快？急得二将没奈何，只得随军征进。①

这一大段的回目是"方弼方相反朝歌"，其实从内容看，改为"黄飞虎私放二殿下"更为贴题。这一大段由纣王下旨杀两位王子开始，经过黄飞虎一番周旋，包括殿上的明责暗放、耍弄晁氏兄弟、殷洪殷郊的诉求感动、赠金放行，以及刁难殷雷二将、迟滞追兵等，故事起伏跌宕，也可谓摇曳多姿。这一番曲折变化的情节，作者足足写了一万余字，可最后终结于两位王子又被捉回，押上刑场斩首。也就是说，如果删去这一万多字，对整个故事的叙述没有丝毫影响。

那么，作者为什么要耗费这一番笔墨呢？这样写的效果何在呢？

其实，作者看似信马由缰，转了一个大圈子，使故事又回到了原地。但在"兜圈子"的过程中，一个人物的形象——包括他的身份、性格、处事方式，树立在读者眼前了。这就是黄飞虎。

方弼方相激于义愤，大闹朝堂，公然喊出"反出朝歌，另

---

① 《封神演义》8回，50—54页。

择新君，去此无道之主"反叛之词。这时，满朝文武都把目光投向黄飞虎。黄飞虎一方面斥责方氏兄弟"位卑言重"，一方面又纵容他们带走两位王子。这就把黄飞虎老成谋国的重臣身份准确表现出来。他的良知使他为方氏兄弟放行，他的身份又必须在言论上有所保留。这样的矛盾态度便成为塑造这一形象的基础。

接下来，他奉命追赶捉拿，追及后，写他的表现是："黄飞虎跪而言曰：'臣岂不知殿下冤枉，君命概不由己。臣欲要放殿下，便得欺君卖国之罪；欲要不放殿下，其实身负沉冤，臣心何忍。'"忠君、伦常与仁慈、良知在内心的冲突，用一个"跪而言"，就把他的内在心理矛盾形象地刻画出来。然后，良知、悲悯终于战胜了僵化的纲常，于是有了赠金送别，以及后面的拖延、贻误情节。

所以，这一万多字，从殷郊殷洪的角度看，故事几乎是停在了原地；但从黄飞虎的角度看，一个比较复杂的人物形象"无中生有"地开始树立起来了。

第二个高潮是与苏妲己的直接冲突。

冲突发生了两次。第一次是与比干的联手行动：

> 原来是武成王黄飞虎巡督皇城。比干上前，武成王下马，惊问比干曰："丞相有甚紧急事，这时节才出午门？"比干顿足道："老大人！国乱邦倾，纷纷精怪浊乱朝廷，如何是好！昨晚天子宣我陪仙子、仙姬宴，果然有。一更月上，

奉旨上台，看一起道人各穿青、黄、赤、白、黑衣，也有些仙风道骨之像。孰知原来是一阵狐狸精。那精连饮两三大杯，把尾巴拖将下来，月下明明的看得是实。如此光景，怎生奈何！"黄飞虎曰："丞相请回，末将明日自有理会。"比干回府。黄飞虎命黄明、周纪、龙环、吴谦："你四人各带二十名健卒，散在东、南、西、北地方；看那些道人出那一门，务踪其巢穴，定要真实回报。"四将领命去讫。武成王回府。

且说众狐狸酒在腹内闹将起来，架不得妖风，起不得朦雾，勉强架出午门，一个个都落下来，拖拖拽拽，挤挤挨挨，三三五五拥簇而来。出南门将至五更，南门开了。周纪远远的黑影之中明明看见，随后哨探：离城三十五里，轩辕坟傍有一石洞，那些道人、仙子都爬进去了。次日，黄飞虎升殿，四将回令。周纪曰："昨在南门，探得道人有三四十名，俱进轩辕坟石洞内去了。探的是实，请令定夺。"黄飞虎即命周纪："领三百家将，尽带柴薪，塞住石洞，将柴架起来烧。到下午来回令。"周纪领兵去讫。门官报道："亚相到了。"飞虎迎请到庭上行礼，分宾主坐下。茶罢，黄飞虎将周纪一事说明。比干大喜称谢。二人在此谈论国家事务。武成王置酒，与比干丞相传杯相叙，不觉就至午后。周纪来见："奉令放火，烧到午时，特来回令。"飞虎曰："末将同丞相一往如何？"比干曰："愿随车驾。"……众家将不一时将些狐狸挺出，而有焦毛烂肉，臭不可闻。比干

> 对武成王曰:"这许多狐狸,还有未焦者,拣选好的,将皮剥下来,造一袍袄献与当今。以惑妲己之心,使妖魅不安于君前,必至内乱;使天子醒悟,或知贬谪妲己,也见我等忠诚。"二臣共议,大悦。各归府第,欢饮尽醉而散。①

这是十分大胆的行动。妲己是宠妃,又是妖怪,黄飞虎这样做是有很大风险的。可是他毫不犹豫,烧死了妲己的狐子狐孙不说,还和比干商定剥狐皮献给纣王。这简直是打上门的"挑衅"。后面,黄飞虎的命运转折,便是由此种下祸根。这一笔,自然有为后文做铺垫的意图。不过,作者也借此给黄飞虎的形象增加一层色彩:对朝廷,对国家的强烈责任心,以及对于自己权力、地位的过度自信。

如果说这是黄飞虎针对"妖邪"的一次自觉行动,后面紧接着又有意外的冲突:

> 众官正惊疑间,只听得侍酒官齐叫:"妖精来了!"黄飞虎酒已半酣,听说有妖精,慌忙起身出席……见此妖精扑来,手中无一物可挡,把手挽住牡丹亭栏杆,攀折了一根,望那狐狸一下打去。那妖精闪过,又扑将来。黄飞虎叫左右:"快取北海进来的金眼神鹰!"左右忙忙的将红笼开了放出。那神鹰飞起,二目如灯,专降狐狸。此鹰往下一罩,

---

① 《封神演义》25回,169—170页。

爪似钢钩，把狐狸抓了一下，那狐狸叫了一声，径往太湖石下钻去了。①

虽说是一场遭遇战，却是实实在在地使妲己带了伤。若从殷商王朝的角度看，这场"忠奸"之争终于到了势不两立的程度。

于是，狐妖妲己的反击开始了。

"且说妲己暗恨黄飞虎：'我不曾惹你，你今来害我，则怕你路逢窄道难回避！'""武成王那里知道"。

妲己先做圈套害死黄飞虎的妻子贾氏，既而害死黄飞虎的妹妹黄贵妃，这样就把黄飞虎逼到了无路可走的境地：

> 黄明曰："兄长不必踌躇。纣王失政，大变人伦。嫂嫂进宫，想必昏君看见嫂嫂姿色，君欺臣妻，此事也是有的。嫂嫂乃是女中丈夫，兄长何等豪杰，嫂嫂守贞洁，为夫名节，为子纲常，故此坠楼而死。黄娘娘见嫂嫂惨死，必定向昏君辨明。纣王溺爱偏向，把娘娘摔下楼。此事再无他议，长兄不必迟疑。'君不正，臣投外国'。想吾辈南征北讨，马不离鞍，东战西攻，人不脱甲。若是这等看起来，愧见天下英雄，有何颜立于人世！君既负臣，臣安能长仕其国。吾等反也！"四人各上马，持利刃，出门而走。
>
> 飞虎见四人反了，自思："难道为一妇人，竟负国恩之

---

① 《封神演义》28回，186页。

理？将此反声扬出，难洗清白。"黄飞虎急出府，大叫曰："四弟速回！就反也要商议往何地方？投于何主？打点车辆，装载行囊，同出朝歌。为何四人独自前去！"四将听罢回马，至府下马，进了内殿。黄飞虎持剑在手，大喝曰："黄明等你这四贼！不思报本，反陷害我合门之祸！我家妻子死于摘星楼，与你何干！你等口称'反'字，黄氏一门七世忠良，享国恩二百余年，难道为一女人造反？你借此乘机要反朝歌而图掳掠，你不思金带垂腰，官居神武，尽忠报国，而终成狼子野心，不绝绿林本色耳！"骂的四人默默无语。黄明笑曰："长兄，你骂得有理。又不是我们的事，恼他怎的！"四人在旁，抬一桌酒吃。

四人大笑不止，黄飞虎心下如火燎一般，又见三子哭声不绝，听得四人抚掌欢欣。黄飞虎问曰："你们那些儿欢喜？"黄明曰："兄长家下有事挠心，小弟们心上无事。今元旦吉辰，吃酒作乐，与你何干？"飞虎气不过，恼曰："你见我有事，反大笑，这是怎么说？"周纪曰："不瞒兄说，笑的是你。"飞虎道："有甚么事与你笑？我官居王位，禄极人臣，列朝班身居首领，披蟒腰玉，有何事与你笑？"周纪曰："兄长，你只知官居首领，显耀爵禄，身挂蟒袍。知者说仗你平生胸襟，位至尊大；不知者只说你倚嫂嫂姿色，和悦君王，得其富贵。"

周纪道罢，黄飞虎大叫一声："气杀我也！"使家将收拾行囊，打点反出朝歌。黄飞彪见兄反了，点一千名家将，将车辆四百,把细软、金银珠宝装载停当。飞虎同三子、二弟、四友临行曰:"我们如今投那方去?"黄明曰:"兄长岂不闻'贤臣择主而仕'?西岐武王,三分天下周土已得二分,共享安康之福,岂不为美?"周纪暗思:"方才飞虎反,是我将计说反了;他若还看破,只怕不反。不若使他个绝后计,再也来不得。"周纪曰:"此往西岐,出五关,借兵来朝歌城为嫂嫂、娘娘报仇,此还是迟着。依小弟愚见,今日就在午门会纣王一战,以见雌雄。你意下如何?"黄飞虎心下昏乱,随口答应曰:"也是。"大抵天道该是如此。

飞虎金装盔甲,上了五色神牛。飞彪、飞豹同三侄,龙环、吴谦并家将,保车辆出西门。黄明、周纪同武成王至午门。天色已明。周纪大叫:"传与纣王,早早出来讲个明白。如迟,杀进宫阙,悔之晚矣!"纣王自贾氏身亡,黄妃已绝,自己悔之不及,正在龙德殿懊恼,无可对人言说。直到天明,当驾官启奏:"黄飞虎反了,现在午门请战。"纣王大怒,借此出气,"好匹夫!焉敢如此欺侮朕躬!"传旨:"取披挂!"九吞八扎,点护驾御林军,上逍遥马,提斩将刀,出午门。……

黄飞虎虽反,今日面君尚有愧色。周纪见飞虎愧色,在马上大呼:"纣王失政,君欺臣妻,大肆狂悖!"纵马使斧来取纣王,纣王大怒,手中刀急架相还。黄明走马来攻。黄飞虎口里虽不言,心中大恼曰:"也不等我分清理浊,他二人便动手杀将起来!"飞虎只得催开神牛。一龙三虎杀在午门。……纣王抵敌不住,刀尖难举,马往后坐,将刀一掩,败进午门。黄明要赶,飞虎曰:"不可。"三骑随出西门来赶家将,一同行走过孟津。不表。①

这一大段,作者又极尽心理描写之能事,把一个"七世忠良""官居王位,禄极人臣"的朝堂重臣面临生死抉择时的犹豫、矛盾刻画得淋漓尽致。直到与暴君刀兵相见,还不免"尚有愧色"。而这样一位干城良将,终于走上"反叛"之路,义无反顾地反出五关,投向了敌国。读者至此,欲不叹息,欲不反思,岂可得乎?从文学效果看,这一大段描写,与《水浒传》写林冲"风雪山神庙"差可比拟。

接下来,是黄飞虎与商纣暴君决裂的高潮戏——反五关。

黄飞虎反五关,作者足足写了三万多字,是全书"人间"故事的极致。其中话题甚多,我们留待后文专作讨论。

因为有一个问题,可能是读者至此会发生兴趣的,就是:

这样一个黄飞虎,由何而来?

之所以会有这样的问题,是因为他在书中的形象不同于通天教主之类仙界人物那样,自然就有向壁虚造的因子;还因为他在书中扮演的角色十分重要,是商、周两个朝堂上举足轻重

---

① 《封神演义》30回,200—202页。

黄飞虎

的人物；也因为作者在他身上用了这么多笔墨，使其不仅"戏份"出众，更是少有的有血有肉的人物形象……

那么，他是从哪里来的呢？

这样一个具有浓烈"现实"感的人物，我们到历史文献中查找，竟然毫无踪影！

也就是说，他不同于姜子牙、比干，甚至不同于南宫适、散宜生这些轻笔淡墨的人物，完全不具有历史的真实性。

那，我们只能把视线移向文学的书写中。

原来，"黄飞虎"这三个字早见于《武王伐纣平话》：

> 纣王大喜……问曰："卿是何人也？"佳人奏曰："臣是我王臣之妻。"纣王曰："何人妻也？"佳人奏曰："臣是黄飞虎之妻耿氏。……君不识我夫南燕王！"纣王大怒，把耿氏醢为酱，封之一盒，令殿使送与柘城县南燕王。
>
> ……飞虎闻言大怒，骂纣王不仁无道之君。骂罢，南燕王造反。时有儿黄飞豹谏曰："告父王，此事不可以。纣王是大国之君，父乃为臣，不可以反君。虽然我母死，后怎生奈何？"飞虎不从所谏，心中大怒，令左右推转逆子斩之，后无人敢谏。
>
> 飞虎便起三万雄兵，直到朝歌至近下寨。时有人奏与纣王。纣王大怒，令宣五将去捉飞虎。五将者：是史元格、赵公明、姚文亮、锺士才、刘公远。五将领兵三万来赶飞虎，迎着飞虎，决战二日，败了……

> 纣王闻奏大怒，令交击鼓，撞禁钟，聚集文武大臣，评议黄飞虎之事。……便出榜文在朝门外。有姜尚收榜。……纣王问曰："卿何以捉得飞虎？"姜尚奏曰："臣启我王，用兵五千，用将五人，来日活捉黄飞虎。"纣王大喜。姜尚辞了出内……（姜尚）乃放了飞虎。[①]

从故事梗概看，《封神演义》由此生发，当无疑义。不过细加分析，二者的差异还是很大的，有些甚至带有根本的不同。

首先是身份不同。《平话》的黄飞虎是所谓"南燕王"，虽然没有具体解释，但此人并非朝廷重臣则是显而易见的。若从"起三万雄兵，直到朝歌至近下寨"看，这个"南燕"似乎还有藩属"外国"的嫌疑。这样一来，黄飞虎与纣王反目成仇的意味，便与《封神演义》"逼反忠臣""自毁干城"的内涵完全不同了。

其次，从小说叙事的角度看，由于黄飞虎的反抗，直接的后果是引出了姜子牙。姜子牙揭榜擒黄，故事虽然显得很儿戏，但作者的目的却达到了，姜子牙从此走到了舞台的中心。而黄飞虎自动销声匿迹，直到故事终结才又从遥远的南燕过来露一次面：

> 有人报曰："西南见一队军，拥一员将，至近下寨。"令一小卒来见太公，言曰："南燕王黄飞虎至，愿助气力伐

[①] 《武王伐纣平话》卷中，26—27页。

纣。"太公闻言，奏武王曰："有黄飞虎至愿助大王伐纣者。"武王大喜，……封为先锋招讨大将军。南燕王遂合兵伐纣。……黄飞虎出阵，用大刀便劈纣王。纣王急走，劈着纣王战马，负痛不能走得。被众将护之，纣王得脱……纣王一身尚在，领着败兵，前往朝歌去了。又被黄飞虎、殷交二人，剿杀一阵，杀得兵士十人亡九……①

《平话》的这个"黄飞虎"，自身在故事中似乎没有多大存在感，几乎就是姜子牙出场的一个引子。由于颇有赘指的感觉，似乎可有可无，所以"伐纣"系列中的《列国志传》就把这个形象完全舍弃了。

我们如果把视野更放宽些，把方志、笔记也爬梳一通，会发现连蛛丝马迹都少得可怜。仅见者只有《卫辉府志》："黄飞虎洞，在胙城县治西，相传纣时黄飞虎所筑。疑即飞廉也。"这很可能是小说流行后，当地三家村"学者"的附会。把大忠臣飞虎解释成"大恶人"飞廉，既显露了冬烘的可笑一面，也可看出人们在找不到"黄飞虎"历史依据时的急切不安。

这种焦虑同样流露在学者的笔记杂著中，如清人昭梿的《啸亭续录》："钟伯敬《封神演义》荒诞幻渺，不可穷诘。然皆暗指明事，以神宗为纣，郑贵妃为妲己，光宗常洛为殷洪王，恭妃为姜后。张维贤为闻仲者，以其行居次也。朱希忠为黄飞虎者，

---

① 《武王伐纣平话》卷下，43—44页。

姓皆色也。"这个朱希忠是明嘉靖朝人物,官封成国公。只因为姓氏有颜色之义,便被扯到黄飞虎身上,当然更加匪夷所思了。

"武成王"的大帽子

《封神演义》中的黄飞虎,头上顶着个闪亮的大帽子:"武成王"!

前面已经提到,在商朝,他是"镇国武成王";投周后,他是"开国武成王"。这样的头衔,这样的待遇,连权倾朝野的闻太师、主持大计的太公望都不曾享有!

作者又是从哪里找到这样一顶又闪亮又威风的大帽子呢?

他为什么要找这样一顶大帽子戴到虚构的黄飞虎头上呢?

原来,"武成王"的桂冠是历史上颇不寻常的头衔,围绕这一头衔曾在几个朝代掀起过政治"浪花",而这又与商周之争关系匪浅。

除了战国时期燕国有过一个"武成王"之外,历史上的"武成王"一直是姜太公的"专利"。

唐肃宗上元元年(760),平定安史之乱到了决定性时刻,朝廷一边调兵遣将,一边乞灵于神祇,于是下了一道诏书,诏曰:

> 定祸乱者,必先于武德;拯生灵者,谅在于师贞。周武创业,克宁区夏,惟师尚父,实佐兴王。况德有可师,

> 义当禁暴，稽诸古昔，爰崇典礼。其太公望，可追封为武成王。有司依文宣王置庙。①

这道诏书包含四层意思：一层是祸乱当头，应大力崇尚武德；一层是太公望——姜子牙武功卓著，又有德义；三层是把他的头衔升格，封为"武成王"；四是作为官方的祭祀对象，一切规格与文宣王孔子等同。

原本在唐太宗贞观年间，在姜子牙垂钓的磻溪建了"太公庙"，到了唐玄宗开元十九年（731），又下诏扩大范围，"令两京及天下诸州各置太公尚父庙，以张良配飨，春秋二时仲月上戊日祭之"。而唐肃宗上元年间的诏令则有点"病急乱投医"的味道，所以劈头先强调必要性："定祸乱者，必先于武德。"也就是说，给姜太公"升格"——包括"尚父"封为王爵及祭祀规格并列于孔子，是非常时期的非常举措。

于是，在"非常时期"结束后，这两项举措就成为争议的内容。

唐、宋、元、明、清，历代都有对"武成王"不以为然的声音，而唐朝与明朝更是有集中且激烈的辩论。

姜太公荣膺"武成王"的称号二十八年之后，唐德宗的贞元四年（788），一批官员联手提出撤掉此封号的意见。其中如左司郎中严涚的奏章云：

---

① 《旧唐书逸文》卷3，45页，清道光刻本。

> 贞观中，以太公兵家者流，始令磻溪立庙。开元渐著，上戊释奠礼，其进不薄矣。上元之际，执事者苟意于兵，遂封王爵，号拟文宣。彼于圣人非伦也。谓宜去武成王号，复为太公庙。①

这是从祭祀的历史来论，认为本朝从贞观到开元，建庙、立祀、扩大范围，对姜子牙已经很够意思了，"封王爵""拟文宣"都是权宜之计，应该恢复常态，予以撤除。

刑部员外郎陆淳则从根本上质疑姜太公的伦理价值：

> 武成王，殷臣也，纣暴不谏，而佐周倾之。夫尊道者师其人，使天下之人入是庙，登是堂，稽其人，思其道，则立节死义之士安所奋乎？圣人宗尧、舜，贤夷、齐，不法桓、文，不赞伊尹，殆谓此也。武成之名与文宣偶，非不刊之典也。臣愚谓罢上元追封立庙，复磻溪祠。有司以时享，斯得矣。②

他的逻辑就是从"君君臣臣"的纲常出发，认为姜子牙既然做过殷商的臣子，就应该尽忠于商王朝。无论纣王如何昏暴，也不

---

① 《新唐书》卷15，157页，清乾隆武英殿刻本。
② 《新唐书》卷15，157页，清乾隆武英殿刻本。

能辅佐周武王推翻他。陆某直言立庙封爵都是做给活人看的，是树立行为的楷模。表彰了姜子牙，会削弱人们对君主的忠诚度。他还把这一评价标准推而广之，提出齐桓公、晋文公，甚至伊尹都不能褒赞，应褒赞的是伯夷叔齐那样的遗民。所以，他提出把姜子牙的待遇从王爵退回到磻溪的钓鱼叟，"斯得矣"。

严、陆的主张有固守礼制、伦常的原因，也有文官武将的利益之争，所以，左领军大将军令狐建等二十四人联名坚决反对，他们的奏章讲：

> 兵革未靖，宜右武以起忠烈。今特贬损，非劝也。且追王爵，以祠祀为武教主，文武并宗，典礼已久，改之非也。[1]

很有趣，这批武将的逻辑与上元时如出一辙，强调国家并未安定，武装力量绝不能削弱，如贬损了"武成王"，对社会的价值取向将产生消极影响。何况，"文武并宗，典礼已久"，没有必要变动更改。

今天看来，表面上似乎是一个礼仪文化的问题，其实背后的水深水浅大有名堂。不同政治集团的利益，包括各自相关的价值体系、舆论导向，都与这个一两千年前的古人评价发生了联系。

---

[1] 《新唐书》卷15，157页，清乾隆武英殿刻本。

于是，最高统治者只能作出折中的裁断："以将军为献官，余用纾奏。自是以上将军、大将军、将军为三献。"也就是说，对武成王的祭祀规格适度降低，这样来给双方一个下台阶的余地。

宋、金、元对"武成王"的祭祀，虽有个别异议，但没有升级到朝堂之上。

而明朝建立之初，这个问题就凸显出来。

据《明史·礼志》：

> 洪武二十一年，令每岁郊祀附祭历代帝王于大祀殿，仍以岁八月中旬择日遣官祭于本庙。其春祭停之。又定每三年遣祭各陵之岁，则停庙祭。是年，诏以历代名臣从祀……于是定风后、力牧、皋陶、夔、龙、伯夷、伯益、伊尹、傅说、周公旦、召公奭、太公望、召虎、方叔、张良、萧何、曹参、陈平、周勃、邓禹、冯异、诸葛亮、房元龄、杜如晦、李靖、郭子仪、李晟、曹彬、潘美、韩世忠、岳飞、张浚、木华黎、博尔忽、博尔术、赤老温、伯颜，凡三十七人，从祀于东西庑，为坛四。初，太公望有武成王庙，尝遣官致祭，如释奠仪。至是，罢庙祭，去王号。①

按照这个记载，姜太公的王冠是在洪武二十一年（1388）摘掉的，其原因是规范皇家祭祀，统一标准。但是，也有同样为官方文

---

① 《明史》卷50，519页，清乾隆武英殿刻本。

献的，所记有所不同。如《续通志》："明初，武成王庙遣官致祭，如释奠仪。太祖洪武六年，以太公从祀历代帝王庙，遂去武成王号，罢其庙祀。"如照此说，则朱元璋立国不久，就匆匆忙忙去掉了姜太公的"武成王"封号。而《明史纪事本末》则说："秋七月，有司请立武学祀太公。上曰：'文武非二涂也。'太公从祀帝王庙，罢其旧祀。"这是记载了朱元璋罢黜"武成王"的理由：不应该文武分立，要文武全才，所以不必树立"宣武"的楷模。

这当然是朱皇帝的一种冠冕堂皇的借口。我们在"太公在此"一章已经分析过，朱元璋废黜"武成王"的祭祀，是与废黜孟子的祭祀，禁毁、阉割《孟子》一书联系在一起的。简言之，是他加强极端的独裁统治的招数之一。

从此之后，"武成王"这顶闪亮而又沉重的大帽子再也没有回到太公望的头上，官方祭祀武圣香烟也断绝了二百余年，直到万历四十二年（1614）重新燃起——不过，那时享此香火的已是另一尊历史偶像了。

不过，那尊偶像也与小说中的黄飞虎有关联。

关云长的影像

自朱元璋废黜了姜子牙的"武成王"头衔，连带地把"武圣"的朝廷祭祀也停止了。这对于一个王朝来说是不够正常的事情。其结果就是各地自行其是的祭祀络绎不绝，如就在朝廷撤庙废王的同时，宁国县民众却建起"昭烈武成王庙"，供奉太公望，

"岁时祈祷"。又如宣德年间,宣化府总兵重建旗纛庙,"神牌仍塑昭烈武成王"。更有甚者,正统年间,就在京城,在建后军都督府的时候,就借机在旁边"复建武成王庙"。

与此同时,另一位"武林"的代表人物也"乘虚"而入,逐渐扩大了影响。

这就是关羽关云长。

关云长成为膜拜的偶像,经历了一个相当长的历史阶段。先是隋代由佛门智者大师揄扬,成为佛教的护法神。到宋代,又经由道教张天师的鼓吹,成为道教神仙系统中的"天尊"。到了明朝,就在废黜太公武成王祀典的同时,京城便建了"汉寿亭侯前将军关公庙"。成祖定都北京后,又在北京建了同等的关公庙。其后,历朝各有尊号,如"忠武""显佑""英烈"等。嘉靖之后,随着《三国演义》的刊行,以及重臣赵文华、名士唐顺之等宣扬的神迹传布,关羽的影响力迅速扩大。直至万历四十二年,他终于正式填补了"武圣人"的空缺。朝廷正式封他为"三界伏魔大帝神威远镇天尊关圣帝君",建庙立制,又成了与文宣王分庭抗礼的新偶像。

《封神演义》的写作正是在这一时间段之中,于是,关云长的影子便投射到了小说中,具体说就是投射到黄飞虎的身上。

换言之,作者在塑造黄飞虎形象时,头脑中浮现出了《三国演义》关云长的样貌与事迹,便在有意无意间将其附着到了黄飞虎身上。

先来看样貌。

> 众大臣俱至午门外，内有微子、箕子、比干对武成王黄飞虎曰："天下荒荒……如之奈何！"黄飞虎闻言，将五绺长须捻在手内，大怒曰："三位殿下，据我末将看将起来，此炮烙不是炮烙大臣，乃烙的是纣王江山，炮的是成汤社稷。古云道得好：'君之视臣如手足，则臣视君如腹心；君之视臣如土芥，则臣视君如寇仇。'今主上不行仁政，以非刑加上大夫，不出数年，必有祸乱。我等岂忍坐视败亡之理？"众官俱各各嗟叹而散，各归府宅。①

这是一段非常重要的文字，黄飞虎的言论与行为都包含着丰富的信息。我们先来看行为。黄飞虎大怒，便"将五绺长须捻在手内"，这个动作似乎稍显突兀。再看后面的样貌描写：

> 话说余化一马向前。此人自不曾会武成王，见来将仪容异相，五柳长髯飘扬脑后，丹凤眼，卧蚕眉，提金鐏提芦杵，坐五色神牛。余化问曰："来者何人？"武成王答曰："吾乃武成王黄飞虎是也。"②

再次突出了黄飞虎的"五柳长髯"，不过这里又多了"丹凤眼，

---

① 《封神演义》6回，38—39页。
② 《封神演义》33回，218页。

卧蚕眉"。熟悉《三国演义》的读者都知道,"丹凤眼,卧蚕眉",还有"长髯""美髯"是关云长的"标配":

> 玄德看其人:身长九尺,髯长二尺;面如重枣,唇若涂脂;丹凤眼,卧蚕眉:相貌堂堂,威风凛凛。①

> 黄巾者曰:"我只闻赤面长髯者名关云长,却未识其面。汝何人也?"公乃停刀立马,解开须囊,出长髯令视之。②

> 关公奏曰:"臣髯颇长,丞相赐囊贮之。"帝令当殿披拂,过于其腹。帝曰:"真美髯公也!"因此人皆呼为"美髯公"。③

> 关公奋然上马,倒提青龙刀,跑下山来,凤目圆睁,蚕眉直竖,直冲彼阵。④

而从宋、金时开始,关羽的民间造像,五绺长髯也逐渐"定型化"了。现今存世的金代初期雕版印刷作品《义勇武安王》、元

---

① 《三国演义》1回,4页,人民文学出版社,2019。(下文引《三国演义》正文,均出自此版本,只标明回数、页码。)
② 《三国演义》28回,229页。
③ 《三国演义》25回,209页。
④ 《三国演义》25回,211页。

至治本《三国志平话》插图、现藏故宫博物院的明代《关羽擒将图》等，都是清晰的五绺长髯。

形象相近之外，作者为黄飞虎设计的最重要故事情节——反出五关，叛纣归周，直接脱胎于《三国演义》的关云长"过五关，斩六将，舍曹归刘"。且不说同为反出"五关"，同样斩将过关，关羽过五关时最有戏剧性的两个桥段，也都被稍加改造送给了黄飞虎。

一个是过荥阳关，太守王植假作友善，安排关羽一行馆驿安歇，然后半夜放火，意图烧死他们。被关羽发现：

> 关公大惊，忙披挂提刀上马，请二嫂上车，尽出馆驿，果见军士各执火把听候。关公急来到城边……行不到数里，背后火把照耀，人马赶来。当先王植大叫："关某休走！"关公勒马，大骂："匹夫！我与你无仇，如何令人放火烧我？"王植拍马挺枪，径奔关公，被关公拦腰一刀，砍为两段。[①]

《封神演义》则是穿云关守将陈梧，同样的假作友善，同样的馆驿安歇，半夜放火，结局也是一样，黄飞虎发现后，逃出险境，杀死了险诈的陈梧：

> （黄飞虎）只见府前堆积柴薪，浑似柴篷塞挤。慌坏周

---

① 《三国演义》27回，224页。

纪,急唤众家将将车辆推出。众将上马,方才出得府来……夜里交兵,两家混战。黄飞虎催开五色神牛,举枪也来战陈梧。陈梧招架刀斧,抵挡枪戟。黄飞虎战不数合,大怒,吼一声,穿心过,把陈梧挑于马下。①

关羽逃脱王植的毒手,是由于遇到了王植的部将胡班,而胡班与关羽另有渊源,且感佩关羽的凛凛忠义之气,便泄露了王植的诡计,开关放走了关羽一行。这个桥段被移到临潼关的萧银身上。萧银是黄飞虎的旧部,得知关主张凤的偷袭计划,连夜报告黄飞虎,并开关放行:

> 飞虎命:"速令进见。"萧银黑地参见,下拜曰:"末将乃旧门下萧银,蒙老爷点发临潼关。今日张凤密令末将二更时带领攒箭手射死老爷满门,……"萧银开了栓锁,黄家众将一拥杀出关门去了。……张凤走马方出关门,萧银一戟刺张凤于马下。②

不仅这些较大的桥段,就连交战的细节也被作者从关羽那借来送给了黄飞虎。过汜水关时,守将"卞喜暗取飞锤掷打关公。关公用刀隔开锤,赶将入去,一刀劈卞喜为两段"。《封神演义》

---

① 《封神演义》32回,214页。
② 《封神演义》31回,207页。

写黄飞虎过临潼关，守将张凤"闻脑后铃响，料飞虎赶来……取百链锤，将紫绒绳理得停当，发手打来……黄飞虎见锤将近，用宝剑望上一掠，将绳截为两断，收了张凤百链锤"。

无中生有而来的黄飞虎，身上既有姜太公的因子，又有这么多关云长的影像，作者为何这样设计呢？

比较浅层的原因，很简单，如上所述，"武成王""关圣帝君"都是当时有人气、有影响的文化要素，顺手组织到作品中，既不费力，又容易被读者接受，何乐而不为呢？

但是，事情并不止于此。前文所引《封神演义》第六回那段黄飞虎关于"炮烙"的当众演说，其背景是纣王听信妲己造了酷刑炮烙，并用来处死了上大夫梅伯。众大臣只会"嗟叹"，而黄飞虎愤怒地发表了自己的看法。他这一大段话有三层意思：第一层是建此酷刑，"烙的是纣王江山""炮的是成汤社稷"，乱政危及江山社稷；第二层是"君之视臣如手足，则臣视君如腹心；君之视臣如土芥，则臣视君如寇仇"，这是援引了孟子的著名言论；第三层是预言国家"不出数年，必有祸乱"。

若站在纣王的立场，或站在僵化的封建伦常立场，这三条都属于大逆不道的危险言论。特别是第二条。因为在朱元璋夺取政权不久，就废弃了孔庙中孟子的陪祀地位，并禁止了《孟子》一书。其后又阉割《孟子》，搞出了一个《孟子节文》的删节本（详见前文"太公在此"一章）。禁孟、废孟、删孟，都与孟子中的这段话有关：

> 孟子告齐宣王曰："君之视臣如手足，则臣视君如腹心；君之视臣如犬马，则臣视君如国人；君之视臣如土芥，则臣视君如寇仇。"①

而《孟子》中还有一段话与此匹配：

> 齐宣王问曰："汤放桀，武王伐纣，有诸？"孟子对曰："于传有之。"曰："臣弑其君，可乎？"曰："贼仁者，谓之贼；贼义者，谓之残。残贼之人，谓之一夫。闻诛一夫纣矣，未闻弑君也。"②

这几乎是中国古代批判君权最为尖锐的言论了，宋代学者张九成评论道："读此章诵孟子之对，毛发森耸，何其劲厉如此哉！"

无怪乎朱皇帝要禁孟、废孟、删孟了。前面我们引述过《明史》的这段话："帝尝览《孟子》，至'草芥、寇仇'语，谓'非臣子所宜言'，议罢其配享。诏：'有谏者，以大不敬论。'唐抗疏入谏曰：'臣为孟轲死，死有余荣。'时廷臣无不为唐危。"现在《封神演义》的作者竟公然让"武成王"来讲太祖皇帝最反感的话！当初朱皇帝大张旗鼓地禁孟、废孟、删孟，并搞出了《孟子节文》作为科举考试的标准教材，其中经纬可以说天下皆知。

---

① 《孟子译注》，186页，中华书局，1984。
② 《孟子译注》，42页。

關羽擒將圖　喬彬

作为博学多识的陆西星当然不会不知其中的关节。现在他把这段言论和抨击乃至反叛商纣的行为一起放到黄飞虎的身上，其中的意味可以说相当显豁了。

至于"移植"关羽的因素给武成王，不排除作者有意把黄飞虎形象涂上多种色调，有一些保护色的作用。

陆西星对黄飞虎的"另眼相看"，还表现在最后的封神情节。受封的各路神祇数以百计，仪式开始后，除了"工作人员"柏鉴之外，首先册封的就是黄飞虎父子：

坛下风云簇拥，香雾盘旋。柏鉴至台外，手执百灵幡伺候指挥。子牙命柏鉴："引黄天化上台听封。"不一时，只见清福神用幡引黄天化至台下，跪听宣读敕命。子牙曰："今奉太上元始敕命：尔黄天化以青年尽忠报国，下山首建大功，救父尤为孝养；未享荣封，捐躯马革，情实痛焉！援功定赏，当存其厚，特敕封尔为管领三山正神炳灵公之职。尔其钦哉！"黄天化在坛下叩首谢恩，出坛而去。

子牙命柏鉴："引五岳正神上坛受封。"少时，清福神引黄飞虎等齐至台下，跪听宣读敕命。子牙曰："今奉太上元始敕命：尔黄飞虎遭暴主之惨恶，致逃亡于他国，流离迁徙，方切骨肉之悲；奋志酬知，突遇阳针之劫，遂罹凶祸，情实可悲！……乃敕封尔黄飞虎为五岳之首，仍加敕一道，执掌幽冥地府一十八重地狱，凡一应生死转化人神仙鬼，俱从东岳勘对，方许施行。特敕封尔为东岳泰山齐天仁圣大帝之职，总管天地人间吉凶祸福。尔其钦哉！毋渝厥典。"黄飞虎在台下先叩首谢恩。[1]

从头衔上看，"东岳泰山齐天仁圣大帝"无与伦比；从权力方面看，"总管天地人间吉凶祸福"，也可以说是无上至尊了。

在道教的神仙位阶中，东岳泰山神及炳灵公本就具有很高的地位。唐武后垂拱二年七月初一日，封东岳为神岳天中王，后尊泰山神为天齐君。玄宗开元十三年，加封天齐王。宋真宗大中祥符元年十月十五日，诏封东岳天齐仁圣王，至祥符四年五月尊为帝号，称东岳天齐仁圣帝。至于黄天化的封爵"炳灵公"，道教话语系统中是泰山神的三儿子，唐太宗时封威雄将军，至宋太宗封上昊炳灵公，宋真宗大中祥符元年加封至圣炳灵王。

当然，这都是在《封神演义》问世前，宗教领域的事情。

陆西星也当然了解"东岳大帝"与"炳灵公"桂冠的分量，封神伊始就把如此显赫的头衔戴到黄飞虎父子的头上，同样可以看出他对于这个反抗暴君的文学形象的珍视。

前面有反抗父权的哪吒，后面有反抗君权的黄飞虎，《封神演义》作出了我国古代小说空前绝后的大胆举动。

由于这都是在"怪力乱神"的烟雾中，又由于全书还有相反的描写、表述，构成了"准复调"的奇特景观，所以，即使在文字狱空前的清王朝，《封神演义》也没有得到登上禁书榜的"荣幸"。

---

[1] 《封神演义》99回，708—709页。

尴尬的辈分:"燃灯""惧留孙"与"三大士"

《封神演义》的作者是道士,讲述的故事涉及仙凡两界,而仙界主要是道教不同派别的斗争。不过,其中也有一些佛教的因素。如称为"西方教主"的接引道人与准提道人。虽没有明确讲"佛教",但"准提"在佛教中或尊为"佛母",或视为观音化身,总是佛教的神祇之一。"接引"则是佛教,特别是净土宗常用术语之一。又如,元始天尊门下的慈航、文殊等弟子,作品都加注说明日后将皈依佛门。还有一些人物,如孔宣、法戒等弃邪归正,也说是日后"大阐沙门"。

这样写,一则当时佛教影响巨大,不可能完全无视;二则陆西星虽为道士,对佛教也有相当的兴趣。三则既写道教,又写佛教,难免会有比较高下的笔墨。陆西星利用这一写作机会,"夹带"一些私见,明眼读者当有会心之处。

燃灯:"仙人班首"

燃灯道人是《封神演义》所写大量神祇中,"戏份"仅次于姜子牙的一位。又是与佛门关系最密切的一位。

他的"戏份"多于侪辈,表现在三个方面:一是"出场"早,"退场"晚,行踪贯穿全书五分之四。二是全书的"神仙打架"共有三个高潮,十绝阵其一,诛仙阵其二,万仙阵其三。而三个高潮中,燃灯道人都扮演重要角色。三是三场大战之外,还有一系列的"单打独斗"发生在燃灯与敌对方之间,其频率远高于双方阵营的其他神祇。

先说出场。

《封神演义》写"神"是从哪吒的故事开始的。哪吒的重头戏是追杀李靖报仇。在李靖走投无路之际,燃灯道人出场了。他先是助长李靖的气力,使哪吒落到了下风;又用白莲花阻挡了哪吒的暗算;最后祭起宝塔烧服了哪吒,并将塔赐予李靖,成就了"托塔天王"。在这一大段故事中,作者并未交代燃灯的身份,叙事只称之为"道人"。直到问题解决,哪吒失意而去,才揭示出燃灯的来历:

道人曰:"贫道乃灵鹫山元觉洞燃灯道人是也。你修炼未成,合享人间富贵。今商纣失德,天下大乱,你且不必做官,隐于山谷之中,暂忘名利。待武周兴兵,你再出来立功立业。"李靖叩首在地，回关隐迹去了。①

这样写，可以产生一些悬念，加深读者对燃灯的印象，也可见作者对这一形象的在意。燃灯出场的这一桥段中有两个细节需要注意。一个细节是燃灯修道的地方——"灵鹫山"。其地并非虚构，而是佛教的一座"圣山"，在中印度摩揭陀国内，旧称耆阇崛山，汉文旧译作灵鹫山，新译作鹫峰山。在佛教的文献中，多简称为"灵山"。此地为佛教重地，释迦牟尼佛曾在此修行，宣讲大品《般若经》与《法华经》，后者达八年之久。小说把这个圣地安排到燃灯道人名下，使得燃灯隐隐地含有了释迦佛的意味。

与此呼应的是赐塔的情节设计。这一情节不见于印度的佛教文献，据《北方毗沙门天王随军护法真言》，天王的塔与父子矛盾毫无关系，赐塔的也不是燃灯：

> 其塔奉释迦牟尼佛，教汝（天王）若领天兵……即拥遣第三子哪吒捧行，莫离其侧。

原来"托塔"的是哪吒，而且是为天王代劳。布置此项任务的则明确说是释迦牟尼佛。后来，佛教在中土传播的过程中，天王、哪吒、宝塔的关系产生了戏剧性的变化。前文已述：到了北宋

---

① 《封神演义》14回，99—100页。

的前中期,宝塔变成了解决父子矛盾的工具。反映这一变化有苏辙的诗《哪吒》:

> 北方天王有狂子,只知拜佛不拜父。佛知其愚难教语,宝塔令父左手举。

需要注意的是,这里仍然没有燃灯什么事,笼统称"佛",人们通常的理解便是释迦牟尼了。

再说三场大战的角色。

十绝阵的情节是全书最为跌宕起伏的一段,十个恶阵,中间又穿插着赵公明、云霄三姐妹等内容,迤逦了九回书。这一"战役",阐教的十二弟子全部出战,而总指挥就是燃灯道人。小说这里颇用了些笔墨:

> 话说众人正议破阵主将,彼此推让,只见空中来了一位道人,跨鹿乘云,香风袭袭。怎见得他相貌稀奇,形容古怪?真是仙人班首,佛祖源流。有诗为证:"一天瑞彩光摇曳,五色祥云飞不彻。鹿鸣空内九皋声,紫芝色秀千层叶。中间现出真人相,古怪容颜原自别。神舞虹霓透汉霄,腰悬宝箓无生灭。灵鹫山下号燃灯,时赴蟠桃添寿域。"
>
> 众仙知是灵鹫山圆觉洞燃灯道人,齐下篷来迎接,上篷行礼坐下。燃灯曰:"众道友先至,贫道来迟,幸勿以此

> 介意。方今十绝阵甚是凶恶，不知以何人为主？"子牙欠身打躬曰："专候老师指教。"燃灯曰："吾此来实与子牙代劳，执掌符印；二则众友有厄，特来解释；三则了吾念头。子牙公请了！可将符印交与我。"子牙与众人俱大喜曰："道长之言，甚是不谬。"随将印符拜送燃灯。燃灯受印符，谢过众道友，方打点议破十阵之事。①

这是全书中燃灯道人的第二次露面。作者特意显示其与众不同的身份。他不是和"师弟"们一起到场，而是在众人到齐后降临——一般重要人物的惯例。而他一来到就主动宣布担任"总指挥"，毫不客气地从姜子牙手中要过了代表权力的"符印"。作者唯恐读者对他关注、重视不够，在此地还直接出面做一评介："仙人班首，佛祖源流"。这个头衔很有分量，但也很有疑点。"班首"，是哪一班列之首？"源流"，强调的是当下的地位还是描述历史过程？而这里又一次点出"灵鹫山下号燃灯"，有意无意之间再次把释迦牟尼的影子印合到燃灯身上。

到了大破诛仙阵与万仙阵时，燃灯的地位由"总指挥"下降为"前敌总指挥"。因为元始天尊与老子的到来，燃灯便下降了一个层次。但是，他仍然要在两位教主到来之前先表现一下权力，率众"师弟"——作品到这里才明确他的"辈分"，原来只

---

① 《封神演义》45回，300—301页。

是个"大师兄"——探阵。虽然两次都写了他的权威不够,但也仍然踞于高出侪辈的地位。

三次大"战役"之外,燃灯道人还多次单独出战,与劲敌赵公明、云霄姐妹、羽翼仙、马善、殷郊、孔宣等都有激烈的冲突。这种情况,也是其他仙人不能比拟的。

可见,《封神演义》的作者在燃灯道人这个形象上是着意来加以表现的。

佛门谱系中尊贵的燃灯古佛

"燃灯"本是佛门人物,且在教门谱系中地位崇高,有巨大的影响。检索《电子佛典集成》,"燃灯"及"然灯"(异体代字),可得6472例,足见在经典中出现之频繁。

首先,他是释迦牟尼佛之前的一尊"古佛","久成正觉",多次转世,"最后第八王子,乃燃灯佛"。而这个燃灯佛是释迦牟尼成佛的"引路人"。《圆觉经心镜》记载燃灯佛为释迦授记的情况:

> 彼时释迦为儒童,买五茎莲花,供养燃灯,并布发掩泥。燃灯与之授记曰:"汝将来于五浊世为佛,号释迦牟尼。"以燃灯往望妙光,九代祖师。瞿昙乃玄孙也。[1]

---

[1] 《圆觉经心镜》卷1,《卍新纂大日本续藏经》第10册,No.254。

释迦未成道时，曾买莲花供养燃灯，并以最恭敬的"布发掩泥"礼仪来表达对燃灯佛虔敬之心意。于是得到燃灯的首肯，预言了其将来成为"现世佛"的前景。同时，这段文字还追溯久远，指出释迦牟尼佛从辈分的角度是燃灯佛的"玄孙"。

自"大乘"佛教传入后，在中土的庙宇里，大雄宝殿供奉的绝大多数是并列的三尊佛像。这三尊佛像又可分为"横三世佛"与"竖三世佛"。后者具体说就是：过去佛燃灯，现在佛释迦，未来佛弥勒。也就是说，在信众眼中，燃灯佛是与释迦牟尼佛并列的至高的信仰对象。

在有的佛典中，竟直接提出燃灯佛与释迦佛是一而二、二而一的关系，类似于应身、报身之类，如《法华经玄赞要集》：

> 问："既燃灯佛等即是我身，何不前佛、后佛总名'释迦'？"答："众生宜见不同，现种种身、种种名字等。为观根性利钝，所以现种种身也。"[1]

明乎此，就可以理解上文提到的灵鹫山、赐塔情节中，燃灯道人身上隐隐闪现释迦佛影子的原因了。

总而言之，"燃灯"二字在佛教中是极为崇高的称谓，也是影响巨大的佛名。这一点，《封神演义》的作者不会不了解。所以他在燃灯破十绝阵正式出场时写出了"仙人班首，佛祖源流"

---

[1] 《法华经玄赞要集》卷33，《卍新纂大日本续藏经》第34册，No. 638。

的评介。

《封神演义》中糗事频出的燃灯道人

可是,在《封神演义》的具体描写中,这位从佛门"借来"的燃灯道人,究竟是何种形象呢?

先来看他的身份、地位。

《封神演义》的神仙世界主体是道教的人物,从"辈分"论,大略是四个层次。最高一层是鸿钧老祖。下面一层是鸿钧的三个徒弟:老子、元始天尊、通天教主。再下面一层是这三位的再传弟子,数量众多,如广成子、赤精子、太乙真人、金光仙、乌云仙、龟灵圣母等,以及姜子牙、申公豹之流。这一层次,书中有名姓的不下百人。再往下便是最低一层,如黄天化、雷震子、金吒、木吒、哪吒等等。另外有些"散仙",不在谱系之内,但辈分大多不高,此不具论。

在佛教谱系几乎处于顶端的"燃灯",被作者"借到"小说的道教之中,又是处于道教谱系的什么位置呢?

燃灯前两次出场,这个问题比较含混。若从他面临十绝阵,毫不客气地要过指挥大权看,似乎应居于广成子等十二仙人的长辈地位。可是随着出战不利,只好乞灵于元始天尊时,燃灯道人的身份、地位才真正显露出来:

话说燃灯、子牙听见半空中仙乐,一派嘹亮之音,燃

> 灯秉香轵道，伏地曰："弟子不知大驾来临，有失远迎，望乞恕罪。"元始天尊落了沉香辇，南极仙翁执羽扇随后而行。燃灯、子牙请天尊上芦篷，倒身下拜。天尊开言曰："尔等平身。"子牙复俯伏启曰："三仙岛摆'黄河阵'，众弟子俱有陷身之厄，求老师大发慈悲，普行救拔。"元始曰："天数已定，自莫能解，何必你言。"元始默言静坐，燃灯、子牙侍于左右。①

原来，燃灯只是元始天尊众多徒弟中的一员。在老师面前，他只能是"秉香轵道，伏地""倒身下拜""侍于左右"的极为谦卑姿态。而在师伯老子面前同样是如此：

> 话说老子乘牛从空而降……燃灯明香引道上篷，玄都大法师随后。燃灯参拜，子牙叩首毕，二位天尊坐下。②

"明香引道""参拜"，也是标准的执弟子礼。

至于他的修行、能力，也是实在不能令人恭维。就以与赵公明的几次交手来看，小说是这样描写的：

> 且说燃灯回上芦篷坐下，五位上仙俱着了伤，面面相觑，默默不语。燃灯问众道友曰："今日赵公明用的是何物

---

① 《封神演义》50回，343页。
② 《封神演义》50回，344页。

件打伤众位？"灵宝大法师曰："只知着人甚重，不知是何宝物，看不明切。"五人齐曰："只见红光闪灼，不知是何物件。"燃灯闻言甚是不乐。忽然抬头，见黄龙真人吊在幡杆上面，心下越觉不安。①

公明大怒曰："你将此言惑乱军心，甚是可恨！"提鞭就打。燃灯口称："善哉！"急忙用剑招架。未及数合，公明将定海珠祭起。燃灯借慧眼看时，一派五色毫光，瞧不见是何宝物。看着落将下来，燃灯拨鹿便走，不进芦篷，望西南上去了。公明追将下来……②

公明祭起金蛟剪……燃灯忙拚了梅花鹿借水遁去了，把梅花鹿一剪两段。公明怒气不息，暂回老营。不题。且说燃灯逃回芦篷，众仙接着，问金蛟剪的原故。燃灯摇头曰："好利害！起在空中如二龙绞结，落下来利刃一般。我见势不好，预先借水遁走了。可惜把我的梅花鹿一剪两段！"众道人听说俱各心寒。③

身为领军人物，遇到强敌的表现是"甚是不乐""越觉不安"，

---

① 《封神演义》47回，318页。
② 《封神演义》47回，319页。
③ 《封神演义》48回，323—324页。

眼见自己的师弟遭难受辱，束手无策。到了两军阵前，一而再，再而三地仓皇逃命，以至于连自己的坐骑都保护不住——像这样被对手杀死坐骑，书中只有极个别的"怂人"才会如此丢人现眼。似乎是为了彰显燃灯的无能、尴尬，作者在这里写了几位无门无派的散仙，先是萧升与曹宝，后是陆压，他们在赵公明面前各显神通。如写陆压："公明将金蛟剪祭在空中。陆压观之，大呼曰：'来的好！'化一道长虹而去。"然后便设计射死了不可一世的赵公明。在一定程度上，陆压与燃灯几乎形成了反衬。陆压的成功与燃灯一次又一次的失败形成了鲜明的对照。

不仅是对阵赵公明，接下来的几次"单打独斗"，燃灯的表现也大多狼狈不堪：

> 云霄娘娘又倚金斗之功，无穷妙法，大呼曰："月缺今已难圆，作恶到底！燃灯道人，今番你也难逃！"又祭混元金斗来擒燃灯。燃灯见事不好，借土遁化清风而去。[1]

> 孔宣大笑曰："我不遇知音，不发言语。你说你道行深高，你也不知我的根脚，听我道来：'混沌初分吾出世，两仪太极任搜求。如今了却生生理，不向三乘妙里游。'"孔宣道罢，燃灯一时也寻思不来："不知此人是何物得道？"……燃灯忙祭起二十四粒定海珠来打孔宣。孔宣

---

[1] 《封神演义》50回，342页。

忙把神光一摄,只见那宝珠落在神光之中去了。燃灯大惊,又祭紫金钵盂,只见也落在神光中去了。燃灯大呼:'门人何在?'只听半空中一阵大风飞来,内现一只大鹏雕来了。孔宣见大鹏雕飞至,忙把顶上盔挺了一挺,有一道红光直冲牛斗,横在空中。燃灯道人仔细定睛以慧眼视之,不见明白,只听见空中有天崩地塌之声,有两个时辰,只听得一声响亮,把大鹏雕打下尘埃。孔宣忙催开马,把神光来撒燃灯,燃灯借着一道祥光自回营来,见子牙陈说利害,不知他是何物。①

子牙迎接上篷坐下,先论破阵原故。燃灯曰:"只等师长来,自有道理。"众皆默然端坐。……道行天尊曰:"此一会,正是我等一千五百年之劫,难逢难遇。今我等先下篷看看,如何?"燃灯曰:"吾等不必去看,只等师尊来至,自有会期。"广成子曰:"我等又不与他争论,又不破他的阵,远观何妨?"众道人曰:"广成子言之甚当。"燃灯阻不住众人,只得下篷一齐来看万仙阵……马遂祭起金箍,把黄龙真人的头箍住了。真人头疼不可忍,众仙急救真人,大家回芦篷上来。真人急忙除金箍,除又除不掉,只箍得三昧真火从眼中冒出,大家闹在一处。不表。②

---

① 《封神演义》70回,489页。
② 《封神演义》82回,576—577页。

一次又一次，不是狼狈逃窜，就是懵懂无知、束手无策，而且在一众仙人——都是"师弟""师侄"之类小辈那里也没有什么威信，哪里有一点"仙人班首"应有的样子。作者笔下的这个形象不仅法力不高屡战屡败，而且品性也不令人敬佩。散仙萧升、曹宝为他助力打败赵公明，夺得了定海珠，而萧升还为此丧命，燃灯却觊觎人家的战利品："燃灯一见定海珠，鼓掌大呼曰：'今日方见此奇珍，吾道成矣！……今日幸逢道友收得此宝，贫道不觉心爽神快。'"把话讲到这个程度，便不由得曹宝不割爱了。

这一系列笔墨叠加到一起，在读者心中，这个燃灯的形象欲不崩塌恐亦不可得了。

作者虽不直接出面评说，他对燃灯的态度已是昭然若揭了。

同样命运的"古佛"惧留孙

在《封神演义》中，阐教的仙人行列里有一位名称与众迥然有别的人物，和"太乙真人""道德真君"之类比起来，显得有些另类。这就是惧留孙。

另类名称是因为他的"国籍"—— 他也是从印度"借"来的"援军"。

《封神演义》对惧留孙形象的处理，与上文所述燃灯的路数如出一辙，只是"戏份"少了一些。

在佛教中，惧留孙同样是一尊地位崇高的"古佛"。汉译经典中又作拘留孙佛、俱留孙佛、鸠楼孙佛、拘留秦佛等。是所谓过去七佛之第四佛，又是现在贤劫一千佛的第一位。据《慧琳音义》二十六曰："鸠留秦佛，亦名拘楼，亦云迦罗鸠村驮，亦云拘留孙……此云灭累也。"在诸多经典中，都提及他的地位与法力、功德，如《增壹阿含经》：

> 尔时，迦叶！佛告我言："过去世时于此贤劫中，有如来名拘留孙至真、等正觉，出现于世，复于此处为诸弟子而广说法。"①

又如《佛本行集经》：

> 阿难！彼自境界如来复授一菩萨记，次当作佛号无等如来。阿难！彼无等如来复授一菩萨记，次当作佛号拘留孙如来。阿难！彼拘留孙如来复授一菩萨记，次当作佛号大光明如来……②

这是把惧留孙放在佛门的传承系统中，梳理其授记渊源，"如来""佛"都是他的称谓。这方面的记述甚多，又如《大方广佛

---

① 《增壹阿含经》,《大正新修大藏经》第 2 册，No. 125。
② 《佛本行集经》,《大正新修大藏经》第 3 册，No. 190。

华严经》：

> 善男子！如此世界贤劫之中，最初出现拘留孙如来、拘那含牟尼如来、迦叶如来，及今世尊释迦牟尼如来……①

《华严经》在这里径直将惧留孙与现世的"世尊"释迦牟尼佛并列。再如《大方等大集经》：

> 拘留孙佛出现世时，众生寿命四万岁，彼时大地精气、众生精气、法精气等，力得增上，味增上、威增上、德增上、慈增上、胜增上、智增上，如是等事皆得增上。尔时，依地果味众华药等，众生食者皆得软心、慈心、悲心、喜心、舍心、施心、戒心、忍心、精进心、禅定心、智慧心、离杀生心，乃至离邪见心。少欲知足少烦恼垢，多福长寿离欲闲居，爱乐正法厌患流转炽三宝种。以是因缘，得离恶道趣向善道。②

这里讲的是拘留孙佛的法力与功德。若依此说，他在这两方面似乎都远超现在佛释迦牟尼了。

这样的古佛形象在中土佛门中同样被高度尊崇。《五灯会元》卷一开篇就是"七佛"，曰"暨于释迦。但纪七佛"。"七佛"

---

① 《大方广佛华严经》，《大正新修大藏经》第 10 册，No. 293。
② 《大方等大集经》，《大正新修大藏经》第 13 册，No. 397。

中,"现在贤劫"的第一尊就是拘留孙佛,释迦牟尼佛则排在他的后面为第四尊。介绍他的法力、功德则称:"说法一会,度人四万。"

佛教中如此至尊至贵的"古佛",到了《封神演义》中,其形象如何呢?

首先,如同燃灯一样,惧留孙是道教中的"小辈"——元始天尊的徒弟:

> 惧留孙行至宫门前,少时,见……掌教师尊出玉虚宫来,俯伏道旁,口称:"老师万寿!"①

而比起燃灯道人,惧留孙还有一个不堪之处,就是他与另外十一位师兄弟命遭大劫,所以被装入混元金斗,"销去三花",陷入黄河阵中,"横睡直躺,闭目不睁"。这个"混元金斗"其实就是人间的马桶!

而惧留孙的法力,时而表现得不堪一击,至于见识也不甚高明:

> 惧留孙曰:"子牙,你可命匠人造一铁柜,将余元沉于北海,以除后患。"……余元入于北海之中,铁柜亦是五金之物,况又丢在水中,此乃金水相生,反助了他一臂之

---

① 《封神演义》72回,500—501页。

力。余元借水遁走了……①

龟灵圣母仗剑出来，与惧留孙大战未及三五合，急祭起日月珠打来。惧留孙不识此宝，不敢招架，转身往西而败走。②

这样来表现佛教中尊贵的"古佛"，态度实在是不够友好。

另一尊"古佛"的长耳朵

《封神演义》还从佛门"借"来一尊"古佛"，其表现比起上述两位越发不堪了。

这尊古佛就是"定光佛"。作者给他设计的"戏份"非常特殊。

《封神演义》的仙界大战是有正邪之分的。前文提到的燃灯、惧留孙，还有姜子牙、哪吒等都属于正方，是谓"阐教"。而对立一方则是"截教"，领袖是通天教主。这个定光佛被安排到截教的一方，而且是截教的一个"叛徒"的身份。

在阐教与截教大决战的"万仙阵"一段，通天教主的"终极法宝"是"六魂幡"。这个情节在"诛仙阵"就出现端倪："通

---

① 《封神演义》75回，526页。
② 《封神演义》83回，585页。

天教主……自思不若往紫芝崖立一坛，拜一恶幡，名曰'六魂幡'。此幡有六尾，尾上书接引道人、准提道人、老子、元始、武王、姜尚六人姓名，早晚用符印，俟拜完之日，将此幡摇动，要坏六位的性命。"（第七十八回）于是，这个幡的效用成为一个重要悬念吸引着读者。

到了后面"万仙阵"大决战前夕，有个"长耳定光仙"开始崭露头角了。先是代表通天教主去阐教下战表：

> 通天教主曰："罢了！如今是月缺难圆，既摆此万仙阵，必定与他见个雌雄，以定一尊之位。今日是万仙统会，以完劫数。"随命长耳定光仙："你且去芦篷上见你二位师伯，下这一封书。"定光仙领命径至芦篷下……老子看书毕，谓定光仙曰："吾知道了，明日来破万仙阵也。"定光仙下篷至万仙阵，回复通天教主。①

在"万仙"之中，教主把这个任务交给"长耳定光仙"，显出他是通天教主弟子中的亲信。接下来，通天教主又进一步把决定大局最重要的任务交给了他：

> 通天教主分付长耳定光仙曰："但吾与你师伯共西方二位道人会战，吾叫你将六魂幡磨动，你可将幡磨动，不得

---

① 《封神演义》82回，578页。

有误！"长耳定光仙曰："弟子知道。"①

但万万没有想到的是，到了决战的最关键时刻：

> 通天教主见万仙受此屠戮，心中大怒，急呼曰："长耳定光仙快取六魂幡来！"定光仙因见接引道人白莲裹体，舍利现光……知道他们出身清正，截教毕竟差讹，他将六魂幡收起，轻轻的走出万仙阵，径往芦篷下隐匿。正是：根深原是西方客，躲在芦篷献宝幡。话说通天教主大呼："定光仙快取幡来！"连叫数声，连定光仙也不见了。教主已知他去了，大怒……②

由于"长耳定光仙"的临阵叛逃，使得万仙阵彻底崩溃，通天教主也被鸿钧老祖收走。而这个长耳定光仙却借此改换了门庭：

> 老子与元始看见定光仙，问曰："你是截教门人定光仙，为何躲在此处也？"定光仙拜伏在地曰："师伯在上，弟子有罪，敢禀明师伯。吾师炼有六魂幡，欲害二位师伯并西方教主……弟子不忍使用，故收匿藏身于此处。……"西方教主曰："吾有一偈，你且听着：极乐之乡客，西方妙术

---

① 《封神演义》83回，587—588页。
② 《封神演义》84回，593—594页。

> 神。莲花为父母，九品立吾身。池边分八德，常临七宝园。波罗花开后，遍地长金珍。谈讲三乘法，舍利腹中存。有缘生此地，久后幸沙门。"西方教主曰："定光仙与吾教有缘。"元始曰："他今日至此，也是弃邪归正念头，理当皈依道兄。"定光仙遂拜了接引、准提二位教主。[①]

显然，临阵脱逃、背弃师门，都不是什么太光彩之事。不过，也可以用改邪归正一类说辞来开脱。这并不是我们关注的问题。我们关注的是，这个形象奇怪的名字是从哪里来的。

通天教主门下颇多动物成精者，在名称上往往有所体现，如"龟灵圣母"现出原形就是一只大乌龟，"灵牙仙"就是一头大白象，"虬首仙"就是青毛狮子，"金光仙"则是金毛犼，等等。如果按照这个"惯例"，"长耳定光仙"似乎应该是一个兔子精，这才符合读者的"阅读期待"。但是，他不仅没有"现出"兔子的原形，还很风光地到了西方"极乐之乡"。

那么，这个怪怪的"长耳"从何而来呢？怎么又入了佛门呢？

原来，"长耳"与"定光"都与佛教直接相关。

在《普曜经》中，释迦牟尼佛自承："吾前世时，自从诸佛……时定光佛，授我此慧。"《贤愚经》也讲："佛告比丘：'尔时师者，定光佛是。时沙弥者，今我身是。'"换言之，"定光"

[①] 《封神演义》84回，594—595页。

同样是古佛名称，而且是货真价实的释迦牟尼佛的老师。这在《法华经义记》中讲得更复杂些：

> 文殊教化八子皆成佛道，八子之中最后成佛者名曰燃灯，燃灯佛即是定光，定光佛即是释迦之师，释迦复是弥勒之师，然则文殊即是释迦祖师。①

若据此说，定光佛不仅是释迦佛的老师，而且与燃灯佛是一而二、二而一的关系；同时，又扯进了文殊与弥勒。这些细节我们不必纠结，只是要说明，"定光"也是佛号，也是地位非常尊崇的古佛。

"长耳"与佛教同样有缘，虽然地位不及"定光"那样显赫。据《仁王护国般若经疏法衡抄》："长耳三藏者，隋开皇初人，梵语那连提梨耶舍，北印度乌苌国人，形貌希奇，顶有肉髻，耳长高耸，因此立名。"这位佛门人物以精准阐释"三藏"含义而著称，在《金刚般若经疏》《解深密经疏》《俱舍论疏》等几十部经论中都引述了他的言论。

至于"长耳"如何与"定光"连缀到了一起，这个过程竟然与《封神演义》作者陆西星有直接的关联。据《武林梵志》，卷三有"宝相寺"条目，里面提到晚唐五代时有宗慧大师者：

---

① 《法华经义记》，《大正新修大藏经》第33册，No. 1715。

> 姓陈氏，名行修，号性真……母梦吞日，惊寤而生，长耳垂肩，异香满室。人或问师，如何有是长耳？即以手曳耳示之，不发一语。①

"吞日"云云，自然是附会之词。但其人以"长耳"为异相，则是突出的表征。五代时，"吴越王以诞辰饭僧。有永明禅师者，亦异人也。王问永明：'今有真僧降否？'永明曰：'长耳和尚，乃定光古佛应身也。'"于是，就有了"长耳定光"之说。而杭州的法相寺就成了他的道场，"俗称'长耳相'"。

万历年间，道士陆西星对佛教产生了一定的兴趣——全真教历来有挦扯佛教的传统，与两浙督抚甘士价共同发愿，整修已渐倾圮的这座寺院：

> 督抚甘士价、平湖陆长庚（今按：陆西星字长庚）倡缘，筑石逵，甚整，沿坞而上，为定光庵古佛修证处。②

不仅如此，陆西星还为之作记——惜今已不得见。

这个带有强烈地方色彩的"长耳定光"与陆西星竟然有如此缘分，也可为陆西星著《封神演义》之说增添一个小小的砝码。

不过，《封神演义》把"长耳定光"写进来，还解释了他皈

---

① 《四库全书》史部十一地理类七，《武林梵志》卷3，42页。
② 《四库全书》史部十一地理类七，《武林梵志》卷3，42页。

依佛门的原因,但总体来看,仍然与写燃灯、惧留孙一样,叙事态度对佛门不够友好,不仅压低了辈分,甚至还安排了"叛徒"的身份。虽说是弃暗投明,但叛出师门毕竟不是增光添彩的行为。

小说还写了一个"叛徒",更有名堂。第八十四回万仙阵被破,截教还有一位毗卢仙,"已归西方教主,后成为毗卢佛,此是千年后才见佛光。"这尊毗卢佛在佛教中的地位与燃灯不相上下,所谓"法身佛""大日如来"是也。现在被安排做通天教主的弟子,辈分上与燃灯一样"受了大委屈",又贴上"改邪归正"的标签,佛徒看了恐怕要义愤填膺了。

留了一点面子给"三大士"

前文我们讲过,《封神演义》里写了一个"最倒霉"的正派仙人——黄龙真人。他的"出身"也是佛教。这里我们再讲得详细一些。

黄龙是中国佛门的知名高僧,但不止一位。晚唐时有黄龙晦机,北宋中叶有黄龙慧南,还有黄龙祖心、黄龙悟心等。其中以晦机与慧南影响最大。前者在黄龙山"大张法席",朝廷赐紫衣,赐法号超慧大师。后者也在黄龙山说法,从者甚众,形成了临济的支派——"黄龙派"。

这两位黄龙禅师都在僧、道以及世俗的传说中与吕洞宾产生了交集。最早的记载是佛教文献《佛祖统纪》:

（吕洞宾）过鄂州黄龙山，值机禅师上堂，毅然问曰："一粒粟中藏世界，半升铛内煮山川。此意何如？"师曰："守尸鬼。"洞宾曰："争奈囊中有不死丹。"师曰："饶经八万劫，终是落空亡。"宾不服，夜飞剑以胁之。师已前知，以法衣蒙头坐方丈。剑绕数匝，师手指之即堕地。宾前谢过。师诘之曰："半升铛内即不问，如何是一粒粟中藏世界。"宾忽有省，乃述偈以为谢曰："自从一见黄龙后，始觉从前错用心。"[1]

这里用的是晚唐时的传说，"黄龙"是黄龙晦机。而到了宋神宗前后，黄龙慧南的名声大振，于是就有好事者把传说中折服吕洞宾的"功绩"移到他的名下。不过，元明两代的"飞剑斩黄龙"故事一般只是讲"黄龙"，多不再做分辨。偶有分辨则是归于慧南了。佛教文献如《五灯会元》《指月录》等记载此事的基本情节，都是遵循《佛祖统纪》的口径。影响到俗文学，话本、小说也大体循此路数，如《吕洞宾飞剑斩黄龙》《飞剑记》《西洋记》等。

道教人士对于扬黄贬吕自然大为不满，在《海琼白真人语录》《纯阳帝君神化妙通纪》中都是把故事翻过来，扬吕而贬黄——或称"片言勘破黄龙老"，或把"自从一见黄龙后，始

---

[1] 《佛祖统纪》，《大正新修大藏经》第49册，No.2035。

觉从前错用心"改为"自从一觉黄粱后，始信从前枉用心"。

总之，黄龙禅师在佛门是大德；在道教，特别是全真道中，却是刻骨铭心的冤家对头。

于是，就有了《封神演义》中"最倒霉"的仙人——黄龙真人的形象。

燃灯、惧留孙以及黄龙的师兄弟中还有三位也是佛门人物，而且是在中土大大有名的人物，就是文殊广法天尊、普贤真人、慈航道人。在他们出场时，作者特意分别加注："后成文殊菩萨"，"后成普贤菩萨"，"后成观世音菩萨"。到了万仙阵大决战，他们分别完成了师父元始天尊交办的任务，作者再次加注："后兴释门，成于佛教，为文殊、普贤、观音，是三位大士；此是后话。"（第八十三回）

人所共知，观音菩萨、文殊菩萨、普贤菩萨是中土佛教影响最大的神祇。即以文殊菩萨论，据《放钵经》："今我得佛……皆是文殊师利之恩也。过去无央数诸佛，皆是文殊师利弟子。当来者亦是其威神力所致。譬如世间小儿有父母，文殊者，佛道中父母也。"释迦牟尼佛自承是文殊的弟子，尊称其为"佛道中父母"，地位何等崇高。而到了小说中却成为老子、元始的弟子。这是与前面揭示的贬低燃灯、惧留孙等同一路数。

不过，作者对于同属"借"自佛教的人物，似乎有"双标"之嫌，具体来说，对于这三位，情节的安排比较起来客气了一些。这"三大士"在战阵、斗法时很少吃亏。到了破万仙阵，还各自有高光时刻，就是收服对方的仙人成为自己的坐骑：

文殊广法天尊手中剑急架相还。未及数合，虬首仙便往阵中而去……文殊忙将捆妖绳祭起，命黄巾力士："拿去芦篷下听候发落。"广法天尊收了法像，徐徐出阵……虬首仙把头摇了两摇，就地一滚，乃是一个青毛狮子，剪尾摇头，甚是雄伟。南极仙翁回复元始天尊命令，元始分付："就命广法天尊坐骑，仍于项下挂一牌，上书虬首仙名讳。"

　　普贤真人现出法身，镇住灵牙仙，仍用长虹索，命黄巾力士："将灵牙仙拿去芦篷下听候指挥。"……灵牙仙就地一滚现出原形，乃是一只白象。老子分付："将白象颈上也挂一牌，上书灵牙仙名讳，与普贤真人为坐骑。"

　　慈航道人祭起三宝玉如意，命黄巾力士："把此物拿去篷下听候发落。"少时，力士凭空把金光仙拿至芦篷下。……金光仙情知不能脱逃，就地一滚现出原形，乃是一只金毛犼。仙翁至芦篷回复法旨，元始分付："也与他颈上挂一牌，书金光仙名讳，就与慈航为坐骑。"仙翁一一如命施为，慈航骑了复出阵前。[①]

[①] 《封神演义》83回，582—584页。

比起前文提到的燃灯被敌人闸断坐骑，三大士此举实在是太拉风了。要知道，金光仙、灵牙仙与虬首仙在截教中都是第二代弟子，与文殊等可以算是师门"堂兄弟"，收来做了坐骑，对截教是莫大羞辱，对三位则是丰功伟绩了。作者也很看重这一情节，所以下文特意写了一笔："文殊广法天尊骑狮子，普贤真人骑白象，慈航道人骑金毛犼，三位大士各现出化身冲将进去。"（第八十四回）

值得注意的是，在《西游记》中也有文殊菩萨、普贤菩萨和观音菩萨分别收服青狮精、白象精和金毛犼的情节。二者孰先孰后，谁借鉴了谁，都是有待研究的话题。

在这段描述中，有一句话，其背后的内涵，特别是引发的争拗，更值得注意一下。就是"后兴释门，成于佛教，为文殊、普贤、观音"。

这里的"后"字大有名堂。

这虽然是小说中看似率意的戏笔，但不能不使人联想起宗教史上著名的"老子化胡"的大争拗。

晋代道士王浮造出《老子化胡经》，谓老子与关尹喜西行至天竺，显大神通震慑、教化"胡人"，创立了佛教。以此证明道教优于佛教，道教之祖为佛徒之师。佛教徒当然要力斥其伪。其后，历代佛道之争，几乎都要翻出这个旧案争辩一番，以致成为多次"御前"辩论的主题，决定了一个时期二教的存废。

一个"后"字隐隐地又指向了"化胡"说的核心——师徒、先后关系问题。

明乎此，在这样的佛道争胜历史的大背景下，《封神演义》把佛教的三尊"古佛"、三位"大菩萨"，以及一位禅宗领袖，统统写成是道教二代领袖老子、元始天尊的徒弟，恐怕不能简单看作一时的率意偶然吧？

更何况作者本身还是一位道教的重要人物呢。

更何况稍早问世的《西游记》里颇有对道教不敬的文字，如"车迟国"一节中的把道教最高神"三清"的像丢进茅坑的挑衅意味十足的桥段。

魔幻世界的魔幻人物

似曾相识土行孙

《封神演义》塑造的商、周双方的战将中，无论或仙或凡，形象与行为个性鲜明的，土行孙可称得上最突出的一个。

论形象，土行孙的特点是矮小。矮小到什么程度呢？我们看他第一次露面给他人的印象：

> （申公豹）跨虎飞来，忽见山崖上一小童儿跳耍。申公豹下虎来看，此童儿却是一个矮子，身不过四尺，面如土色。申公豹曰："那童儿，你是那家的？"……土行孙答曰："我师父是惧留孙，弟子叫做土行孙。"申公豹又问曰："你学艺多少年了？"土行孙答曰："学艺百载。"[1]

---

[1] 《封神演义》52回，356—357页。

不只是身矮，而且躯体短小，形如小童。更奇妙的是，一个修道百年的人物——是姜子牙"道龄"的两倍有余，行为竟然是"跳耍"。

对于土行孙的矮小，作者总是刻意写上几句，如他到邓九公处报效，邓九公的印象是"来人身不过四五尺长"，"邓九公见土行孙人物不好"云云，就是说不仅个子矮，而且整体气质不佳。

但矮小有时也成为他在战场上的优势。如与哪吒交战时：

> 哪吒登风火轮来至阵前，只管瞧，不见将官，只管望营里看。土行孙其身止高四尺有余，哪吒不曾往下看。土行孙叫曰："来者何人？"哪吒方往下一看，原来是个矮子，身不过四尺，拖一根宾铁棍。……哪吒大笑不止，把枪往下一戳，土行孙把棍往上迎来。哪吒登风火轮，使开枪，展不开手。土行孙矮，只是前后跳，把哪吒杀出一身汗来。
>
> 土行孙战了一回，跳出圈子，大叫曰："哪吒！你长我矮，你不好发手，我不好用功。你下轮来见个输赢！"哪吒想一想："这矮匹夫自来取死。"哪吒从其言，忙下轮来，把枪来挑，土行孙身子矮小，钻将过去，把哪吒腿上打了一棍。哪吒急待转身，土行孙又往后面，又把哪吒胯子上又打两棍……①

---

① 《封神演义》54回，366页。

前文我们讲过，哪吒因为是莲花化身，在战场上占尽了便宜，如此吃亏是绝无仅有的一次。这也就进一步凸显了土行孙特异的形象。就在伐纣即将成功的时候，土行孙遭遇了平生劲敌张奎。张奎与土行孙都有地行术，二人在地下大战——这种奇思妙想，唯有此书仅见。而土行孙仍然因身材占了便宜：

> ……在地底下，二人又复大战。大抵张奎身子长大，不好转换；土行孙身子矮小，转换伶俐，故此或前或后，张奎反不济事，只得败去。①

土行孙的形象如此特殊，而本领也与众不同。

《封神演义》有种种奇思妙想，包括一些"特异功能"。如能飞行的翼人，周营有雷震子，商军则有辛环。能地行的，周营有土行孙，商军则有张奎。二人在地下作战，肯定有环境的阻力，所以矮小的土行孙就占了上风。这样来写，似乎很合情理，也再次渲染了土行孙的形象特点。

另外，作者给土行孙设计的姓名也很有趣味：具有地行之术，经常行于土中，状如小童，称作"土行孙"，给读者的印象又恰切、又有几分滑稽。

而这个形象更深层的滑稽感，还是来自他的性格与行为。

---

① 《封神演义》87回，622页。

原来，这个形如小童的家伙，竟然还是个"超级大色狼"。垂涎美貌的女将邓婵玉，把自己背师弃义的行为都推到邓九公父女身上。作者特别细细描写了他两次好色的"猴急"行径。一次是潜入王宫行刺周武王时：

> 土行孙看见妃子脸似桃花，异香扑鼻，不觉动了欲心，乃大喝一声："你是何人？兀自熟睡？"那女子醒来，惊问曰："汝是何人，黉夜至此？"土行孙曰："吾非别人，乃成汤营中先行官土行孙是也。武王已被吾所杀，尔欲生乎，欲死乎？"宫妃曰："我乃女流，害之无益，可怜赦妾一命，其恩非浅。若不弃贱妾貌丑，收为婢妾，得侍将军左右，铭德五内，不敢有忘。"
>
> 土行孙原是一位神祇，怎忘爱欲？心中大喜："也罢，若是你心中情愿，与我暂效鱼水之欢，我便赦你。"女子听说，满面堆下笑来，百般应喏。土行孙不觉情逸，随解衣上床往被里一钻，神魂飘荡，用手正欲抱搂女子，只见那女人双手反把土行孙搂住一束，土行孙气儿也喘不过来，叫道："美人，略松着些！"那女子大喝一声："好匹夫！你把吾当谁！"叫左右："拿住了土行孙！"三军呐喊，锣鼓齐鸣。土行孙及至看时，原来是杨戬。土行孙赤条条的，不能展挣，已被杨戬擒住。①

---

① 《封神演义》54回，370页。

写土行孙"赤条条"被杨戬拿住，真是丑态毕现。后面写他借助惧留孙和姜子牙的力量，胁迫邓婵玉，情形更加不堪：

（土行孙）用捆仙绳祭起，将婵玉捆了……婵玉一见土行孙笑容可掬，便自措身无地，泪雨如倾，默默不语。土行孙又百般安慰，婵玉不觉怒起，骂曰："无知匹夫，卖主求荣！你是何等之人，敢妄自如此？"……土行孙此时情兴已迫，按纳不住，上前一把搂定，小姐抵死拒住。土行孙曰："良时吉日，何必苦推，有误佳期？"竟将一手去解其衣，小姐双手推托，彼此扭作一堆。小姐终是女流，如何敌得土行孙过？不一时，满面流汗，喘吁气急，手已酸软。土行孙乘隙将右手插入里衣。婵玉及至以手挡抵，不觉其带已断。及将双手攥住里衣，其力愈怯。土行孙得空以手一抱，暖玉温香已贴满胸怀。檀口香腮，轻轻紧偎。小姐娇羞无主，将脸左右闪赚不得，流泪满面曰："如是恃强，定死不从！"土行孙那里肯放，死死压住，彼此推扭又有一个时辰。

土行孙见小姐终是不肯顺从，乃绐之曰："小姐既是如此，我也不敢用强，只恐小姐明日见了尊翁变卦，无以为信耳。"小姐忙曰："我此身已属将军，安有变卦之理？只将军肯怜我，容见过父亲，庶成我之节；若我是有负初心，定不逢好死。"土行孙曰："既然如此，贤妻请起。"土行孙将一手搂抱其颈,轻轻扶起。邓婵玉以为真心放他起来,不曾堤防,将身起时,便用一手推开土行孙之手。土行孙乘机将双手插入小姐腰里抱紧了一拎,腰已松了,里衣径往下一卸。邓婵玉被土行孙所算,及落手相持时,已被双肩隔住手,如何下得来!小姐展挣不住,不得已言曰:"将军薄幸!既是夫妻,如何哄我?"土行孙曰:"若不如此,贤妻又要千推万阻。"小姐惟闭目不言,娇羞满面,任土行孙解带脱衣。①

《封神演义》主要写神仙斗法与朝政、战阵之事,于男女情事着墨甚少。即使写狐媚苏妲己也没有明显的秽笔。唯独这个土行孙,写其色狼情境竟到如此地步。作者给一个丑陋不堪的侏儒安排这样的"香艳"情节,肯定有迎合市井趣味的意图。但除此之外,他还有一个人物形象的模板,就是《水浒传》中的矮脚虎王英。

王英在梁山一百零八条好汉中,明显与众不同的有三个特点:

第一个是身矮,以致书中多数场合径称之为"王矮虎"。书中的介绍是:"左边一个,五短身材,一双光眼……祖贯两淮人氏,姓王名英……江湖上叫他做矮脚虎。"

第二个是好色,书中的介绍是:"王矮虎是个好色之徒,见报了,想此轿子必是个妇人,便点起三五十个小喽啰,便要下山。宋江、燕顺哪里拦挡得住。"直接就称他做"好色之徒"。这

---

① 《封神演义》56回,382—384页。

在梁山好汉中也是绝无仅有的一个。作品对他的毛病屡做渲染：

> （宋江）推开房门，只见王矮虎正搂住那妇人求欢。……
> 王矮虎便道："哥哥放心，我明日自下山去拿那妇人，今番还我受用。"……
> 王矮虎拿得那妇人，将去藏在自己房内。[①]

第三个是借助宋江的力量，强行占有了武艺高强的美女扈三娘。这方面写得更加细致：

> 这王矮虎是个好色之徒，听得说是个女将，指望一合便捉得过来。当时喊了一声，骤马向前，挺手中枪便出迎敌一丈青。两军呐喊，那扈三娘拍马舞刀来战王矮虎。一个双刀的熟闲，一个单枪的出众，两个斗敌十数合之上，宋江在马上看时，见王矮虎枪法架隔不住。原来王矮虎初见一丈青，恨不得便捉过来，谁想斗过十合之上，看看的手颤脚麻，枪法便都乱了。不是两个性命相扑时，王矮虎却要做光起来。那一丈青是个乖觉的人，心中道："这厮无理！"便将两把双刀，直上直下，砍将入来。这王矮虎如何敌得过，拨回马却待要走，被一丈青纵马赶上，把右手

[①] 《水浒传》32—35回，409—438页，人民文学出版社，1997。（下文引《水浒传》正文，均出自此版本，只标明回数、页码。）

刀挂了，轻舒猿臂，将王矮虎提离雕鞍，活捉去了。[①]

后来，一丈青战阵被俘，在宋江的胁迫下嫁给了这个猥琐的男人。而这个男人恶习不改，每当在战场上看到美貌女子，仍然"拴不住心猿意马"。

看到这里，土行孙由何而来，不会再有疑问了吧。

我们指出这一点，并不是要否定土行孙这个文学形象的价值。恰恰相反，由王英而到土行孙，比较典型地体现出文学创作过程中借鉴、再生的规律。

《封神演义》借鉴《三国演义》，已在"哪里来的黄飞虎"一章指出。

《封神演义》借鉴《西游记》，在后面一章将详加分析。

《封神演义》借鉴《水浒传》，除了土行孙脱胎于王矮虎之外，邓婵玉的形象、故事中，明显有受琼英及张清的影响的痕迹；黄飞虎、黄滚决心反纣的过程，也依稀有某几个好汉"被动"上梁山时的影子，等等。

有兴趣的读者不妨自己来一次寻踪之旅……

"后福无穷"的申公豹

看到这个小标题，相信很多读者朋友会气不打一处来。

[①] 《水浒传》48回，622页。

申公豹？若从《封神演义》中选出三个最可恨的反面人物，这个申公豹大概率是会上榜的。

另外，按照书中的交代，他的下场一度很惨：

> 黄巾力士将申公豹拿来，放在天尊面前。元始曰："你曾发下誓盟去塞北海眼，今日你也无辞。"申公豹低首无语。元始命黄巾力士："将我的蒲团卷起他来，拿去塞了北海眼！"力士领命将申公豹塞在北海眼里。有诗为证："堪笑阐教申公豹，要保成汤灭武王。今日谁知身塞海，不知红日映苍桑。"①

塞海眼，这个惩罚比起孙猴子压在五行山下可要严酷得多。这个"后福无穷"从何说起！

答案放到后面再揭晓，我们先来看看作者塑造这个形象的奇思妙想之处。

如同土行孙以其侏儒般形体特征给读者留下鲜明的印象，申公豹在形体特征方面也有过独一无二的经历。

姜子牙从老师元始天尊那里接受了重大任务，大师兄南极仙翁嘱咐他速返西岐，有人呼唤慎勿答应。结果被申公豹唤住：

> 申公豹曰："姜子牙，你不过五行之术，倒海移山而已，

---

① 《封神演义》84回，598页。

你怎比得我？似我，将首级取将下来往空中一掷，遍游千万里，红云托接，复入颈项上，依旧还元返本，又复能言。似此等道术，不枉学道一场。你有何能，敢保周灭纣！你依我烧了'封神榜'，同吾往朝歌，亦不失丞相之位。"子牙被申公豹所惑，暗想："人的头乃六阳之首，刎将下来，游千万里，复入颈项上，还能复旧，有这样的法术，自是稀罕。"乃曰："兄弟，你把头取下来。果能如此起在空中，复能依旧，我便把'封神榜'烧了，同你往朝歌去。"申公豹曰："不可失信！"子牙曰："大丈夫一言既出，重若泰山，岂有失信之理！"申公豹去了道巾，执剑在手，左手提住青丝，右手将剑一刎，把头割将下来，其身不倒。复将头望空中一掷，那颗头盘盘旋旋只管上去了。子牙乃忠厚君子，仰面呆看，其头旋得只见一些黑影。

不说子牙受感，且说南极仙翁送子牙不曾进宫去，在宫门前少憩片时。只见申公豹乘虎赶子牙，赶至麒麟崖前，指手画脚讲说。又见申公豹的头游在空中。仙翁曰："子牙乃忠厚君子，险些儿被这孽障惑了！"忙唤："白鹤童儿在那里？"童子答曰："弟子在。""你快化一只白鹤，把申公豹的头衔了，往南海走走来。"童子得法旨，便化鹤飞起，把申公豹的头衔着往南海去了。……仙翁指子牙曰："你原来是一个呆子！申公豹乃左道之人，此乃些小幻术，你也当真！只用一时三刻，其头不到颈上，自然冒血而死。师尊分付你不要应人，你为何又应他！你应他不打紧，有三十六路兵马来伐你。方才我在玉虚宫门前看着你和他讲论，他将此术惑你，你就要烧'封神榜'；倘然烧了此榜，怎么了？我故叫白鹤童儿化一只白鹤，衔了他的头往南海去，过了一时三刻，死了这孽障，你才无患。"……且说申公豹被仙鹤衔去了头，不得还体，心内焦躁，过一时三刻，血出即死，左难右难。且说子牙恳求了仙翁，仙翁把手一招，只见白鹤童子把嘴一张，放下申公豹的头，落将下来。不意落忙了，把脸落的朝着脊背。申公豹忙把手端着耳朵一磨，才磨正了。把眼睁开看，见南极仙翁站立。仙翁大喝一声："把你这该死孽障！你把左道惑弄姜子牙，使他烧毁'封神榜'，令子牙保纣灭周，这是何说？该拿到玉虚宫，见掌教老师去才好！"叱了一声："还不退去！姜子牙，你好生去罢。"申公豹惭愧，不敢回言，上了白额虎，指子牙道："你去！我叫你西岐顷刻成血海，白骨积如山！"申公豹恨恨而去。不表。[①]

这是《封神演义》比较有趣，也比较重要的一段。

说它有趣，是因为"封神"如此重大的事件，竟然取决于两个人顽童一样的赌赛游戏。而赌赛中，写姜子牙的"仰面呆看"，写申公豹把头脸搞反了，"把手端着耳朵一磨"的情景，都让人忍俊不禁。

[①] 《封神演义》37回，243—244页。

说它重要，是因为由此发端，引出"三十六路兵马伐西岐"，其重要的如土行孙、殷洪、殷郊等，都一再说明是因申公豹的挑唆、引诱而来，如殷洪丧命西岐，作者以诗哀悼："殷洪任信申公豹，要伐西岐显大才。岂知数到皆如此，魂绕封神台畔哀。"

另外，姜子牙性格中迂而近愚的一面，在这段中也得到淋漓尽致的表现。

如果我们的思维更活跃一些，申公豹的这一番表演还有两个可以深究的地方。

一个是表演"砍头"的桥段，在《西游记》中有类似的描写。在车迟国，虎力大仙与孙悟空赌赛砍头，孙悟空先砍，头落地后，虎力大仙等使促狭，命土地神拽住头颅，幸亏悟空另有手段才免于一死。轮到虎力大仙砍头，孙悟空用毫毛变成一只黄狗，把头叼走，虎力大仙"连叫三声，人头不到，腔子中骨都都红光迸出，须臾倒在尘埃"。

显然，二者基本情节极其相似。是"所见略同"，还是彼此存在借鉴关系？这是研究两部作品关系的一个有价值的案例。

另一个地方涉及整部作品的叙事逻辑。后面我们有一章专谈《封神演义》的"准复调"写作问题。"复调写作"是借用西方现代文学批评的概念，加一个"准"字表示并非严格地使用了原义。其大意是揭示这部作品在叙事立场、态度，乃至内在逻辑的矛盾现象。在申公豹这个形象身上，这个问题特别突出。试想，三教领袖秉承天意，签押"封神榜"，榜上的名单早已确定。也就是说，三十六路兵马来伐西岐，诸如魔家四将、殷郊殷洪等死于此役，是百分之百的宿命。申公豹所作所为只是实现天意的"催化剂"而已。如果按照这一逻辑，似乎他有功无过。退一步讲，也是应天顺人的。这个道理和妲己临刑的自我辩护一样，不能说是毫无道理的。

"封神榜"最后一个职位给了申公豹，是"分水将军"，其理由、其职能都有些莫名其妙。肉体塞在北海眼里，魂魄却到东海负责"观日出"，这种情况似乎很难解释明白。是不是作者自己也陷入了上述逻辑困境，只好用这个方式来搪塞一下，我们就不得而知了。

当然，通俗小说就是通俗小说，这些地方其实是讲不得那么多道理、逻辑的。

回到本节开端那个问题，申公豹"人神共愤"，下场最惨，怎么会是"后福无穷"呢？

这真是令人无法想象的怪事。

清代有的读者对申公豹的形象表现出特殊的兴趣，如昭梿《啸亭杂录》称："《封神演义》荒诞幻渺，不可穷诘。然皆暗指明事……申公豹者，申时行门下客也。"这当然属于无根游谈。

大学者俞樾在《茶香室丛钞》之《茶香室四钞》中引述嘉道间文人汤用中的《翼䮲稗编》云：

> 申公豹，系《封神传》荒诞之言，乃恰克图四部祀之甚虔。山右张城方道士智禄久客恰克图，言其地近接俄罗斯，地居北海之南，过北岸则为狗头国。每当秋冬海冰即合，

> 商旅未敢履冰径过，必诣申庙焚香拜请数日，舁像入水试冰。其像以木为之，裸体不着一丝，舁至海中，直立不仆，渐次入水，俟灭顶即可履冰过海。车驰马骤，了无妨碍。至次年二三月，遥望巨浸中，见一指破冰出，即群相告诫，速断行踪。数日而拳出，又数日而全体俱出，即闻坚冰碎裂，海水沸腾，像即矗立水面，彩舆舁归，报赛惟谨。①

这实在是一段非常有趣的记载。申公豹在小说中受到了塞"北海眼"的惩罚。而中土历来称贝加尔湖为"北海"，所以当地的居民便附会其事，在湖畔为其建庙祭祀。又由于申公豹塞海眼是浸于水中，所以就具有测试水温、冰层的特殊功能。我们不能不对当地居民思维的活跃程度叹为观止。

这段记载虽然几近笑谈，但反映出的文化现象还是颇有价值的。

一、对于一般民众而言，小说的影响力是相当巨大、深远的。如果没有《三国演义》，关羽能不能成为"武圣"其实是个问题。另外，一般民众对于"天庭""阴间""龙宫"之类的印象，几乎全来自《西游记》。连民间最普及的门神——尉迟恭与秦叔宝的这份保安工作，也是拜《西游记》所赐。

二、中国的民间宗教信仰，往往带有很大的随意性，同时又有极强的生命力，这与"附会"关系甚大。研究宗教思想史者，

---

① 《茶香室丛钞》之《茶香室四钞》卷20，866页，清光绪二十五年刻春在堂全书本。

对于小说中的材料、小说的特殊影响力，似乎还缺乏足够的重视。

三、祭祀申公豹虽然是个又冷僻又极端的例子，但反映出的社会文化心理却有相当的代表性。《茶香室丛钞》中就此有一段评论："西藏唐僧孙行者等师徒四众庙，闽省齐天大圣庙，皆以寓言而为后世信奉。"而且俞樾认为，这些庙"并著灵异"——其灵验是真实的，尽管小说原属虚构，但"人心所向，神即因之"。这种逻辑实在费解，"神"怎么能无中生有呢？但是，诚则灵，对于"愿意"相信的人，孙悟空、申公豹就成了信仰、崇拜的"真实存在"了。

倒果为因的"哼哈二将"

《封神演义》中的人物形象有若干"对儿"。如前文提到的土行孙与张奎。二人都擅长地行术，但一个高大，一个矮小；一个地行快，一个时速差了档次。这样写，两个人战斗起来就有了一些变化。不过，从终极效果看，似乎没有让读者产生太深刻的印象。还有下文将提到的雷震子与辛环，二人都是两胁生有肉翅，可谓自带飞行器，然后相遇于空中战斗，似乎也没有引起读者特别的注意。

相比之下，"哼哈二将"就显然不同了。

"哼哈二将"指的是周营的郑伦与商营的陈奇。

我们先来看看得此怪名的原因。

怪名最先出现在第七十四回的回目中："哼哈二将显神通"。而相应的内容则颇具幽默感。商军督粮官陈奇"原是左道，有异人秘传，养成腹内一道黄气，喷出口来，凡是精血成胎者，必定有三魂七魄，见此黄气，则魂魄自散"。（第七十三回）他倚此法术连斩周营数员大将。这时，周营督粮官郑伦催粮回营。这郑伦"曾拜西昆仑度厄真人为师，真人……特传他窍中二气吸人魂魄，凡与将对敌，逢之即擒"（第三回）。也就是说，郑伦与陈奇几乎具有完全相同的法术，只是一个从鼻子"哼"出白气，一个从嘴里"哈"出黄气。而二人因缘凑合，相会于战阵之间：

……哨马报入中军："启老爷：陈奇搦战。"郑伦出而言曰："末将愿往。"黄飞虎曰："你督粮亦是要紧的事，原非先行破敌之役，恐姜丞相见罪。"郑伦曰："俱是朝廷功绩，何害于理？"黄飞虎只得应允。郑伦上了金睛兽，提降魔杵，领本部三千乌鸦兵出营来，见陈奇也是金睛兽，提荡魔杵，也有一队人马俱穿黄号色，也拿着挠钩套索。郑伦心下疑惑，乃至军前大呼曰："来者何人？"陈奇曰："吾乃督粮上军陈奇是也。你乃何人？"郑伦曰："吾乃三运总督官郑伦是也。"郑伦问曰："闻你有异术，今日特来会你。"郑伦催开金睛兽，摇手中降魔杵劈头就打，陈奇手中荡魔杵赴面交还。二兽交加，一场大战。……郑伦正战之间，自忖："此人当真有此术法，打人不过先下手为妙。"把杵在空一摆，郑伦部下乌鸦兵行如长蛇阵一般而来。陈奇看郑伦摆杵，士卒把挠钩套索似有拿人之状，陈奇摇杵，他那飞虎兵也有套索钩挠，飞奔前来。正是：能人自有能人伏，今日哼哈相会时。

郑伦鼻子里两道白光出来有声，陈奇口中黄光也自迸出。陈奇跌了个金冠倒躅，郑伦跌了个铠甲离鞍。两边兵卒不敢拿人，只顾各人抢各人主将回营。郑伦被乌鸦兵抢回，陈奇被飞虎兵抢回，各自上了金睛兽回营。土行孙同众将笑得腰软骨折，郑伦自叹曰："世间又有此异人，明日定要与他定个雌雄，方肯罢休。"不表。

只说陈奇进关来见丘引，尽言其事。丘引又闻佳梦关失了，心下不安。次日，郑伦关下搦战，陈奇上骑出关，言曰："郑伦，大丈夫一言已定，从今不必用术，各赌手上工夫，你我也难得会。"催开坐下骑，又杀一日未见输赢。[①]

一"哼"一"哈"，一白一黄，两员大将应声同时跌翻在地。这样的滑稽景象，无怪乎"众将笑得腰软骨折"，相信读者也会忍俊不禁。于是乎，一对冤家对头——"哼"与"哈"，就一定程度地超越了对手关系，在读者心里"绑定"到了一起。

到了第九十九回《姜子牙归国封神》，在"封神榜"上，竟然出现了"哼哈二将"的正式神职名称：

---

① 《封神演义》74回，515—516页。

子牙又命柏鉴："引郑伦等上坛受封。"不一时，清福神用幡引郑伦等至台下，跪听宣读敕命。子牙曰："今奉太上元始敕命：尔郑伦弃纣归周，方庆良臣之得主；督粮尽瘁，深勤跋涉之勋劳。未餍一命之荣，反罹阳九之厄。尔陈奇阻吊伐之师，虽违天命；荩忠节于国，实有可嘉。总归劫运，无用深嗟。兹特即尔等腹内之奇，加之位职。敕封尔等镇守西释山门，宣布教化，保护法宝，为哼哈二将之神。尔其恪修厥职，永钦成命。"郑伦与陈奇听罢封号，叩首谢恩，出坛去了。①

至此，郑伦与陈奇这"一对儿"极富特色的人物形象被终极性地结合到了一起。而由于前面引述的那种富有喜剧色彩的法术——一个鼻窍"哼"，一个口腔"哈"；一个喷白气，一个吐黄光，这一对儿神祇"破格"地被各方面接受了。

说"破格"，是因为姜子牙这段敕命其实是有破绽的。这一任命是"奉太上元始敕命"，而其职务却是"镇守西释山门"。《封神演义》所写西方释教明明有教主接引道人，与老子、元始平辈且井水不犯河水，怎么会任由老子、元始来任命自己办公大楼的保安部经理呢？

当然，一部通俗小说，本就无意于严谨，读者也不会来钻

---

① 《封神演义》99回，717页。

这个牛角尖。

不过，若由此引发一些知识性偏差，那就还是要分说一二的。

《封神演义》问世之后，"哼哈二将"的使用逐渐有了泛化的趋势。《汉语大辞典》的"哼哈二将"词条下，设了两个义项：

> 神魔小说《封神演义》根据佛教护守寺庙的二门神附会而成的两员神将。一名郑伦，能鼻哼白气制敌；一名陈奇，能口哈黄气擒将：号哼哈二将。后以比喻行为迥异而能配合默契的一对伙伴。老舍《赵子曰》第二："他们两个好象庙门前立着的那对哼哈二将，唯其不同，适以相成。"韦君宜《似水流年·我们的老高》："有好多单位似乎都有这么配搭天然的哼哈二将，缺谁也不行。"亦指坏人的帮凶。如：这两个家伙是赵阎王的哼哈二将。①

其实，所设义项颇为可议。"帮凶"之类不足以与本义并列，是显而易见的。但那不是这里要讨论的。我们关注的是，郑伦、陈奇这两个颇具特色的文学形象是怎么产生的？真的是陆西星"附会"了"佛教护守寺庙的二门神而成"的吗？

由于《汉语大词典》的权威性，这一"附会"说被普遍信从，如网上解释"哼哈二将"："称'二大金刚'为'哼哈二将'开始

---

① 《汉语大词典》第3册，365页，汉语大词典出版社，1989。

于宋代。根据宋文人范成大《吴船录》记载，天下佛寺在山门殿两旁，塑有两金刚，俗称'哼哈二将'。在明代，'哼哈二将'被明确指为是郑伦与陈奇。"

其实，这都是倒果为因、以讹传讹的谬说。

范成大的《吴船录》原文是这样的："至公安县，登二圣寺。二圣之名，江湖间竞尚之，即在处佛门寺两金刚神也。此则迁之殿上。传记载发迹灵异，大略出于梦应，云是千佛数中最后者，一名娄至德，一名青叶髻。江岸善陨，或时巨足迹印其处，则陨止。"简言之，公安县有"二圣寺"，山门原来两尊金刚护法神，后因其灵异有加，迁到大殿供奉，庙名也就改为"二圣寺"。而这两个金刚，其实是娄至德、青叶髻佛的显化。这里一个"哼哈"也没提，更不要说什么"天下佛寺"了。

网上"学问"大率如此，本不值一驳。但这段话的背后支撑是《汉语大词典》的"附会"说，就不容不追根溯源讨论一番了。

佛寺山门有金刚神，在《大藏经补编》的《禅林象器笺》有更详细的记载。其"第五类灵像门"专设"密迹金刚"条，略云：

> 禅刹山门。亦有安金刚像者。所谓二王也。二王是法意化身。名密迹金刚。然禅录皆称青叶、楼至。此二佛现力士形，见陆游所记。

陆务观《入蜀记》云："游二圣报恩光孝禅寺。二圣谓青叶髻如来、娄至德如来也。皆示鬼神力士之形，高二丈余，阴威凛然可畏。正殿中为释迦，右为青叶髻，号大圣，左为娄至德，号二圣。三像皆南面。予按藏经驹字函：娑罗浮殊童子成道，为青叶髻如来；青叶髻如来再出世，为楼至如来。则二如来本一身耳。有碑言：'邑人一夕同梦二神人言：我青叶髻、娄至德如来也。有二巨木在江干，我所运者。俟鄜行者来，令刻为我像。已而果有人自称鄜行者，又善肖像。邑人欣然请之。像成，人皆谓酷类所梦。然碑无年月。不知何代也。'"

忠曰：娑罗浮成佛，号青叶髻；持大力于青叶髻涅盘后成佛，号楼至。见于《大乘悲分陀利经》第四卷、《悲华经》第六卷。《悲华经》青叶髻作那罗延胜叶耳。今《入蜀记》言青叶髻再出为楼至，二身本一。讹矣。[①]

《禅林象器笺》的作者无著道忠是佛门大德，此书具有较强的专业性。所引述的陆游《入蜀记》亦见于《渭南文集》。放翁所记比范成大更为详细。大意为：一、蜀地有"二圣寺"，供奉的是青叶髻如来、娄至德如来。二、这两尊佛显化为"凛然可畏"的"力士之形"，但供奉在大殿，与释迦佛并列。三、佛经有两尊佛的记载，是"二而一"的关系。四、当地有碑，记载两尊佛的灵验事迹。同时代的《夷坚志》也记载了此寺此佛的灵异，然细

---

① 《禅林象器笺》，《大藏经补编》，第19册，No.103。

节与此不同。

无著道忠就《入蜀记》发表了两点看法：一是引述《悲华经》等，指出"二而一"之说不确。二是说各地"禅刹山门"的金刚像，其由来大率与此相关，是"二佛现力士形"。

我们不厌其烦地引述这些缁素文献，只是要说明，佛寺山门的护法神原与"哼""哈"毫无关联，既与佛门文献有关，又与某些民间传说有关。至于在一些庙宇看到山门金刚塑像的鼻冒白气、口喷黄烟，那都是无知的住持与一知半解的匠人把《封神演义》视为权威文献的缘故。

"火控雷达"[①] 杨任

在《封神演义》构建的魔幻世界中，当然少不了"魔幻"的人物形象，如三头六臂的吕岳、殷郊，三头八臂的哪吒，三只眼的闻太师，胁生肉翅的雷震子、辛环等。但是，若论形象的诡异、想象的大胆，还是要首推杨任。

小说中，杨任也是横跨人世与仙界的人物，而且在两边的"戏份"都不算少。

他在人世间的身份是朝廷的"上大夫"。对于纣王的每一次暴虐举动，他都要站出来抗争。言辞之激烈，每每为他人所不

---

① 火控雷达：现代军事用语，指雷达扫描与火力控制的综合性作战系统。这里是比喻性借用。

及,如:"黄飞虎见国政颠倒,叠现不祥,也知天意人心俱有离乱之兆,心中沉郁不乐,咄咄无言。又见微子、比干、箕子诸位殿下,满朝文武,人人切齿,个个长吁,正无甚计划。只见一员官,身穿大红袍,腰悬宝带,上前对诸位殿下言曰:'今日之变,正应终南山云中子之言。古云"君不正,则臣生奸佞",今天子屈斩太师杜元铣,治炮烙坏谏官梅伯,今日又有这异事。皇上青白不分,杀子诛妻,我想起来,那定计奸臣,行事贼子,他反在旁暗笑。可怜成汤社稷一旦丘墟,似我等不久终被他人所掳。'言者乃上大夫杨任。"(第八回)

甚至于,他当面指斥纣王:"民一离心,则万民荒乱。古云:'民乱则国破,国破主君亡。'只可惜六百年已定华夷,一旦被他人所虏矣!"(第十八回)结果,被暴君当场剜去双眼身亡。却不料,他因祸得福,一步跨入了仙界。

> (杨任)忠心不灭,一道怨气直冲在青峰山紫阳洞清虚道德真君面前。真君早解其意,命黄巾力士:"可救杨任回山。"……杨任的尸首被力士摄上紫阳洞,回真君法旨。道德真君出洞来,命白云童儿葫芦中取二粒仙丹,将杨任眼眶里放二粒仙丹。真人用仙天真气吹在杨任面上,喝声:"杨任不起,更待何时!"真是仙家妙术起死回生,只见杨任眼眶里长出两只手来,手心里生两只眼睛:此眼上看天庭,下观地穴,中识人间万事。杨任立起半晌,定省见自己目化奇形……有诗曰:"大夫直谏犯非刑,剜目伤心不

忍听。不是真君施妙术，焉能两眼察天庭。"①

这位道德真君不仅给了杨任第二次生命，而且神奇地让他的眼眶中长出两只手，每只手里托着一只眼睛。我们试想一下，这是何等诡异的情形！由于手臂是可以灵活屈伸、转动的，而新生的眼又是仙丹所化，所以杨任的视力得到了质的跃升，竟然可以"上看天庭，下观地穴，中识人间万事"。

这样的形象，这样的神通，古往今来各类文献、传说中，似无第二例。

尔后，道德真君又传授了飞雷枪与五火神焰扇，并把自己的坐骑云霞兽一并赐予，命其下山辅佐姜子牙。杨任不辱师命，下山后屡立奇功，先是救了黄飞虎等四将，然后破了吕岳的瘟瘴阵，取了潼关。在万仙阵大决战中也有不俗的表现。

不过，真正表现出自己的特长，并在战斗中起到决定性作用的还是在对阵张奎之时。

张奎是殷商方面渑池县的总兵官，所辖不过"弹丸之地"。但本人与夫人均有异术，连斩周军数员大将，连黄飞虎、崇黑虎、土行孙等皆命丧其手。更可怕的是，他有极为高明的地行术，夜间暗带利刃由地下进周营，来行刺姜子牙与周武王。幸亏周营当晚是杨任值班巡逻。张奎"不知杨任眼眶里长出来的两只手，手心里有两只眼，此眼上看天庭，下观地底，中看人

---

① 《封神演义》18回，119—120页。

间千里，彼时杨任忽见地下有张奎提一口刀径进辕门，杨任曰：'地下是张奎，慢来！有吾在此！'"（第八十七回）结果使得张奎功败垂成。

对于这个劲敌，惧留孙为姜子牙设下一计，诱使张奎出城：

> 子牙同武王拨马向西而走。张奎赶来，周营中一将也不出来接应，张奎放心赶来。……（张奎）纵地行之术往黄河大道而走，如风一般，飞云掣电而来。话说杨任远远望见张奎从地底下来了，杨任知会韦护曰："道兄，张奎来了。你须是仔细些，不要走了他。你看我手往那里指，你就往那边祭降魔杵镇之。"韦护曰："谨领尊命。"且说张奎正走，远远看见杨任骑云霞兽，手心里那两只神光射耀眼往下看着他，大呼曰："张奎不要走！今日你难逃此厄也！"张奎听得，魂不附体，不敢停滞，纵着地行法，"唰"的一声须臾就走有一千五百里远。杨任在地上催着云霞兽紧紧追赶，韦护在上头只看着杨任，杨任只看着张奎在地底下，如今三处看着，好赶！……张奎在地下见杨任紧紧跟随在他头上：如张奎往左，杨任也往左边来赶；张奎往右，杨任也往右边来赶。张奎无法，只是往前飞走。看着行至黄河岸边，前有杨戬奉柬帖在黄河岸边专等杨任。只见远远杨任追赶来了，杨任也看见了杨戬，乃大呼曰："杨道兄！张奎来了！"杨戬听得，忙将三昧火烧了惧留孙指地成钢的符篆，立在黄河岸边。张奎正行，方至黄河，只见四处如同铁桶

一般，半步莫动，左撞左不能通，右撞右不能通，撤身回来，后面犹如铁壁。张奎正慌忙无措，杨任用手往下一指，半空中韦护把降魔杵往下打来。此宝乃镇压邪魔护三教大法之物，可怜张奎怎禁得起！……韦护祭起降魔杵，把张奎打成齑粉，一灵也往封神台去了。[①]

这是非常精彩，也是非常有特色的一个战斗场面。试想当时的场景：地下的张奎，自恃举世无双的地行术，在数丈的地面下奔驰如飞；地上的杨任，骑着云霞兽一步不离地紧跟，眼眶里伸出两只手，手中的眼精光四射，穿透地表紧盯住张奎；天上的韦护，高举着降魔杵，紧随杨任行动，等待着"发射"的命令。而远方又有杨戬按照预定计划准备了圈套，等到张奎落网。作者写到这里想是十分得意，特意写下了一段现场感十足的句子："杨任在地上催着云霞兽紧紧追赶，韦护在上头只看着杨任，杨任只看着张奎在地底下，如今三处看着，好赶……"

杨任的"相控阵雷达"一方面锁定了张奎，一方面指挥着韦护的"精确制导"降魔杵，终于一击成功。

从文学想象、文学笔法的角度，这一段文字远胜于热闹、纷乱的十绝阵、万仙阵。

可笑后世有的批评者不能理解陆西星这一巧思，理解不了何以眼里长手、手上生眼，于是牵强附会地解释："《封神演义》

---

① 《封神演义》88回，627—629页。

荒诞幻渺，不可穷诘。然皆暗指明事……以孙丕扬为杨任，因其家居关西，而无甚知识，以手下为耳目也。……夫食毛践土之士，而谤毁其君为辛纣，居然笔之于书，其人可诛，其板可斧矣！而尚流传世间，亦可怪也。""以手下为耳目"，这样的理解力，实在令人喷饭矣。

空军搏杀：雷震子与辛环

在《封神演义》描写的"捉对儿"厮杀中，雷震子与辛环的交手场面也是很有特色，能够给读者留下鲜明印象的。

与土行孙、郑伦等不同，《封神演义》的雷震子形象是来历分明的。在《武王伐纣平话》与《列国志传》中，都出现了雷震子。

《武王伐纣平话》出现了三次，分别是：出世、救文王、参加伐纣：

> 众人都在大林之中避雨，忽见一所古墓。西伯侯又发一课：今日是戊子日，雨降，合主此墓自摧破，此墓中合出一个烈士。才然道罢，古墓自摧。使命见之，大喜言奇。姬昌见古墓自摧，伫目视之，见一女子尸形，宛然如生，却被大雷震破女子之腹，内有一孩儿啼。姬昌令人入墓中取出孩儿来也。左右入墓抱出。诸人不晓，唯有姬昌会之。姬昌共使命前行，过蝶岭之下，见一贤士，是云中子先生。云中子与西伯侯相见具礼。……姬昌具说前事，云中子闻

言乃曰:"此子不得抛闪,后十六年必佐西伯侯同破无道之君也。"道罢,西伯侯先会其意,乃留下此子。云中子先生曰:"此子无姓,可立子午雷震名也,是破纣之凶神也。"①

　　内有一将,披头似鬼,肩扛一柄大刀……冲入阵中独荡纣兵。②

　　当前一员猛将,此人身长一丈,肩担一柄大刀,披发似鬼,似擒龙捉虎之雄。却是录真山学业之人,雷震子也。③

主要事迹两点:雷震而生,凶猛丑恶。

《列国志传》所写稍微详细了一些:

　　即日发驾……忽听燕山西北一声霹雳,火光散乱,林中有胎儿啼哭。西伯急令巡之,见古墓穴中,雷震棺木,有女尸破胎,坠一婴儿,呱呱而泣。……忽前有道士将近车前,长揖曰:"侯伯何往?"西伯答曰:"吾承王诏入朝歌,先生何方人氏?"道士曰:"小道终南山炼气之士,号云中子。"西伯……抱婴,度与云中子曰:"先生所寻将星者,莫非此子耶?"云中子视其丰神骨节大异,问曰:"贤侯从何而得此子?"西伯以雷震之事相告。云中子曰:"此子非俗,他日长大,必能荡商家氛秽,但民间不能养育,小道

---

① 《武王伐纣平话》卷上,6—7页。
② 《武王伐纣平话》卷中,24页。
③ 《武王伐纣平话》卷下,44页。

愿收入本山，恩养成人，教其演习兵机，以候扶真主，破妖魅，拯险溺之民。"西伯曰："然则可呼何名？以为他年相会之记？"云中子曰："即以雷震呼之，有何不可？"西伯欣然曰："先生命名最为合义。"遂相辞而别。①

次日，上策请武王发驾亲征。武王即留二弟姬旦、姬夷、群臣等守国。即日大兵出城，旗旌掩日，刀戟横空，诈称五十万，杀奔朝歌。行至三日，忽有一阵怪风，从子牙马前飞尘卷幕而起。子牙喜曰："今日当有破商大将，从西而至。"众皆不信，行近潼关，西北角上有一将，年约十五六岁，身长九尺，腰阔一围，肩抱大斧，高叫："西兵且住！等我来见军师。"辛甲俱以为奸细，射住阵脚，问是何人？其将曰："吾乃西伯侯所生之子雷震也！"辛甲莫知其故，引见子牙，子牙亦不知其故，奏知武王。武王曰："吾闻昔者，先君入商之时，因避雨于燕山，忽然雷破棺中女胎，得一男子，因名雷震。莫非此子吗？"召而问之，果是雷震。武王曰："汝在何处，今日至此？"雷震曰："臣自蒙先君恩救，当时有云中子收臣，养于终南山，一十五年，终日教臣演习武艺。前日吾师因观天象，言商命当改，谅主公必然起兵东伐，故命臣下山助阵。臣愿乞一先锋印挂，力破无道！"武王顾子牙曰："此乃先君所收，亦吾弟也。

---

① 《列国志传》第二回，4—5页。

可改为先锋印乎？"子牙曰："军册已定，不可轻改，但立为保驾大将军，建功若多，然后改职。"武王然之。遂封雷震为保驾大将军。[①]

把《平话》刻意描写的"似鬼"丑像淡去了，不过同时也把仅有的一点特点抹去了。可以说，两部作品的"雷震子"，除了"雷震而生"外很难给读者留下什么特别的印象。

《封神演义》承袭了两部作品的雷震子这个人物，也接受了"雷震而生"这个基本出发点。但在形象设计上，却是自出心裁，有了根本性的改进。质言之，就是"更换装备"，把雷震子由步兵换装成为"空军"，而且是自带飞行器的空军。

作者在这个桥段下了不小功夫：

> 雷震子见了云中子下拜："不知师父有何分付？"云中子曰："徒弟，汝父有难，你可前去救拔。"雷震子曰："弟子父是何人？"道人曰："汝父乃是西伯侯姬昌，有难在临潼关。你可往虎儿崖下寻一兵器来，待吾秘授你些兵法，好去救你父亲。今日正当子父重逢之日，后期好相见耳。"
>
> 雷震子领师父之命离了洞府，径至虎儿崖下，东瞧西看，各到处寻不出甚么东西，又不知何物叫为兵器。雷震子寻思："我失打点，常闻兵器乃枪、刀、剑、戟、鞭、斧、

[①] 《列国志传》7回，24页。

瓜、锤,师父口言兵器,不知何物,且回洞中再问详细。"雷震子方欲转身,只见一阵异香扑鼻,透胆钻肝,不知在于何所。只见前面一溪涧下,水声潺潺,雷鸣隐隐。雷震子观看,只见稀奇景致,雅韵幽栖,藤缠桧柏,竹插颠崖。狐兔往来如梭,鹿鹤唉鸣前后。见了些灵芝隐绿草,梅子在青枝,看不尽山中异景。猛然间见绿叶之下红杏二枚,雷震子心欢,顾不得高低险峻,攀藤扪葛,手扯晃摇,将此二枚红杏摘于手中;闻一闻扑鼻馨香,如甘露沁心,愈加甘美。雷震子暗思:"此二枚红杏,我吃一个,留一个带与师父。"雷震子方吃了一个:"怎么这等香美,津津异味!"只是要吃,不觉又将这个咬了一口。"呀!咬残了。不如都吃了罢。"

方吃了杏子,又寻兵器,不觉左胁下一声响,长出翅来,拖在地下。雷震子吓得魂飞天外,魄散九霄。雷震子曰:"不好了!"忙将两手去拿住翅,只管拔。不防右边又冒出一只来。雷震子慌得没主意,吓得坐在地下。原来两边长出翅来不打紧,连脸都变了:鼻子高了,面如青靛,发似朱砂,眼睛暴湛,牙齿横生出于唇外,身躯长有二丈。雷震子痴呆不语。只见金霞童子来到雷震子面前,叫曰:"师兄,师父叫你。"雷震子曰:"师弟,你看我,我都变了。"金霞曰:"你怎的来?"雷震子曰:"师父叫我往虎儿崖寻兵器去救我父亲,寻了半日不见,只寻得二枚杏子,被我吃了。可煞作怪,弄得青头红发,上下獠牙,又长出两边肉翅。

教我如何去见师父？"金霞童子曰："快去！师父等你！"雷震子起来，一步走来，自觉不好看，二翅拖着，如同斗败了的鸡一般，不觉到了玉柱洞前。

云中子见雷震子来，抚掌道："奇哉！奇哉！"手指雷震子作诗："两枚仙杏安天下，一条金棍定乾坤。风雷两翅开先辈，变化千端起后昆。眼似金铃通九地，发如紫草短三髭。秘传玄妙真仙诀，炼就金刚体不昏。"

云中子作罢诗，命雷震子："随我进洞来。"雷震子随师父至桃园中。云中子取一条金棍传雷震子，上下飞腾，盘旋如风雨之声，进退有龙蛇之势，转身似猛虎摇头，起落像蛟龙出海。呼呼响亮，闪灼光明。空中展动一团锦，左右纷纭万簇花。云中子在洞中传的雷震子精熟，随将雷震子二翅左边用一"风"字，右边用一"雷"字，又将咒语诵了一遍。雷震子飞腾起于半天，脚登天，头望下，二翅招展，空中俱有风雷之声。雷震子落地，倒身下拜，叩谢曰："师父有妙道玄机，今传弟子，使救父之厄，此乃莫大之洪恩也。"[①]

这段文字的细腻生动，在整部书中都是少有的。

吃杏生翅，这个情节堪称"戏眼"。写雷震子摘得异杏后的心理、行为："闻一闻扑鼻馨香，如甘露沁心，愈加甘美。雷震

[①] 《封神演义》21回，141—142页。

子暗思：'此二枚红杏，我吃一个，留一个带与师父。'雷震子方吃了一个：'怎么这等香美，津津异味！'只是要吃，不觉又将这个咬了一口。'呀！咬残了。不如都吃了罢。'"把一个天真未凿的仙童，写得活灵活现。

然后描写吃杏后形体的变异，以及变异后雷震子所受惊吓的心态、神态、形态——"雷震子一步走来，自觉不好看，二翅拖着，如同斗败了的鸡一般"，真是栩栩如生。

当然，这一切其实都是师父云中子设计好的，所以不但不以为怪，而且顺势而为，传了黄金棍法，又在两个肉翅上施了法术，使其飞腾起来"空中俱有风雷之声"。这样，"雷震子"的名称就不再是简单的"出生说明书"，而是和他的法力、神通融为一体的非常巧妙的道号了。

接下来，写雷震子初次下山作战，这一特点就得到了与众不同的展现："雷震子将胁下翅一声响，飞起空中有风雷之声。脚登天，头望下，看见西边有一山嘴往外扑着，雷震子说：'待我把这山嘴打一棍你看。'一声响亮，山嘴滚下一半。……有诗为证：一怒飞腾起在空，黄金棍摆气如虹。霎时风响来天地，顷刻雷鸣遍宇中……"（第二十二回）

这一"仙童变形记"之生动、巧妙，几乎可以与哪吒莲花化身的构思、描写相媲美。

作者意犹未足，为了将雷震子"空军"的特色进一步彰显，就在他下山初战告捷的同时，又塑造出另一架类似的"人形飞行器"——辛环。商朝超级大忠臣闻仲出兵伐周，途中遇到四个山大王。其中一个便是辛环。辛环的出场：

> 辛环听说，大叫一声："气杀我也！"忙提锤钻，将胁下双肉翅一夹，飞起空中。一阵风响，只听得半空中声似雷鸣，至山上大呼曰："好妖道！将吾兄弟打死，岂可让你独生乎！"闻太师当中眼睁开看时，好凶恶之像，二翅飞来。怎见得，赞曰：二翅空中响，头戴虎头冠。面如红枣色，顶上宝光寒。锤钻定天下，獠牙嘴上安。一怒无遮挡，飞来势若鸾。话说闻太师见而大喜："真奇异豪杰！"那人照闻太师顶上一锤打来，太师用鞭急架忙迎，锤鞭骁勇，杀法精奇。太师掩一鞭，望东便走。辛环大呼："妖道那里去？吾来了！"把双翅一夹，即到顶上。他不知闻太师有多大本领，任意行凶。闻太师自忖："五遁之中，遁不得此人。"且将金鞭照路傍一块山，连指两三指，命黄巾力士："将此山石把这人压了！"力士得法旨，忙将此山石平空飞起，把辛环挟腰压下来。[1]

读者读到这里，很自然地会产生与前文雷震子的形象类比，甚至是二人交手的心理预期。这辛环随闻太师到了西岐，初次上阵就展现"空军"的威力：

> 两阵上六员战将，三对交锋，来来往往，冲冲撞撞，

---

[1]《封神演义》41回，277页。

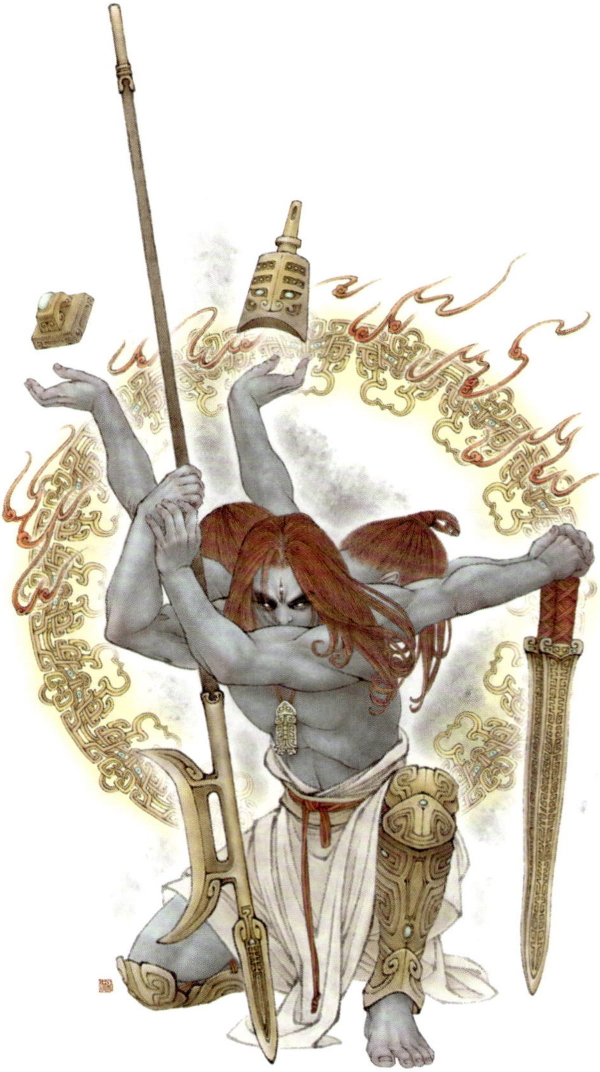

翻腾上下交加，只杀得天愁地暗，日月无光。辛环见三将不能取胜，把胁下肉翅一夹飞起半空，手持锤钻望子牙打来。时有黄天化催开玉麒麟，两柄银锤抵住辛环。周营众将见成汤营里飞起一人来，虎头冠，面如红枣，尖嘴獠牙，狰狞恶状，惟黄天化战住辛环……①

于是乎，作者精心设计的大戏就开场了。两支"空军"的正面作战开始：

雷震子出洞，把风雷翅一展，脚登天，头往下，二翅腾开，顷刻万里。……且说雷震子离了终南，把二翅一夹，有风雷之声，飞至西岐山，远远望见闻太师败兵而来。雷震子大喜："幸遇败兵，正好用心杀他一阵！"且说闻太师正挫锋锐，慌忙疾走，猛然抬头，见空中飞有一人，面如蓝靛，发似朱砂，獠牙生于上下，好凶恶之像。闻太师叫："辛环！你看前面飞来一人甚是凶恶，你可仔细小心！"话犹未了，雷震子大呼曰："吾来了！"举棍就打。辛环锤钻迎面交还。空中四翅翻腾，锤棍交加响亮。雷震子乃仙传棍法，辛环生就英雄。怎见得，有赞为证："四翅在空中，风雷响亮冲。这一个杀气三千丈，那一个灵光透九重；这一个肉身成正道，那一个凡体受神封；这一个棍起生烈焰，

---

① 《封神演义》42回，282页。

> 那一个锤钻逞英雄。平地征云起，空中火焰凶。金棍光辉分上下，锤钻精通最有功。自来也有将军战，不似空中类转蓬。"话说雷震子中途一战，只杀的辛环抵挡不住，抽身望岐山逃走。雷震子自思："不可追赶。见了师叔、皇兄，料他还来，终久会我。"遂望西岐城相府中来。不题。①

这样的空战场面，在我国的文学作品中，绝无仅有——他国如何未细究，耳目之间却也未曾见。无怪乎作者要得意洋洋地写上一笔："自来也有将军战，不似空中类转蓬。"

"空军"的决战很快到来了：

> 闻太师只顾山上，未防山凹里飞起雷震子，一棍照闻太师打来。太师措手不及，叫声"不好！"将身一闪，让个空。不防那金棍正中墨麒麟后胯上，打得此兽竟为两段。太师跌下地来，随借土遁去了。辛环大呼曰："雷震子不要走！吾来了！"肉翅飞起，来战雷震子。不防杨戬暗祭哮天犬，一口把辛环的腿咬住了。雷震子一棍，正打着辛环顶门，死于非命，也往封神台去了。②

空战的结局似乎过于仓促，两支"空军"装备不同——一个长

---

① 《封神演义》43回，286—287页。
② 《封神演义》52回，354页。

兵器，一个短兵器，本可以各展优势打出几个精彩的回合。可惜作者见不及此，简单地让杨戬出此暗招，读者未免有些"不过瘾"，辛环也必定死不瞑目。

一百八十度反转的殷郊

《封神演义》描写人物的形体异常，常用的方法有两个：一个是增加脑袋与手臂，如吕岳、罗宣俱为三头六臂，哪吒为三头八臂，更甚者，"三大士面分蓝、红、白，或现三首六臂，或现八首六臂，或现三首八臂"（第八十四回）。另一个是增加或改变眼睛。前面已经提到杨任"火控雷达"一样的怪眼。更多的则是三只眼。如描写闻太师，三只眼几乎是他的标志："闻太师听得此言，心中大怒，三目交辉，只急得当中那一只眼睛睁开，白光现尺余远近"，"闻太师当中一目睁开，白光有二尺远近"。（第二十七回、第四十一回）又如写吕岳："黄幡脚下有一道人穿大红袍服，面如蓝靛，发似朱砂，三目圆睁，骑金眼驼，手提宝剑"，"见一道人三只眼，面如蓝靛，赤发獠牙"。（第五十八回、第八十回）

有一个人物，形象上兼而有之，就是殷郊。

殷郊的"变形"类似于雷震子，只是所变不同。

道人偶想起殷郊："如今子牙东征，把殷郊打发他下山佐子牙东进五关，一则可以见他家之故土，一则可以捉妲己报杀母之深仇。"忙问："殷郊在那里？"殷郊在殿后听师父呼唤，忙至前殿见师父行礼。

广成子曰："方今武王东征，天下诸侯相会孟津共伐无道，正你报仇泄恨之日。我如今着你前去助周作前队，你可去么？"殷郊听罢，口称"老师"曰："弟子虽是纣王之子，实与妲己为仇。父王反信奸言诛妻杀子，母死无辜，此恨时时在心，刻刻挂念，不能有忘。今日老师大舍慈悲，发付弟子，敢不前往以图报效，真空生于天地间也！"广成子曰："你且去桃源洞外狮子崖前寻了兵器来，我传你些道术，你好下山。"殷郊听说，忙出洞往狮子崖来寻兵器，只见白石桥那边……有一洞府，兽环朱户，俨若王公第宅。殿下自思："我从不曾到此，一过桥去便知端的。"来至洞前，那门虽两扇，不推而自开。只见里边有一石几，几上有热气腾腾六七枚豆儿。殷郊拈一个吃了，自觉甘甜香美，非同凡品："好豆儿，不若一总吃了罢。"刚吃了时，忽然想起："来寻兵器，如何在此闲玩？"忙出洞来，过了石桥，及至回头，早不见洞府。殿下心疑，不觉浑身骨头响，左边肩头上忽冒出一只手来，殿下着慌，大惊失色。只见右边又是一只，一会儿忽长出三头六臂，把殷郊只唬得目瞪口呆，半晌无语。

只见白云童儿来前叫曰："师兄，师父有请。"殷郊这一会略觉神思清爽，面如蓝靛，发似朱砂，上下獠牙，多生一目，晃晃荡荡来至洞前。广成子拍掌笑曰："奇哉！奇哉！仁君有德，天生异人。"命殷郊进至桃园洞内，广成子传与方天画戟，言曰："你先下山前至西岐，我随后就来。"道人取出番天印、落魂钟、雌雄剑付与殷郊，殷郊即时拜辞下山。广成子曰："徒弟，你且住，我有一事对你说。吾将此宝尽付与你，须是顺天应人，东进五关，辅周武兴吊民伐罪之师，不可改了念头，心下狐疑，有犯天谴，那时悔之晚矣。"殷郊曰："老师之言差矣！周武明德圣君，吾父荒淫昏虐，岂得错认，有辜师训？弟子如改前言，当受犁锄之厄。"道人大喜。……殷郊离了九仙山，借土遁往西岐前来。①

雷震子是吃了两颗杏，结果长出了一双翅膀。殷郊吃了六七枚豆，结果多了四条胳膊、两个脑袋，再加上一只眼。于是，以这双重的异象下了山。与雷震子那段相似，作者为了强化异象的效果，也给他配上了相衬托的人物：

殷郊才看山巅险峻之处，只听得林内一声锣响，见一人面如蓝靛，发似朱砂，骑红砂马，金甲红袍，三只眼，拎两根狼牙棒，那马如飞奔上山来，见殷郊三头六臂，也是三只眼，大呼曰："三首者乃是何人，敢来我山前探望？"殷郊答曰："吾非别人，乃纣王太子殷郊是也。"那人忙下马拜伏在地，口称："千岁为何往此白龙山上过？"殷郊曰：

---

① 《封神演义》63回，433—434页。

"吾奉师命，往西岐去见姜子牙。"话未曾了，又一人带扇云盔，淡黄袍，点钢枪，白龙马，面如傅粉，三绺长髯，也奔上山来，大呼曰："此是何人？"蓝脸的道："快来见殷千岁。"那人也是三只眼，滚鞍下马，拜伏在地。①

张山进营，见殷郊三首六臂，像貌凶恶；左右立温良、马善，都是三只眼。②

子牙见对营门一人三首六臂，青面獠牙；左右二将乃温良、马善，各持兵器。哪吒暗笑："三人九只眼，多了个半人！"③

殷郊三只眼，于是作者就让他路遇温良、马善，也都是三只眼。显然，作者是借此突出殷郊的异象，同时形成具有戏剧效果的画面感。所以，才有了两军阵前，"哪吒暗笑：'三人九只眼，多了个半人！'"这样的谐谑笔调。

不过，可能是多头多臂多眼在《封神演义》中近乎司空见惯，殷郊的异象，以及"三人九只眼"，似乎都没有如何强化殷郊的个性。殷郊给读者留下深刻印象的是其特殊的悲剧命运。

前面多次提及，《封神演义》是在《武王伐纣平话》与《列

---

① 《封神演义》63回，434页。
② 《封神演义》63回，436页。
③ 《封神演义》63回，437页。

国志传》基础上再创作而成的。书中主要人物形象，如姜子牙、苏妲己、周文王、商纣王等，虽有椎轮大辂的差别，但其基调却都是一致的。只有一个人物，《封神演义》与前面的两部作品，特别是与《武王伐纣平话》，性格与命运出现了一百八十度的反转变化。

这个人就是殷郊。

在三部书中，殷郊的基本身份相同——纣王之子；遭遇亦相同——母亲被杀，本人流亡。但后面的角色却大相径庭了。

在《武王伐纣平话》中，殷郊（交）是性情刚猛、恩怨分明的烈汉。他出逃后，复仇就是全部人生，"躲兵独行……前到潼关，便入华山中聚兵，一心待破无道之君"。投靠武王后，成为周军头号战将："殷交收了渑池地，前到洛阳。时有先锋将彭举先出阵，与殷交决战。二将挑斗，马项相交，约战十数合，被殷交一斧劈了彭举。有彭矫见劈了彭举死了，心中大怒，纵马与殷交斗敌，不到三合，被殷交又劈了彭矫。又有彭执，见杀二兄，大怒，又与殷交战，被殷交又劈了彭执。这殷交一阵坏了三将。"随后，商营的大将崇侯虎、费仲都做了他斧下之鬼。

殷郊的斗争精神突出表现在斩杀纣王与妲己。

> 太公传令，教建法场。大白旗下斩纣王，小白旗下斩妲己。帝问曰："教甚人为刽子？"问一声未罢，转过殷交来："奏陛下，小臣愿为刽子。……神祇所祝，臣合为刽子。"……一声响亮，于大白旗下，殷交一斧斩了纣王，

> 万言咸乐。……有殷交来奏武王："臣启陛下，小臣乞斩妲己。"……殷交用手举斧，去妲己项上中一斧。……太公令殷交拿住，用七尺生绢为袋裹之，用木碓捣之，以此，妖容灭形，怪魄不见。[①]

纣王既是殷郊故国的君主，又是他的亲父亲，但同时却又是杀死母亲的仇人、追杀自己的暴君。在这种情况下，殷郊其实处于十分矛盾的境地。《平话》这样写，固然是大快人心的处理，但也说明毕竟是书场作品，而且是在文网宽弛的元朝。

到了明朝的《列国志传》中，殷郊的锋芒便收敛了不少。比起《平话》中的殷郊，虽依然勇猛，却已经不是"弄百斤大斧如同无物"、所向无敌的主力战将。而最大的变化，是删去了"大白旗下斩纣王"的情节。不仅不让殷郊来斩，而且伐纣大军都不能斩——纣王是自己结束了生命。

子绝对不能弑父，臣绝对不能弑君——时代的变化就这样渗透到了社会文化的犄角旮旯中。

这个趋势，到了《封神演义》中，就愈发强烈。不过，作者的处理不再简单生硬，而是采用了文学的方式。

开篇第一回，作者就为殷郊增设了一个弟弟——二殿下殷洪，后文草蛇灰线，让这个人物断断续续与殷郊并行出现。而在殷郊投周之前，殷洪先来"预演"了一番，不料被申公豹策反，

[①] 《武王伐纣平话》卷下，45—46页。

助纣伐周，结果应了毒誓，化为飞灰。

这一笔与下文的殷郊故事颇多重复，看似赘笔，不过对于殷郊故事却别有作用。

广成子送殷郊下山，把全部宝贝交付，嘱咐他千万不可变心，殷郊回答得斩钉截铁："周武明德圣君，吾父荒淫昏虐，岂敢错认，有辜师训？"途中，他收服温良、马善，也用这一番道理作道义支撑。当申公豹用"世间那有子助外人而伐父之理！此乃乱伦忤逆之说。你父不久龙归沧海，你原是东宫，自当接成汤之胤，位九五之尊，承帝王之统，岂有反助他人灭自己社稷，毁自己宗庙？此亘古所未闻者也"的一般伦常大道理来游说他时，殷郊全然不为所动。但当申公豹以殷洪的遭遇来刺激他，他便中了圈套，立刻改变初衷："若是姜子牙将吾弟果然如此，我与姜尚誓不两立，必定为弟报仇！"（第六十三回）

接下来，殷郊就成了周军的劲敌，以致他的老师广成子也败在手下："师徒二人战未及四五合，殷郊祭番天印打来。广成子着慌，借纵地金光法逃回西岐至相府。"（第六十四回）

当然，后面他也应了毒誓，惨死在犁锄之下。

从《武王伐纣平话》的大义灭亲的殷郊，到《封神演义》甘为商王朝殉葬的殷郊，这个形象一百八十度大反转，其中的缘由颇值得研究一番。

魔幻世界的魔幻器物

五花八门的法宝

神魔小说离不开"法宝",描写精彩的法宝能够成为相关人物的标识,激发读者的想象,提升作品的吸引力。在《西游记》中,孙猴子伸缩自如的金箍棒,还有与生俱来的十万八千根随心变化的毫毛,都是这方面的极致。

《封神演义》也写了大量的法宝。虽然精彩方面略逊于《西游记》,但也有一些特色鲜明、趣味盎然的妙物,值得我们品鉴一番。

使用频率最高的法宝——乾坤圈

在《封神演义》中,使用频率最高的法宝是哪吒的乾坤圈。

乾坤圈是哪吒"娘胎里带来的"——仅此一端,它就区别于其他五花八门的宝贝。哪吒出生的情境与众不同:

> 房里一团红气，满屋异香，有一肉球滴溜溜圆转如轮。李靖大惊，望肉球上一剑砍去，划然有声。分开肉球，跳出一个小孩儿来，满地红光，面如傅粉，右手套一金镯，肚腹上围着一块红绫，金光射目。……金镯是"乾坤圈"，红绫名曰"混天绫"。①

"娘胎里带来"某种宝贝，此后更有名的是《红楼梦》贾宝玉衔"通灵宝玉"降生的情节。曹雪芹是否从哪吒身上受到启发，当然不得而知，但似乎也不应排除这种可能性。

在哪吒佐周伐纣的几十场战斗中，使用最多的法宝就是这个乾坤圈。作者有意给这个宝贝一点"个性"，所以多次强调它的材质："魔礼青二起金刚镯来打哪吒，哪吒也把乾坤圈丢起，乾坤圈是金的，金刚镯是玉的，金打玉，打的粉碎。"（第四十一回）"温良祭起白玉环来打哪吒，不知哪吒也有乾坤圈，也祭起来；不知金打玉，打得纷纷粉碎。"（第六十四回）此圈胜彼圈，是作者钟爱这件法宝的常用桥段，又如："轮马交还，只一合，龙安吉就祭四肢酥丢在空中，大叫：'哪吒！看吾宝贝！'哪吒抬头看时，只见阴阳扣就如太极环一般，有叮当之声。……哪吒又现出三头八臂，祭起乾坤圈，大呼曰：'你的圈不如我的，也还你一圈！'龙安吉躲不及，正中顶门，打下马来。哪吒复

---

① 《封神演义》12回，79页。

加上一枪，结果了性命。"（第八十回）

可能作者觉得哪吒这两样宝贝还不够威风，又为他设计了一个情节：

> 哪吒领师命方欲下山，真人曰："你且站住。当日玉虚宫掌教天尊也曾赠子牙三杯酒，你今下山，我也赠你三杯如何？"哪吒感谢。真人命金霞童儿斟酒过来，赠哪吒头一杯酒，哪吒谢过，一饮而尽。真人袖内取了一枚枣儿，递与哪吒过酒。哪吒连饮三杯，吃了三枚火枣。真人送哪吒出洞府，看哪吒上了风火轮，真人方进洞去。哪吒提火尖枪，方欲驾土遁前行，只见左边一声响，长出一只臂膊来。哪吒大惊曰："怎的了？"还不曾说得完，右边也长出一只臂膊来，哪吒唬得目瞪口呆。只听得左右齐响，长出六只手来，共是八条臂膊；又长出三个头来。哪吒着慌，无可奈何，自思："且回去，问我师父来。"只得登回风火轮……回来见太乙真人，曰："弟子长出这些手，丫丫叉叉，怎好用兵？"真人曰："子牙行营有许多异士，然而有双翼者，有变化者，有地行者，有奇珍者，有异宝者，今着你现三头八臂，不负我金光洞里所传。此去进五关，也见周朝人物稀奇，个个俊杰。这法隐隐现现，但凭你自己心意。"哪吒感谢师尊恩德。太乙真人传哪吒隐现之法。哪吒大喜，一手执乾坤圈，一手执混天绫，一手执金砖，两只手擎两根火尖枪，还空三手。真人又将九龙神火罩，又取阴阳剑，

共成八件兵器。哪吒拜辞了师父下山,径往汜水关来。[①]

这一情节与殷郊长出三头六臂那段似有重复,不过,重复中又有明显不同。首先,太乙真人赐酒,以火枣下酒,与前面的摆莲花化为哪吒身躯遥相呼应,把二人之间"恩同再造"的关系又强调了一下。其次,太乙真人竟然有与其他仙人比较争胜的心理,也挺有趣味。太乙真人还特别提出赋予了这多余的胳膊、脑袋"隐现"自如的功能,这就有别于前面所写的雷震子、殷郊形象,同时也保护了哪吒"莲花童子"可爱的基本形象。不过最好玩的是,这八条胳膊不能有空闲,所以增加法宝数量,给每条手臂都分别安排了"职能",以至于连火尖枪也因此变成了两支。

影响广被佛门的"风调雨顺"

周营中,法宝之多,使用之频,无过于哪吒。

商营中,各种法宝——邪门的、正道的,品类、数量又远过于周营。

其中,着力来写,有鲜明特色的,首推魔家四将。他们奉命伐西岐,还未交战,就由从敌方投奔来的黄飞虎全面介绍一番四人的法宝:

[①] 《封神演义》76回,534—535页。

武成王黄飞虎上前启曰："丞相在上：佳梦关魔家四将乃弟兄四人，皆系异人秘授奇术变幻，大是难敌。长曰魔礼青，长二丈四尺，面如活蟹，须如铜线，用一根长枪，步战无骑。有秘授宝剑，名曰'青云剑'。上有符印，中分四字：'地、水、火、风。'这风乃黑风，风内有万千戈矛，若人逢着此风，四肢成为齑粉；若论火，空中金蛇搅绕，遍地一块黑烟，烟掩人目，烈焰烧人，并无遮挡。还有魔礼红，秘授一把伞，名曰'混元伞'。伞上有祖母禄、祖母印、祖母碧，有夜明珠、碧尘珠、碧火珠、碧水珠、消凉珠、九曲珠、定颜珠、定风珠，还有珍珠穿成四字：'装载乾坤。'这把伞不敢撑，撑开时天昏地暗，日月无光，转一转乾坤晃动。还有魔礼海，用一根枪，背上一面琵琶，上有四条弦，也按'地、水、火、风'。拨动弦声，风火齐至，如青云剑一般。还有魔礼寿，用两根鞭。囊里有一物形如白鼠，名曰'花狐貂'，放起空中现身似白象，胁生飞翅，食尽世人。若此四将来伐西岐，吾兵恐不能取胜也。"[1]

而真到了战场之上，这些法宝果然名不虚传："哪吒战住了魔礼海，把枪架开，随手取出乾坤圈使在空中，要打魔礼海。魔礼红看见，忙忙跳出阵外，把混元珍珠伞撑开一晃，先收了哪吒的乾坤圈去了。金吒见收兄弟之宝，忙使遁龙桩，又被收将去

---

[1] 《封神演义》40回，263页。

了。……魔礼青……把青云剑一晃,往来三次,黑风卷起万刃戈矛……魔礼红见兄用青云剑,也把珍珠伞撑开,连转三四转,咫尺间黑暗了宇宙,崩塌了乾坤。……魔礼海拨动了地水火风琵琶;魔礼寿把花狐貂放出在空中,现形如一只白象,任意食人,张牙舞爪。风火无情……"(第四十回)

正因为这四样法宝不仅威力巨大,更兼形态与众不同:伞、琵琶、貂鼠,所以给读者留下的印象也就不同凡响。到了封神的环节,作者又把他这得意之笔浓墨重彩地描了一遍,由姜子牙"代太上元始"宣布:

> "……特敕封尔为四大天王之职。辅弼西方教典,立地水火风之相;护国安民,掌风调雨顺之权。永修厥职,毋忝新纶。"增长天王魔礼青掌青光宝剑一口,职风;广目天王魔礼红,掌碧玉琵琶一面,职调;多文天王魔礼海,掌管混元珍珠伞,职雨;持国天王魔礼寿,掌紫金龙花狐貂,职顺。①

于是,就有了后世佛寺中那四大天王"风调雨顺"的造型。

这也是很有话题的一个情节。且不说太上元始怎么能封"西方教典"——即佛教的职位,也不说什么叫"职调""职顺",只说说这四位尊神手执的法宝、负责的工作、身处的地方,与

---

① 《封神演义》99回,716页。

佛教文献所记异同如何。

四大天王是佛教中常被提及的一组神祇。在早期的佛经《长阿含经》《杂阿含经》等都有相关内容。据《佛学大辞典》："四天王为帝释之外将。须弥山之半腹有一山，名由犍陀罗，山有四头，四天王各居之，各护一天下，因之称为护世四天王。……东方持国天王，谓能护持国土，故居须弥山黄金埵。南方增长天王，谓能令他善根增长，故居须弥山琉璃埵。西方广目天王，谓以净天眼常观拥护此阎浮提，故居须弥山白银埵。北方多闻天王，谓福德之名闻四方，故居须弥山水晶埵。"

这是综合众说后的"普及"的说法。更"专业"一点的如《法苑珠林》：

> 四天王者，依《长阿含经》云："东方天王名提多罗咤，此云'治国主'，领乾闼婆及毗舍阇神将，护弗婆提人，不令侵害。南方天王名毗琉璃，此云'增长主'，领鸠盘荼及薜荔神将，护阎浮提人。西方天王名毗留博叉，此云'杂语主'，领一切诸龙及富单那将，护瞿耶尼人。北方天王名毗沙门，此云'多闻主'，领夜叉及罗刹，将护郁单越人。"[1]

这就把四大天王的原名、译名，以及各自的部众、职能，都交代得更加详细了。但这并不是唯一的版本，据《藏传佛教词典》：

---

[1] 《法苑珠林》，《大正新修大藏经》第53册，No.2122。

"第一层为持盆药叉，第二层为持鬘药叉，第三层为常醉药叉，第四层为药叉大将，亦即持国天王、增长天王、广目天王和多闻天王等所谓四大天王。"也就是说，在藏传佛教中，四天王其实是四种"药叉"——汉地即称之为"夜叉"。这简直不可思议了。

四天王的形象，在不同佛典中所记也各有不同，如《众许摩诃帝经》："持国天王乐神围绕，增长天王鸠盘茶鬼围绕，广目天王龙众围绕，多闻天王夜叉围绕。"

综合各种说法，可以肯定的是：一、在印度佛教的话语体系中，四天王是帝释天的手下，分管四个方面。并不是佛陀的一组护法神将。二、当初，他们的"装备"并没有伞、琵琶一类的稀罕物。三、他们的职司更没有汉民族农耕文明最企盼的"风调雨顺"。

原来，晚近佛寺中的"风调雨顺"四大天王的职司与装备，都出自《封神演义》。如同佛寺山门那二金刚口喷白气、鼻出黄烟，乃拜《封神演义》之赐一样。

赵财神的资本

我国民间的信仰谱系中，最莫名其妙的就是所谓"财神"。若把各地供奉的财神统计一下，肯定是个两位数。不过其中影响最大的只有四位，就是关羽、比干、范蠡和赵公明。范蠡生财有道，当选财神众望所归。关羽、比干都以不爱财著称，怎么成了财神？这里的逻辑还是挺烧脑的。至于赵公明成为财神，那绝对是《封神演义》的影响力所致。在姜太公封神时，关于赵公明是这样一段：

> 特敕封尔为金龙如意正一龙虎玄坛真君之神；率领部下四位正神，迎祥纳福，追逃捕亡。尔其钦哉！招宝天尊，萧讳升；纳珍天尊，曹讳宝；招财使者，陈讳九公；利市仙官，姚讳少司。①

这里没有明确赵公明的职位是"财神"——整个榜单中也没有"财神"这样赤裸裸俗气的名目，但是他的四个下属分别是"招宝""纳珍""招财""利市"。作为上级主管，赵公明的职权的确可以说是超级财神了。

细琢磨，这份名单挺有趣的。陈九公、姚少司是赵公明的两个徒弟，在他的财政部里做司长，名正而言顺。可是萧升、曹宝都是赵公明的死对头，将来在工作配合方面难保不出问题。

不过，姜太公只管任命，以后的工作督查、追责一概与他无关了。

这份任命书最有趣的地方，是怎么把主管发财，最受民众关注的"肥缺"给了赵公明？

这大约与作品所写各路神仙中，赵公明有一个特点，就是和他有关的法宝数量之多、"质量"之高，是罕有其匹的。

---

① 《封神演义》99回，716页。

他一出场，就用缚龙索捉住了黄龙真人，然后取出至宝"定海珠"：

> 公明取出一物，名曰定海珠，珠有二十四颗。此珠后来兴于释门，化为二十四诸天。公明将此宝祭于空中，有五色毫光，纵然神仙观之不明，瞧之不见。一刷下来，将赤精子打了一交。赵公明……又祭此珠，将广成子打倒尘埃。道行天尊急来抵住公明，公明连发此宝，打伤五位上仙，玉鼎真人、灵宝大法师五位败回芦篷。[1]

这一套宝贝就是二十四件，还发出"五色毫光"，真正的珠光宝气。而且威力巨大，连打"五位上仙"。等到阐教的"领班"燃灯道人出场，定海珠的威力进一步显现：

> 未及数合，公明将定海珠祭起。燃灯借慧眼看时，一派五色毫光，瞧不见是何宝物。看看落将下来，燃灯拨鹿便走。[2]

燃灯号称"仙人班首，佛祖流源"，在定海珠面前毫无招架之功，足见此宝的威力。后来，另一个散仙萧升拼掉性命缴获了定海

---

[1]《封神演义》47回，318页。
[2]《封神演义》47回，319页。

珠，燃灯竟然厚着脸皮讨要了去。而赵公明为了讨回此宝，便去姐妹处借来了威力更大的法宝"金蛟剪"：

> 话说公明祭起金蛟剪，此剪乃是两条蛟龙，采天地灵气，受日月精华，起在空中挺折上下，祥云护体，头交头如剪，尾交尾如股，不怕你得道神仙，一闸两段。那时起在空中往下闸来，燃灯忙抟了梅花鹿借水遁去了，把梅花鹿一闸两段。公明怒气不息，暂回老营。不题。
>
> 且说燃灯逃回芦篷，众仙接着，问金蛟剪的原故。燃灯摇头曰："好利害！起在空中如二龙绞结，落下来利刃一般。我见势不好，预先借水遁走了。可惜把我的梅花鹿一闸两段！"①

堂堂的领袖人物，连自己坐骑都牺牲掉了，这样的狼狈情状，全书仅此一端。后来，阐教一方无法对付这样厉害的法宝，只好使出一些下作的阴招，害死了赵公明。不料这便勾出了赵家三姐妹。这三姐妹的法宝——混元金斗，更是威力无穷：

> 云霄把混元金斗望上祭起，一道金光如电射目，将赤精子拿住，望"黄河阵"内一摔，跌在里面，如醉如痴……云霄执剑相迎。碧霄又祭金斗，只见金斗显耀，目观不明，

---

① 《封神演义》48回，323—324页。

也将广成子拿入"黄河阵"内。如赤精子一样相同……云霄将混元金斗拿文殊广法天尊,拿普贤真人,拿慈航道人、道德真君,拿清微教主太乙真人,拿灵宝大法师,拿惧留孙,拿黄龙真人:把十二弟子俱拿入阵中;止剩的燃灯与子牙。①

在整部书中,阐教一方遭受的最大挫败就是这次——十二弟子失陷于混元金斗,被削去顶上三花。可见混元金斗的巨大威力。

到了全书终局的封神环节,赵氏三姐妹的职位仍与这一超级宝贝密不可分:

特敕封尔执掌混元金斗,专擅先后之天,凡一应仙、凡、人、圣、诸侯、天子、贵、贱、贤、愚,落地先从金斗转劫,不得越此,为感应随世仙姑正神之位。②

那么,这样大的权力,到底是个什么官职呢?

说出来,要跌破眼镜。小说在这道奉敕之后,特意加了几句说明——故事中加说明,可以说是全书中唯一的特例,道是:"以上三姑,正是坑三姑娘之神。混元金斗即人间之净桶。凡人之生育,俱从此化生也。"

翻译过来,就是:一、三姐妹是厕所之神,俗称"坑三姑

---

① 《封神演义》50回,341—342页。
② 《封神演义》99回,717页。

娘"。二、混元金斗就是马桶。三、当时的马桶兼有接生用具的功能,所以任何人都离不了。

在当今读者看来,小说所写法宝之搞笑,无过于此了。财神与马桶有间接的关联,也不免令人哑然失笑。

神仙世界中的动物世界

《封神演义》的奇幻想象,还表现于神仙们乘骑的各种稀奇古怪的动物上。

如果做一个粗略统计,战马之外,战场上出现的坐骑至少还有二十四种,如狴犴、狻猊、花斑豹、狰狞、虎、黑虎、四不相、金眼驼、五云驼、神鲸、鲸龙、玉麒麟、墨麒麟、五色神牛、奎牛、板角青牛、天马、地狮、鹤、梅花鹿、鸿鹄鸟、花翎鸟、青鸾、金睛兽。

这些异兽不仅仅具有耸人耳目的作用,有的还直接丰富了情节。如《四圣西岐会子牙》这一回,故事的展开在很大程度上与坐骑有关:

> 只听得后面鼓响,旗幡开处,走出四样异兽:王魔骑狴犴,杨森骑狻猊,高友乾骑的是花斑豹,李兴霸骑的是狰狞。四兽冲出阵来,子牙两边战将都跌翻下马,连子牙撞下鞍鞒。这些战马经不起那异兽恶气冲来,战马都骨软筋酥。内中只是哪吒风火轮,不能动摇;黄飞虎骑五色神牛,

不曾挫锐；以下都跌下马来。四道人见子牙跌得冠斜袍绽，大笑不止，大呼曰："不要慌！慢慢起来！"子牙忙整衣冠，再一看时，见四位道人好凶恶之相：脸分青、白、红、黑，各骑古怪异兽。①

王魔四人的嚣张、猖狂，姜子牙初临战阵的稚弱、无能，都借四般恶兽的冲击表现得活灵活现。姜子牙无奈，只好上昆仑山求助元始天尊。元始天尊便把自己的坐骑——四不相赐给姜子牙。由于这只怪兽后面会频频"出镜"，所以作者特意为它赋诗一首：

麟头豸尾体如龙，足踏祥光至九重。四海九州随意遍，三山五岳霎时逢。②

"麟头豸尾体如龙"——这到底是个什么样子的动物，估计作者也只能形诸文字，很难把它画出来。这个四不相真正称得上珍稀动物，所以不仅作者要为它专题写诗，元始天尊也嘱咐再三："姜尚，也是你四十年修行之功，与贫道代理封神。今把此兽与你骑往西岐，好会三山、五岳、四渎之中奇异之物。"

有了四不相，姜子牙胆气大壮，再战王魔。不料主角还是

---

① 《封神演义》38回，249页。
② 《封神演义》38回，250页。

两个动物：

> （姜子牙）骑四不相出城。王魔一见大怒："好姜尚！你前日跌下马去，却原来往昆仑山借四不相，要与俺们见个雌雄！"把狴犴一磕，执剑来取子牙。……（子牙）把四不相的角一拍，起在空中。王魔笑曰："总是道门之术！你欺我不会腾云。"把狴犴一拍，也起在空中，随后赶来。①

看来，对于神仙的坐骑，能不能飞行，是非常重要的能力。这方面，赵公明所骑黑虎的能力获得与众不同：

> 赵公明正看山中景致，猛然山脚下一阵狂风大作，卷起灰尘。公明看时，只见一只猛虎来了，笑曰："此去也无坐骑，跨虎登山，正是好事。"只见那虎剪尾摇头而来。……赵公明见一黑虎前来，喜不自胜："正用得着你！"掉步向前，将二指伏虎在地，用丝绦套住虎项，跨在虎背上，把虎头一拍，用符印一道画在虎项上。那虎四足就起风云，霎时间来到成汤营辕门下虎，众军大叫："虎来了！"陈九公曰："不妨！乃是家虎。快报与闻太师，赵老爷已至辕门。"②

---

① 《封神演义》38回，252页。
② 《封神演义》46回，315页。

只需"二指"一按,凶兽就变成了"家虎";只需画一道"符印",家虎就成了可以飞行的神兽,魔幻世界中的一切就是如此魔幻。

魔幻的坐骑,不仅行动便利,能够吓人,有的还极具战斗力。如渑池总兵张奎,他在战场的杀伤力竟然大半来自这个坐骑:

> 张奎的坐骑甚奇,名为"独角乌烟兽",其快如神。张奎让二将去有三四射之地,他把马上角一拍,那马如一阵乌烟,似飞云掣电而来。姬叔明听得有人追赶,以为得计时,不意张奎已至后面,措手不及,被张奎一刀挥于马下。姬叔升见其兄落马,及至回马,又被张奎顺手一刀,也是两段。①

> 五将把张奎围在垓心,战有三四十回合未分胜负。崇黑虎暗思:"既来立功,又何必与他恋战?"把坐下金睛兽一兜,跳出圈子,诈败就走,好放神鹰。四将知机,也便拨马跟黑虎败走。他不知张奎坐骑其快如风,也是"五岳"命该如此。只见张奎等五将去有三二箭之地,把马顶上角一拍,一阵乌烟,即时在文聘背后,手起一刀把文聘挥于马下。崇黑虎急用手去揭葫芦盖,已是不及,早被张奎一

---

① 《封神演义》86回,615页。

> 刀砍为两段。……早被张奎连斩三将下马。可怜五将一阵而亡！①

周营对此几乎束手无策。全靠杨戬施展腾挪诡计，先除去这头怪兽，才使得张奎威力减半。

这一奇思妙想，后来被《说唐》的作者抄去，改成了"呼雷豹"，是靠吼叫声战胜强敌。可惜现实的动物世界中没有这一品种，否则在赛马场上，就没有别人得奖的份儿了。一笑。

---

① 《封神演义》86回，616页。

三部奇书 ——《封神》与《西游》《西洋》打擂台

中国文学史上有一个奇特的现象，就是相当一部分白话小说作者成疑，包括一批百万字的巨著，如《水浒传》《金瓶梅》《西游记》《醒世姻缘传》，甚至还有《红楼梦》。也包括我们在这里讨论的《封神演义》。

其原因主要是这些书的内容与当时统治者的意识形态有所背离，作者迫于社会压力，对自己的著作权讳莫如深。

这便为后世的研究者带来不小的麻烦。不过，作品的内容往往还是可以透露一些蛛丝马迹的。观察、发掘、研究这些线索，也是饶有兴味的事情。

明代中后期，具体来说就是嘉靖末，经隆庆，到万历前期，不到五十年的时间里，文坛上集中出现了三部百万字的白话神魔巨著：《西游记》《封神演义》与《西洋记》。三部作品都是从真实历史事件生发，小说的主角都是道教与佛教的人物，故事的演进都以三教合一为表，而以佛道争胜为里。所以联系起来进行比较性研究，不失为别有价值的路径。

其中《西游记》《封神演义》的作者向无定论，至今颇多争议；《西洋记》虽有主名，但其人也不甚可考。有趣的是，若细读起来，会发现三部作品之间互有纠缠：有彼此相似，仿佛有所借鉴之处；也有彼此抵牾，仿佛有所针对的迹象。

《西游记》作者的头号"候选人"是吴承恩。清人吴玉搢在《山阳志遗》中介绍吴承恩："嘉靖中，吴贡生承恩，字汝忠，号射阳山人，吾淮才士也……及阅《淮贤文目》，载《西游记》为先生著。"经考证，吴承恩生活于嘉靖至万历初。

《封神演义》作者的头号"候选人"是陆西星。关于他的情况，以及入选的理由，前文已有详细讨论。经考证，他生活于嘉靖前期至万历前期，比吴承恩晚二十年左右。

《西洋记》作者罗懋登生卒年、籍贯皆不详，根据各方面情况推测，他的年龄大概率是略小于陆西星的。

关于三部书之间的关系，海内外的学者做了一些专门研究。其中，《西洋记》大量借鉴《西游记》，基本已成共识。《封神演义》与《西游记》则有相当多的情节、人物交叉重叠而互有异同，至于谁是"抄袭者"，学者各有主见、莫衷一是。后面我们将一一具体分说。

剩下的问题是《封神演义》与《西洋记》的关系。有学者认定后者晚于前者，理由也是"抄袭"。由于涉及《封神演义》在文学史上的影响与地位，我们在此略加分辨。

《封神演义》与《西洋记》互未谋面

认为《封神演义》影响了《西洋记》，最早持此观点的是鲁迅。《中国小说史略》称："《西洋记》)所述战事，杂窃《西游记》《封神传》，而文词不工，更增枝蔓。"说《西洋记》"所述战事，杂窃《西游记》"，则显而易见；说杂窃《封神传》，则不知何所据而云然。似乎只是出于印象而已。

后来的学者为了坐实此说，从《西洋记》中爬梳出若干文字，与《封神演义》文字颇有雷同，以为可以铸成铁案。其实并不尽然，下面逐一加以辨证。

一、《西洋记》第十二回《张天师单展家门》中有这样一段：

> 你还不晓得宋仁宗皇帝御制一篇赋，单道三教之内，惟道为尊："三教之内，惟道至尊。上不朝于天子，下不谒于公卿。避凡笼而隐籍，脱俗网以似真……"[①]

而《封神演义》第五回《云中子进剑除妖》，云中子也对纣王讲了一段："但观三教，惟道至尊。上不朝于天子，下不谒于公卿……"或认为可证《西洋记》由此抄袭。

其实，这篇署名宋仁宗的《尊道赋》收录于全真道的《鸣鹤

---

① 《西洋记》12回，149页，上海古籍出版社，1985。（下文引《西洋记》正文，均出自此版本，只标明回数、页码。）

余音》，在当时广为流传。《西游记》第七十八回《金殿识魔谈道德》也有所节录。所以这个"抄袭"的理由是站不住脚的。

二、《西洋记》第十二回、十三回有这样三首诗：

> 交光日月炼金英，一颗灵珠透室明。摆动乾坤知道合，逃移生死见功神。逍遥四海留踪迹，归去三清立姓名。直上五云云路稳，紫鸾朱凤自来迎。①

> 水府寻铅合火铅，黑红红黑又玄玄。气中生气肌肤换，精里含精性命团。药返便为真道士，丹还本是圣胎仙。歹僧入定虚华事，徒费工夫万万年。②

> 你是僧家我道家，道家丹鼎煮烟霞。眉藏火电非闲说，手种金莲不自夸。三尺太阿为活计，半肩符水是生涯。几回远出游三岛，独自归来只月华。③

而《封神演义》第十三回、四十七回亦有类似诗作，仿佛与故事情节更为接近。由此认为《西洋记》同样有抄袭嫌疑。

殊不知，这三首诗原作者乃是唐朝人吕洞宾，都收录于《吕祖志》——也是当时并不罕见的道教典籍。两部小说都抄录于

---

① 《西洋记》12回，145页。
② 《西洋记》12回，147页。
③ 《西洋记》13回，159页。

此，二者是"平行"的关系。

三、《西洋记》第二十三回有这样一首诗：

> 响咚咚陈皮鼓打，血淋淋旗磨朱砂。槟榔马上要活拿，就把人参半夏。暗里防风鬼箭，乌头桔梗飞抓。直杀得他父子染黄沙，只为地黄天子驾。①

而《封神演义》第六十回亦有类似诗作：

> 扑冬冬陈皮鼓响，血沥沥旗磨朱砂。槟榔马上叫活拿，便把人参捉下。暗里防风鬼箭，乌头便撞飞抓。好杀！只杀得附子染黄沙，都为那地黄天子驾。②

同样，这也被指为《西洋记》抄自《封神演义》的显例。但这个理由同样站不住脚。明清的不少文人喜欢用中药名作谐音的诗文，乃是一种相当流行的文字游戏。如《西游记》中也有："自从益智登山盟，王不留行送出城。路上相逢三棱子，途中催趱马兜铃。寻坡转涧求荆芥，迈岭登山拜茯苓。防己一身如竹沥，茴香何日拜朝廷？"（第三十六回）与上面的"陈皮鼓"之作皆属同类。即以上面的诗作为例，"地黄"系"帝皇"谐音，"槟榔"

---

① 《西洋记》23回，301页。
② 《封神演义》60回，412页。

系"兵郎"谐音,"附子"系"父子"谐音,等等。二书当同出自当时流行的某一版本,实为"平行"的关系而已。

以上,相近的文字都不能证明《西洋记》抄自《封神演义》,反过来也同样不能证明《封神演义》是抄袭者。

有两个细节,可以证明两部作品互不相干。《西洋记》把书中的金碧峰长老设定为燃灯古佛显化,所以身边常跟随有佛门护法"韦驮天尊,手执降魔蓝杵"。这个场面在全书出现了十余次,所写佛门护法都书写为"韦驮"。在佛教典籍中,手执降魔杵的护法,或写作"韦驮",或写作"韦陀"。而《封神演义》中这个执降魔杵的人物却写作"韦护"——显然是"韦驮护法"的"缩写"。同一形象,不同名字,可作二者不相干之一证。

另一个是哪吒的形象。哪吒在《西洋记》中出现两次,其形象都是"身高三丈六尺,三个头六个臂,面如蓝靛,发似朱砂,一只手里一般兵器"。这个形象来自《西游记》:"哪吒奋怒,大喝一声,叫:'变!'即变做三头六臂,恶狠狠,手持着六般兵器,乃是斩妖剑、砍妖刀、缚妖索、降妖杵、绣球儿、火轮儿,丫丫叉叉,扑面来打。"而在《封神演义》中,哪吒却是三头八臂,这是作品着意描写的一笔:(哪吒)回来见太乙真人曰:"弟子长出这些手,丫丫叉叉,怎好用兵?"真人曰:"……今着你现三头八臂,不负我金光洞里所传。此去进五关,也见周朝人物稀奇,个个俊杰。这法隐隐现现,但凭你自己心意。"哪吒感谢师尊恩德,太乙真人传哪吒隐现之法。哪吒大喜,一手执乾坤圈,一手执混天绫,一手执金砖,两只手擎两根火尖枪,还空三手。真人又将九龙神火罩，又取阴阳剑，共成八件兵器。如果从佛教典籍来看，这个"八臂哪吒"其实更加"正宗"一些——此事后文将细说。《西洋记》未曾采用这个"正宗"的八臂形象，大概率是未曾见到《封神演义》。

总之，从两部书的文本中，找不到相互直接关联的证据。而两部书问世时间接近，创作过程很可能是互不相干的。

两个哪吒谁在先

在《封神演义》与《西游记》中，哪吒都是一个重要的人物形象。《封神演义》对哪吒的描写，在仙界形象中着墨最多，前面已经有专题的讨论。《西游记》对哪吒着墨也不少，而且有些内容与《封神演义》颇为近似。由此入手，推敲这两个哪吒谁先谁后，可以作为判断两部小说关系的事半功倍的途径。

《封神演义》用三回文字写哪吒的出身传，其曲折精彩程度几乎可以媲美于《西游记》的孙悟空大闹天宫。《西游记》也有这方面内容，但简略了许多：

> 原来天王生此子时，他左手掌上有个"哪"字，右手掌上有个"吒"字，故名哪吒。这太子三朝儿就下海净身闯祸，踏倒水晶宫，捉住蛟龙要抽筋为绦子。天王知道，恐生后患，欲杀之。哪吒奋怒，将刀在手，割肉还母，剔骨还父；还了父精母血，一点灵魂，径到西方极乐世界告佛。佛正

与众菩萨讲经，只闻得幢幡宝盖有人叫道："救命！"佛慧眼一看，知是哪吒之魂，即将碧藕为骨，荷叶为衣，念动起死回生真言，哪吒遂得了性命，运用神力，法降九十六洞妖魔，神通广大。后来要杀天王，报那剔骨之仇。天王无奈，告求我佛如来。如来以和为尚，赐他一座玲珑剔透舍利子如意黄金宝塔，——那塔上层层有佛，艳艳光明。——唤哪吒以佛为父，解释了冤仇。所以称为托塔李天王者，此也。①

与《封神演义》相比，这段内容有两点重要不同：一是哪吒割肉剔骨的原因是天王"欲杀之"，而《封神演义》却是哪吒为救父母，父子结怨乃李靖拆庙毁像所致。二是哪吒复活出于佛力，而宝塔的功能是"以佛为父""以和为尚"；《封神演义》却是太乙真人使其复活，宝塔的功能是镇压弑父的逆子。

哪吒这个人物来自印度佛教，但上述故事情节——割肉剔骨、其父托塔，却与印度佛教丝毫无关。究其始，北宋时中土的僧俗两界便都有了相关的说法。如惠洪所撰《禅林僧宝传》："问：'那吒太子析肉还母，析骨还父，然后化生于莲花之上，为父母说法。未审如何是太子身？'曰：'大家见上座。'"苏辙的《栾城集》有《哪吒》诗："北方天王有狂子，只知拜佛不拜父。佛知其愚难教语，宝塔令父左手举。儿来见佛头辄俯，且与拜

---

① 《西游记》83回，973页。

父略相似。"哪吒太子析肉还母，析骨还父，其实是当时禅宗一桩流行的公案，前文有专章揭示其底蕴，这里不做赘述。本来是个比喻性的哲理意味的假设，俗世不解，逐渐演变成了"实实在在"的故事。

可以看出，《西游记》所讲哪吒出身的故事，与宋代僧俗两界所传，大体类似。而《封神演义》却是踵事增华，多了很多曲折。一般来说，传奇故事由简到繁是大概率事件，两个哪吒的关系也应该这样来认识。

还可以比较的是两个哪吒的形象，包括他们的"装备"。
《西游记》中的哪吒是这个样子：

> 好太子：总角才遮囟，披毛未苫肩。神奇多敏悟，骨秀更清妍。……那哪吒奋怒，大喝一声，叫"变！"即变做三头六臂，恶狠狠，手持着六般兵器，乃是斩妖剑、砍妖刀、缚妖索、降妖杵、绣球儿、火轮儿，丫丫叉叉，扑面来打。①

> 这太子即喝一声"变！"变得三头六臂，飞身跳在牛王背上，使斩妖剑望颈项上一挥，不觉得把个牛头斩下。……取出火轮儿挂在那老牛的角上，便吹真火，焰焰烘烘，把牛王烧得张狂哮吼，摇头摆尾。才要变化脱身，又被托塔天王将照妖镜照住本像，腾那不动，无计逃

---

① 《西游记》4回，44页。

生，只叫"莫伤我命！情愿归顺佛家也！"……哪吒见说，将缚妖索子解下，跨在他那颈项上，一把拿住鼻头，将索穿在鼻孔里，用手牵来。①

小说描写哪吒形象的地方不多——这很正常，毕竟主角是孙悟空，这几段都是相对细致一点的地方。可注意的是三个地方：一、哪吒的本来面目，是纯粹儿童的样子，"总角才遮囟，披毛未苫肩"。用了个"清妍"形容气质，也是只能用到小孩子身上。二、变化的法身是三头六臂。三、使用的法宝是斩妖剑、砍妖刀、缚妖索、降妖杵等。而后世哪吒的那些"标配"装备——风火轮、乾坤圈等还未上身。

再来看《封神演义》中的哪吒形象。这里给读者印象最深的是莲花化身，也是作者特别用力描写的桥段：

> （太乙真人）叫金霞童儿："把五莲池中莲花摘二枝，荷叶摘三个来。"童子忙忙取了荷叶、莲花，放于地下。真人将花勒下瓣儿铺成三才，又将荷叶梗儿折成三百骨节，三个荷叶按上、中、下，按天、地、人，真人将一粒金丹放于居中，法用先天，气运九转，分离龙、坎虎，绰住哪吒魂魄望荷莲里一推，喝声："哪吒不成人形更待何时！"只听得响一声，跳起一个人来，面如傅粉，唇似涂朱，眼运精

---

① 《西游记》61回，721页。

光，身长一丈六尺。此乃哪吒莲花化身……真人曰："枪法好了，赐你脚踏风火二轮，另授灵符秘诀。"真人又付豹皮囊，囊中放乾坤圈、混天绫、金砖一块："你往陈塘关去走一遭。"哪吒叩首拜谢师父，上了风火轮，两脚踏定，手提火尖枪，径往关上来。诗曰：两朵莲花现化身，灵珠二世出凡尘。手提紫焰蛇矛宝，脚踏金霞风火轮。豹皮囊内安天下，红锦绫中福世民。历代圣人为第一，史官遗笔万年新。①

这莲花化身一段描写之细、评价之高，在整部作品中都是罕见的。可以说，此后广为流传的哪吒形象——脚踏风火轮，手提火尖枪，腰间荷叶裙，斜跨豹皮囊，就是由这段文字确定的。

关于哪吒的法身——三头八臂形象的获得，作者同样有细致的笔墨。前文已经引述，这里不赘。但是，《西游记》写的是"三头六臂"，《封神演义》写的是"八臂"。这个差异是怎么产生的呢？

原来，三头六臂既是描写神魔巨大法力的通常用语，也是形容一个人威猛超众的常用语，小说戏曲中很常见。如《水浒传》就出现了五次。而"八臂"则不然。如同前面提到的"哪吒割肉剔骨"是禅宗比喻性的公案话头一样，"八臂哪吒"也是禅宗比喻性的公案话头，如："八臂哪咤下手难。千眼大悲辨不出。"（《五灯全书》）"八臂哪咤无觅处，莫邪光射斗牛

---

① 《封神演义》14回，95页。

寒""瓶鹅唤出辽天去，八臂哪吒也努睛。"(《百痴禅师语录》)
"千眼大悲觑不破，八臂哪吒提不起""八臂哪吒擂铁鼓，报道
杨岐正脉通。"(《明觉聪禅师语录》)"单刀直入，八臂那吒拦
他不住。"(《无门关》)这样的例子举不胜举。可以说，三头
六臂的哪吒如同三头六臂的孙悟空一样，是当时话语系统中常
见的套路。"三头八臂"却几乎可以说是哪吒的"专属"用语。

如果已经有了莲花化身、风火轮、火尖枪的形象，如果已
经出现了很"专业"的八臂哪吒的描写，后出的作品会不会视如
不见、弃之不用呢？

从常理推想，应该是不会的。当然，这只是推想而已。

分分合合说杨戬

在《封神演义》中，姜子牙手下第一得力干将是杨戬；而在
《西游记》中，天神阵营第一战斗力当属二郎神。不过，《西游记》
并没有"杨戬"的字样，《封神演义》同样没有"二郎神"的称谓。

那么，为什么读者会认为"二郎神"就是杨戬，"杨戬"就
是二郎神呢？

我们先来看看《西游记》里是怎么刻画的"二郎神"的：

"陛下令甥显圣二郎真君，见居灌洲灌江口，享受下方
香火。他昔日曾力诛六怪，又有梅山兄弟与帐前一千二百
草头神，神通广大。奈他只是听调不听宣，陛下可降一道

调兵旨意,着他助力,便可擒也。"①

这真君即唤梅山六兄弟——乃康、张、姚、李四太尉,郭申、直健二将军……仪容清俊貌堂堂,两耳垂肩目有光。头戴三山飞凤帽,身穿一领淡鹅黄。缕金靴衬盘龙袜,玉带团花八宝妆。腰挎弹弓新月样,手执三尖两刃枪。斧劈桃山曾救母,弹打棪罗双凤凰。力诛八怪声名远,义结梅山七圣行。心高不认天家眷,性傲归神住灌江。赤城昭惠英灵圣,显化无边号二郎。②

大圣道:"我记得当年玉帝妹子思凡下界,配合杨君,生一男子,曾使斧劈桃山的,是你么?"③

二郎即取金弓,安上银弹,扯满弓,往上就打。那怪急铩翅,掠到边前,要咬二郎;半腰里才伸出一个头来,被那头细犬,撺上去,汪的一口,把头血淋淋的咬将下来。④

综合说来,这个二郎神具有以下身份特征:姓杨,尊称"真君",是玉帝的外甥,与结义六个朋友统称"梅山七圣",上阵使三尖

---

① 《西游记》6回,63页。
② 《西游记》6回,64页。
③ 《西游记》6回,65页。
④ 《西游记》63回,743页。

两刃枪，善打弹弓，养有"细犬"可以伤敌，曾诛灭过六怪（亦有八怪之说）。另外，还有腾挪变化的本领。

再来看《封神演义》中的杨戬：姓杨，尊称"真君"，上阵使三尖刀，善打弹弓，养有"哮天犬"可以伤敌，有腾挪变化的本领，诛灭了七怪。这多相似点，无怪乎读者不假思索地就把两个形象等同起来。

但是，如果认真思索一下，问题立刻会浮现出来：在《封神演义》中，杨戬的姓名确切，养的神犬名称也确切；而在《西游记》中，二郎神姓名含混，神犬也无专名。在《封神演义》中，杨戬的封号是"清源妙道真君"；而在《西游记》中，二郎神封号是"显圣真君"或"显圣二郎真君"。更奇怪的是，在《西游记》中，二郎神有六个密友，与他合称"梅山七圣"。在《封神演义》中，杨戬的最大功业是诛灭"梅山七怪"——七个名副其实的魔怪。

这种有同有异的情况怎么解释？杨戬和二郎神，又是谁抄了谁？

先说"二郎神"。"二郎神"崇拜，开始于蜀地，据说是秦时太守李冰第二子佐其父修筑都江堰，惠民甚多，渐渐成为民间信仰的神祇。唐代乐坛，"二郎神""增字二郎神"已成流行的曲牌。宋元两代，官方都有修祠立祀的记载。"箫鼓喧天闹酒行，二郎赛罢赛张王"，就是宋人祭祀二郎神情形的写照。宋代的二郎神已经有"衣黄，弹射，拥猎犬"的形象，并有组团为"七圣"杂剧演出。

"真君"与"杨戬"挂起钩来，却是《封神演义》的首创。"杨戬"的姓名在历史上真实存在过,却不是什么光彩的人物。原来是宋徽宗宠信的大太监,与蔡京一党,劣迹斑斑。《水浒传》《金瓶梅》都写到这个奸臣,应该说在明代是有一定知名度的——当然是"负面"的名声。所以,陆西星为何一反常理选择了"杨戬"这个名字,实在是一件费解的事。

更费解的是,至少从北宋起,这个神通广大的"真君"就有了自己固定的团队——"梅山七圣"。《封神演义》为什么硬生生拆散,并且把梅山兄弟变成了真君的主要敌人?

这要从《封神演义》是如何塑造杨戬这个形象来分析。

杨戬在小说的出场是这样描写的:

> 这道人带扇云冠,穿水合服,腰束丝绦,脚登麻鞋,至檐前下拜,口称"师叔"。子牙曰:"那里来的?"道人曰:"弟子乃玉泉山金霞洞玉鼎真人门下,姓杨,名戬。奉师命,特来师叔左右听用。"[1]

> 四将见西岐城内一人,似道非道,似俗非俗,带扇云冠,道服丝绦,骑白马,执长枪。魔礼青曰:"来者何人?"杨戬曰:"吾乃姜丞相师侄杨戬是也。"[2]

比起那些刚猛雄健的战将,杨戬这个形象给读者的感觉是较为

---

[1] 《封神演义》40回,268页。
[2] 《封神演义》40回,268页。

温和、文气的。在接下来的故事中,杨戬的出场次数可以说是与哪吒并列周营战将之首的。其中有特别亮眼表现的有四次:一次是大战魔家四将,一次是巧骗一气仙余元,一次是戏弄张奎,一次是诛灭梅山七怪。杨戬这几次表现有一个共同点,就是全然不靠武艺、法宝、法力之类,而是他人意想不到的巧计。

大战魔家四将时,他故意被花狐貂吞进肚中,然后把妖兽捏心弄死,"撑为两段"。然后又施展变化,混入对方军营盗取了魔家四将威力最大的宝贝珍珠伞。

一气仙余元是很厉害的对手,他所炼"化血神刀"奇毒无比,哪吒、雷震子都伤于刀下,而只有他本人才有解药。杨戬就变成余元的徒弟余化,诈伤了自己,从余元手里骗出了解药。

张奎是伐纣路上的强敌,连斩周营多元大将。他倚重的是自己乘骑的独角怪兽。杨戬就故意被他捉去斩首,然后腾挪替换,害得张奎砍下了独角兽的头。

诛灭梅山七怪时,杨戬又照方抓药,故意让猪怪吞下肚去:

> 朱子真如前复现原身,将杨戬一口吃去。……二更时分,听得朱子真腹内有人言曰:"朱道人!你可知道吾是谁?"朱子真惊得魂不附体,忙问曰:"你是谁?你实在哪里?"杨戬在腹内答曰:"吾乃玉泉山金霞洞玉鼎真人门徒杨戬是也。今已在你腹内。你只知贪吃血食,不知在梅山吃了多少众生,今日你这业障罪恶贯盈,我把你的肝肠弄一弄!"把手在他心肝上一搋,朱子真大叫一声:"痛杀

我也!"口称:"大仙饶了小畜罢!"杨戬曰:"你是欲生欲死?"朱子真曰:"望大仙慈悲! 小畜在梅山也不知费几许辛苦,采天地灵气,吸日月精华,方能修成人形;今不知分量,干犯天威,望乞恕饶,真再生之德也!"杨戬曰:"你既要全生,你可速现原身,跪伏周营,吾当饶你性命;如不依吾言,我把你的心、肝、肺、腑都摘下你的来!"朱子真没奈何,有法也无处使,只得苦苦哀告。杨戬大叫曰:"如若迟了,吾就动手!"朱子真只得随现原形,是一个大猪,晃晃荡荡……走至周营辕门前跪伏……[①]

这些取胜巧计在《封神演义》中,只发生在杨戬身上。

可是,对于熟悉《西游记》的读者朋友,却很自然地会想到:这些在《西游记》却是"司空见惯浑闲事",因为孙悟空的形象大半就是建立在类似的巧计之上的。

变化成敌方形象进行欺骗,则有变二郎神欺骗二郎神的部众,变金角、银角的母亲欺骗二妖,变牛魔王欺骗红孩儿,再变牛魔王欺骗铁扇公主得到芭蕉扇,等等。

腾挪替换,则有五庄观以石狮子做替身,"二十个小仙,扛将起来,往锅里一掼,烹的响了一声,溅起些滚油点子,把那小道士们脸上烫了几个燎浆大泡"(第二十五回)。与杨戬害张奎同一机杼。

[①] 《封神演义》92回,656页。

混入敌营盗宝，更是孙悟空的拿手好戏，兕大王、赛太岁都着了他的道。

至于钻到敌人肚子里，作品里描写得更多，黑风山的熊罴怪，驼罗庄的蟒蛇精，火焰山的铁扇公主等，都吃过孙悟空这一招的苦头。写得最细致而有趣的是狮驼国：

> 那老魔吞了行者，以为得计，径回本洞。……小妖道："大王，不好了！孙行者在你肚里说话哩！"……在肚里撒起酒风来，不住的支架子，跌四平，踢飞脚；抓住肝花打秋千，竖蜻蜓，翻根头乱舞。那怪物疼痛难禁，倒在地下。……魔头回过气来，叫一声："大慈大悲齐天大圣菩萨！"行者听见道："儿子，莫废工夫，省几个字儿，只叫孙外公罢。"那妖魔惜命，真个叫："外公，外公！是我的不是了！一差二误吞了你，你如今却反害我。万望大圣慈悲，可怜蝼蚁贪生之意，饶了我命，愿送你师父过山也。"……行者转手过来，一把挝住，用气力往前一拉，那妖精护疼，随着手，举步跟来。……那怪闻说，连忙跪下，口里呜呜的答应。原来被行者揪着鼻子，捏儴了，就如重伤风一般。叫道："唐老爷，若肯饶命，即便抬轿相送。"①

---

① 《西游记》75—76回，886—897页。

之所以引述这一大段文字，是因为与《封神演义》杨戬降伏猪精一段比较，实在是太相似了。

归总来看，《封神演义》中杨戬几桩与众不同的战绩，都与《西游记》中孙悟空常用的手段近似。这就产生了两种可能：一种是《封神演义》在先，《西游记》的孙悟空形象是抄袭杨戬而来；一种是《西游记》在先，《封神演义》的杨戬借鉴孙悟空而来。

哪种可能性更大一些呢？

《西游记》的孙悟空形象的基调就是灵活、滑稽，这一系列"巧招"是完全融合、渗透到猴王形象之中的。

《封神演义》的杨戬，在没有使出"巧招"的时候，言行与众并无不同，基本属于中规中矩一类。

从这方面看，杨戬借鉴孙悟空的可能性更大一些。

还有一个更有分量的旁证，就是从宋元开始，"梅山七圣"已成二郎神的固定组合。《西游记》的梅山兄弟正是延续而来的。而《封神演义》一方面改造出"梅山"的七个魔怪，使其成为杨戬的敌对一方，可另一方面又有杨戬"梅山收七圣"的提法（第八十八回），介绍魔怪身份时也称"七圣"：

> 三人将一手本呈上，飞廉观看，原来是梅山人氏，一名袁洪，一名吴龙，一名常昊。此乃"梅山七圣"，先是三人投见，以下俱陆续而来。袁洪者乃白猿精也，吴龙者乃蜈蚣精也，常昊者乃长蛇精也，俱借"袁""吴""常"三字

取之为姓也。①

由此可见，陆西星并不是不知道梅山兄弟原来的身份，而由"七圣"到"七怪"是有意标新立异，以产生与《西游记》唱对台戏的效果。

换言之，先有的《西游记》（百回繁本），后有的《封神演义》。这一点，比一比两部书中的"猴头"，也会产生类似的感觉。

莫名其妙来猴妖

《西游记》的第一主角是孙悟空。孙悟空可以说是中国文学史的人物长廊中最显眼、知名度最高的形象。他的特点是：猴子的外形，人的精神、情感，妖仙的本领、神通。

《封神演义》也写了这么一个半人、半猴的妖仙，其故事延续了七回书，也算得小说煞尾部分的重头戏。

两个猴头有没有可比性呢？

如前所言，《封神演义》的猴头姓袁名洪，是梅山七个妖怪的首领。虽然延续了七回书，但对它的描写主要就是一头一尾的两部分。

袁洪的出场十分突兀：

---

① 《封神演义》87回，625页。

中大夫飞廉奏曰:"……陛下可出榜招贤,大悬赏格,自有高名之士应求而至。古云:'重赏之下,必有勇夫。'……"纣王曰:"依卿所奏。速传旨悬立赏格,张挂于朝歌四门,招选豪杰才堪督府者,不次铨除。"……一日来了三个豪杰来揭榜文……三人进府,与飞廉见礼毕,言曰:"闻天子招募天下贤士,愚下三人自知非才,但君父有事,愿捐躯敢效犬马。"飞廉见三人气宇清奇,就命赐坐。三人曰:"吾等俱是闾阎子民,大夫在上,子民焉敢坐?"飞廉曰:"求贤定国,聘杰安邦,虽高爵重禄直受不辞,又何妨于一坐耶?"……飞廉曰:"三位姓甚名谁?住居何所?"三人将一手本呈上,飞廉观看,原来是梅山人氏,一名袁洪,一名吴龙,一名常昊。此乃"梅山七圣",先是三人投见,以下俱陆续而来。袁洪者乃白猿精也,吴龙者乃蜈蚣精也,常昊者乃长蛇精也,俱借"袁"、"吴"、"常"三字取之为姓也。飞廉看了姓名,随带入朝门,来朝见纣王。

……三人来至殿下,山呼拜毕,纣王赐三人平身,三人谢恩毕,侍立两旁。王曰:"卿等此来,有何妙策可擒逆贼?"袁洪奏曰:"姜尚以虚言巧语纠合天下诸侯。鼓惑黎庶作反。依臣愚见,先破西岐,拿了姜尚……天下不战而自平也。"纣王闻奏,龙心大悦,封袁洪为大将,吴龙、常昊为先行……

袁洪奏曰:"今孟津已有南北二路诸侯驻扎,以窥其后;

臣若往渑池，此二路诸侯拒守孟津，阻臣粮道，那时使臣前后受敌，此不战自败之道。况粮为三军生命，是军未行而先需者也。依臣之计，不若调二十万人马阻住孟津之咽喉，使诸侯不能侵扰朝歌，一战成功，大事定矣。"纣王大悦："卿言甚善，真乃社稷之臣！依卿所奏施行。"①

《封神演义》中与周军为敌、与姜子牙作对的人物，主要有三种情况：一种是商朝的文臣武将，职责所在，如闻太师、张桂芳、张奎等；一种是教派恩怨，截教及其友党，如十绝阵、诛仙阵、万仙阵中秦完、金灵圣母等；还有一种是被申公豹挑唆、蛊惑，如殷洪、殷郊等。三种也有交叉、重叠，彼此虽有所不同，但其来有自，卷入这一场生死大搏杀，都还是各有缘由的。唯独梅山这七个怪物，究竟所为何来？既没有恩怨情仇，又不图封妻荫子，甚至也没有什么妖魔通常的吃人、摄魂之类邪念。难道真的是"重赏之下，必有勇夫"？难道他们不知道周军势如破竹，道术之士云集，商纣已经危在旦夕？难道他们有什么甘为牺牲的情怀？作品对此没有丝毫交代，给人的感觉好像只是伐纣将近尾声，作品需要再添点热闹而已。

另外，这个袁洪出场的言行举止也过于卑俗，在飞廉面前竟然还要谦恭到"大夫在上，子民焉敢坐"的程度，见了纣王更是"山呼拜毕，侍立两旁"。完全是没见过世面的山野村夫形象。

---

① 《封神演义》87回，624—625页。

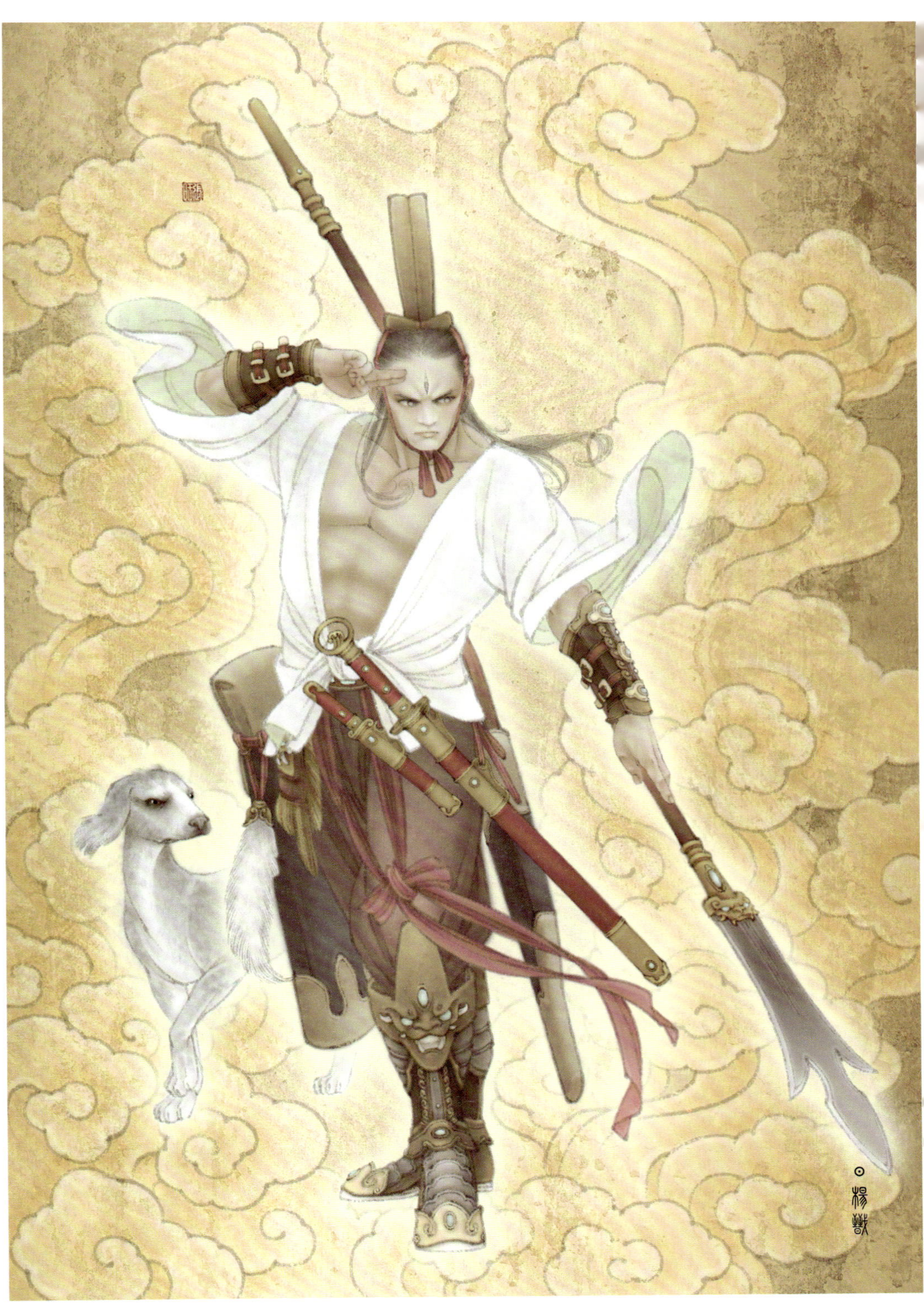
楊戩

问题是，他们完全没有必要做这种姿态。从情理看，这样的人物也不可能被朝廷破格器重，封作"大将军"的。

接下来，对袁洪形象的描写，同样存在类似的问题：

> 只见袁洪银盔素铠，坐下白马，使一条宾铁棍，担在鞍鞒，英雄凛凛。怎见得袁洪好处，有赞为证：银盔素铠，缨络红凝。左插狼牙箭，右悬宝剑锋。横担宾铁棍，白马似神行。幼长梅山下，成功古洞中。曾受阴阳诀，又得天地灵。善能多变化，玄妙似人形。梅山称第一，保纣灭周兵。①

这段文字也有几分奇怪。一是这样的形象描写，用到《三国演义》的赵云、马超身上，或是《水浒传》的花荣、董平身上，倒是有几分相合。用到魔头身上——特别考虑到其他魔怪的形象都是"长唇大耳""嘴尖耳大""顶生双角"的怪相，实在是不伦不类。二是全然一派赞颂的口气，与后文对这些妖魔的牛黄、毒雾之类邪术的憎恶态度大不相同。似乎作者写到这里已经漫不经心了。

我们之所以有必要把袁洪与孙悟空比较一下，完全是因为下面一段文字：

---

① 《封神演义》88回，632页。

杨戬大战袁洪，袁洪现出原身起在半空，将杨戬劈头一棍，打得火星迸出。杨戬有七十二变，随化一道金光起在空中，也照袁洪顶上一刀劈将下来。这袁洪也有八九工夫，随刀化一道白气护住其身。杨戬大喝曰："梅山猴头，焉敢弄术！拿住你定要剥皮抽筋！"袁洪大怒曰："你有多大本领，敢将吾兄弟尽行杀害，我与你势不两立！必擒你碎尸万段，以报其恨！"他二人各使神通，变化无穷，相生相克，各穷其技，凡人世物件、禽兽，无不变化，尽使其巧，俱不见上下。袁洪暗思："此时其兵已攻破大营，料不能支，且将他诓上梅山，入吾巢穴，使他不能舒展，那时再擒他不难。"遂弃了大营，往梅山逃去。……杨戬见袁洪纵祥光前去，乃弃了马，亦纵步借土遁紧紧追赶。只见袁洪随变一块怪石立在路旁。杨戬正赶，忽然不见了袁洪，即运神光定睛观看，已知袁洪化为怪石，随即变一石匠，手执锤钻上前锤他。袁洪知他识破，便化阵清风往前去了。如此两家各使神通，看看赶上梅山，忽的又不见了袁洪。……杨戬上了梅山，四面观望一遍，忽听得崖下一声响，窜出千百小猴儿，手执棍棒，齐来乱打杨戬。杨戬见众小猢猴左右乱打，情知不能取胜，"不若脱身下山。"杨戬化道金光去了。方才转过一坡，只听一派仙乐之音，满地祥云缭绕，又见女娲娘娘驾临。杨戬俯伏山下，叩首曰："弟子杨戬不知娘娘圣驾降临，有失回避，望娘娘恕罪！"女娲曰："你虽是玉泉山金霞洞玉鼎真人门徒，善会八九变化，不能降伏此怪。吾将此宝授你，可以收伏此恶怪也。"杨戬叩首拜谢，女娲娘娘自回宫去了。杨戬将此宝展开看时，心中甚是欢喜，此宝乃"山河社稷图"，杨戬一一依法行之，悬于一大树上。杨戬复上梅山，依旧找寻原路。

　　话说袁洪见杨戬复上梅山，乃大呼曰："杨戬，你此来是自送死也！"杨戬大笑曰："你今日谅无生理！"使开刀直取袁洪，袁洪也使开棍劈面交还。二人大战一会，杨戬转身就走，袁洪随后赶来。杨戬下了梅山，往前又走，忽见前面一座高山，杨戬径上了山，袁洪随赶上山来。不知此山乃女娲娘娘赐的"山河社稷图"变化的。袁洪赶上山来，入于圈套，再不能下山。杨戬将身一纵，下了"山河社稷图"，只见袁洪在山上左撑右跳。……

　　思山即山，思水即水，想前即前，想后即后，袁洪不觉现了原身。忽然见一阵香风扑鼻，异样甜美，这猴儿爬上树去一望，见一株桃树绿叶森森，两边摇荡，下坠一枝红滴滴的仙桃，颜色鲜润，娇嫩可爱。白猿看见不觉忻羡，遂攀枝穿叶，摘取仙桃下来，闻一闻扑鼻馨香，心中大喜，一口吞而食之。方才倚松靠石而坐，未及片时，忽然见杨戬仗剑而来。白猿欲待起身，竟不能起。不知食了此桃，将腰坠下，早被杨戬一把抓住头皮，用缚妖索捆住，收了"山河社稷图"，望正南谢了女娲娘娘，将白猿拎着径回周营而来。……杨戬擒白猿来至辕门，军政官报入中军："启元帅：杨戬等令。"子牙命："令来。"杨戬来至中军见子牙，曰:"弟子追赶白猿至梅山,仰仗女娲娘娘秘授一术,已将白猿擒至辕门,请元帅发落。"子牙大喜,命:"将白猿拿来见我。"少时,杨戬将白猿拥至中军帐。子牙观之,见是一个白猿,乃曰:"似此恶怪,害人无厌,情殊痛恨!"令:"推出斩之!"众将把白猿拥至辕门,杨戬将白猿一刀,只见猴头落下地来,他项上无血,有一道清气冲出,颈子里长出一朵白莲花来;只见花一放一收,又是一个猴头。杨戬连诛数刀,一样如此,忙来报与子牙。子牙急出营来看,果然如此。

　　子牙曰:"这猿猴既能采天地之灵气,便会炼日月之精华,故有此变化耳。这也无难。"忙令左右排香案于中,子牙取出一个红葫芦,放在香几之上,方揭开葫芦盖,只见里面升出一道白线,光高三丈有余。子牙打一躬:"请宝贝现身!"须臾间,有一物现于其上,长七寸五分,有眉有眼,眼中射出两道白光,将白猿钉住身形。子牙又一躬:"请法宝转身!"那宝物在空中,将身转有两三转,只见白猿头已落地,鲜血满流。众皆骇然。①

前面的引文是写袁洪的出场,其主要问题是于情理有些不合,且文字过于粗糙。至于这一段,是袁洪的下场,比前文要热闹一些。

---

① 《封神演义》92—93回,661—664页。

在这段文字中，最为引人注意的是袁洪与杨戬的打斗过程，特别是二人的"赌变化"。具体的描写在两段话，一段是："各使神通，变化无穷，相生相克，各穷其技，凡人世物件、禽兽，无不变化，尽使其巧……"不过，这是纯粹的概述，以"人世物件、禽兽，无不变化"来代替具体的情节描写，实在是笨拙、枯囿之笔。另一段似乎想要弥补一下概述的枯燥、简单，便写了一个具体的变化赌斗，即袁洪变作一块怪石，杨戬变作一个石匠，于是就克制了他。

在《西游记》中，二郎神与孙悟空的大战高潮也是赌变化，但精彩程度远非这段可比。我们不妨比较看看：

> 大圣慌了手脚，就把金箍棒捏做绣花针，藏在耳内，摇身一变，变作个麻雀儿，飞在树梢头钉住。那六兄弟，慌慌张张，前后寻觅不见，一齐吆喝道："走了这猴精也，走了这猴精也！"
>
> 正嚷处，真君到了，问："兄弟们，赶到那厢不见了？"众神道："才在这里围住，就不见了。"二郎圆睁凤目观看，见大圣变了麻雀儿，钉在树上，就收了法象，撇了神锋，卸下弹弓，摇身一变，变作个饿鹰儿，抖开翅，飞将去扑打。大圣见了，搜的一翅飞起去，变作一只大鹚老，冲天而去。二郎见了，急抖翎毛，摇身一变，变作一只大海鹤，钻上云霄来嗛。大圣又将身按下，入涧中，变作一个鱼儿，淬入水内。二郎赶至涧边，不见踪迹。心中暗想道："这猢

狲必然下水去也，定变作鱼虾之类。等我再变变拿他。"果一变变作个鱼鹰儿，飘荡在下溜头波面上，等待片时。那大圣变鱼儿，顺水正游，忽见一只飞禽，似青鹞，毛片不青；似鹭鸶，顶上无缨；似老鹳，腿又不红："想是二郎变化了等我哩！……"急转头，打个花就走。二郎看见道："打花的鱼儿，似鲤鱼，尾巴不红；似鳜鱼，花鳞不见；似黑鱼，头上无星；似鲂鱼，鳃上无针。他怎么见了我就回去了？必然是那猴变的。"赶上来，刷的啄一嘴。那大圣就撺出水中，一变，变作一条水蛇，游近岸，钻入草中，二郎因嗛他不着，他见水响中，见一条蛇撺出去，认得是大圣，急转身，又变了一只朱绣顶的灰鹤，伸着一个长嘴，与一把尖头铁钳子相似，径来吃这水蛇。水蛇跳一跳，又变做一只花鸨，木木樗樗的，立在蓼汀之上。二郎见他变得低贱，——花鸨乃鸟中至贱至淫之物，不拘鸾、凤、鹰、鸦都与交群，故此不去拢傍，即现原身，走将去，取过弹弓拽满，一弹子把他打个躹踵。

那大圣趁着机会，滚下山崖，伏在那里又变，变一座土地庙儿：大张着口，似个庙门；牙齿变做门扇，舌头变做菩萨，眼睛变做窗棂。只有尾巴不好收拾，竖在后面，变做一根旗竿。真君赶到崖下，不见打倒的鸨鸟，只有一间小庙；急睁凤眼，仔细看之，见旗竿立在后面，笑道："是这猢狲了！他今又在那里哄我。我也曾见庙宇，更不曾见一个旗竿竖在后面的。断是这畜生弄喧！他若哄我进去，他便一口咬住。我怎肯进去？等我掣拳先捣窗棂，后踢门扇！"大圣听得，心惊道："好狠，好狠！门扇是我牙齿，窗棂是我眼睛；若打了牙，捣了眼，却怎么是好？"扑的一个虎跳，又冒在空中不见。①

这段文字表现出作者丰富的想象力。孙悟空与二郎神的变化赌斗，充满了童趣。其间穿插二人的心理活动，十分生动活泼。特别是变化土地庙一节，如何安顿猴子尾巴，以及由此带来二人各自的盘算，都使读者忍俊不禁。在《西游记》全书中都算得是上乘文字。若与《封神演义》变怪石、石匠相比，文学魅力可谓一天一地。

问题是，都是赌变化，谁抄了谁？

和前面的哪吒、杨戬问题一样，文本中并没有绝对的证据来判定。但同样可以从情理逻辑做一些分析。

在《西游记》中，七十二变是美猴王的一个基本神通，他灵动、机智的性格与此密不可分。他与众不同的"神通"本领往往由此显示。这一特性贯穿着、覆盖了全书，孙悟空的每次斗争几乎都有"变化"在其中。有些还是作者着力来描写的，如高老庄、通天河、宝象国、平顶山、火焰山等等，无不妙趣横生。

而在《封神演义》中的袁洪，除了作者干巴巴地介绍了两句，就是补充例证式的"随变一块怪石"，呆板、简陋，与"猴

---

① 《西游记》6 回，66—67 页。

妖"的身份、形象看不出什么联系。

而且，石匠"执锤钻"锤怪石，这一细节设计虽然相当笨拙，但细体会，似乎与二郎神打算捣毁土地庙同一机杼。只是有画虎不成反类犬的感觉。

如果与前面所提到的哪吒、杨戬，及梅山七圣那些分析联系起来，两个猴子形象的比较，袁洪更显出敷衍了事的痕迹。

要之，梅山这七个妖怪很像是莫名其妙地送来让杨戬屠戮——每个都是模式化地丧命于杨戬之手，似乎作者就是为了作"梅山七圣"的翻案文章，显示与《西游记》的分庭抗礼。

诗词"搬运"定疑案

对于这个结论，我们还有另一类证据，其中有的可谓"铁证如山"。

《封神演义》与《西游记》有若干韵文相同或相近，二书中必有一是"搬运工"。这一点早经柳存仁等前辈学人发现，但论之未彻，尚有可发覆之处。

如《西游记》第一回《灵根育孕源流出，心性修持大道生》写石猴出世之地："这部书单表东胜神洲。海外有一国土，名曰傲来国。国近大海，海中有一座名山，唤为花果山。此山乃十洲之祖脉，三岛之来龙，自开清浊而立，鸿蒙判后而成。真个好山！有词赋为证"，其赋曰：

势镇汪洋，威宁瑶海。势镇汪洋，潮涌银山鱼入穴；威宁瑶海，波翻雪浪蜃离渊。水火方隅高积土，东海之处耸崇巅。丹崖怪石，削壁奇峰。丹崖上，彩凤双鸣；削壁前，麒麟独卧。峰头时听锦鸡鸣，石窟每观龙出入。林中有寿鹿仙狐，树上有灵禽玄鹤。瑶草奇花不谢，青松翠柏长春。仙桃常结果，修竹每留云。一条涧壑藤萝密，四面原堤草色新。正是百川会处擎天柱，万劫无移大地根。①

而在《封神演义》第四十三回《闻太师西岐大战》，也有类似的描述，"行到东海金鳌岛。太师观看……真个好海岛，有无穷奇景。怎见得，有赞为证"，其赞词曰：

　　势镇汪洋，威宁瑶海。潮涌银山鱼入穴，波翻雪浪蜃离渊。木火方隅高积土，东西崖畔耸危巅。丹岩怪石，削壁奇峰。丹崖上彩凤双鸣，削壁前麒麟独卧。峰头时听锦鸾啼，石窟每观龙出入。林中有寿鹿仙狐，树上有灵禽玄鸟。瑶草奇花不谢，青松翠柏长春。仙桃常结果，修竹每留云。一条涧壑藤萝密，四面源堤草色新。正是：百川会处擎天柱，万劫无移大地根。②

除了一些细微的差别之外，简直就是同一首词。有的细微差别，

---

① 《西游记》1回，2页。
② 《封神演义》43回，288页。

如"玄鹤"与"玄鸟"、"锦鸡"与"锦鸾"之类，高下很难分辨。但有的还是有话可讲，如《西游记》的赋为一座名山而作，可谓名实相副；《封神演义》称一座海岛是"擎天柱""大地根"，显然不相搭配。

更为重要的是：《西游记》此诗的开头"势镇汪洋，威宁瑶海。势镇汪洋，潮涌银山鱼入穴；威宁瑶海，波翻雪浪蜃离渊"，句式很有特点，先以两个四字句概述，然后用近乎顶针、叠句的修辞方式，分别重复，引出进一步的描写。这种方式是吴承恩描写景物习用的手法，如同为第一回，描写群猴聚餐景象：

> 众猴果去采仙桃，摘异果……排列仙酒仙肴。但见那：
> 　　金丸珠弹，红绽黄肥。金丸珠弹腊樱桃，色真甘美；红绽黄肥熟梅子，味果香酸。……①

又如描写黑风山景象：

> 又见那壁陡崖前，耸出一座洞府，但见那：
> 　　烟霞渺渺，松柏森森。烟霞渺渺采盈门，松柏森森青绕户。……②

---

① 《西游记》1回，8页。
② 《西游记》17回，196页。

都是相同的句法。

海外学者余国藩认为这样的句法有特殊的阅读效果:"先写松柏,然后再重复一遍和树木有关的特殊景致。结果诗的动作马上延缓下来,常态下简洁明快的诗律因此就放缓脚步了。叠句可以吸引注意力,强化诗行内容的广度。"[1] 这可以看作是《西游记》行文的一种特殊风格。换言之,"势镇汪洋"一诗在语言风格上与《西游记》其他韵文有内在的联系,是此类作品中的一员。

《封神演义》的"势镇汪洋"诗,没有了叠句的特征,显然是抄录时视为赘疣,省了笔墨所致。

再举一例。

《西游记》第九十六回《寇员外喜待高僧,唐长老不贪富贵》写唐僧师徒为天竺国除灭了妖邪,再次踏上西行之路。"师徒们西行,正是春尽夏初时节",作者插入一首写景物的五言诗:

清和天气爽,池沼芰荷生。梅逐雨余熟,麦随风里成。草香花落处,莺老柳枝轻。江燕携雏习,山鸡哺子鸣。斗南当日永,万物显光明。[2]

这首诗也出现在《封神演义》第八十五回《邓芮二侯归周主》

---

[1] 余国藩《红楼梦、西游记与其他》,264页,生活·读书·新知三联书店,2006。
[2] 《西游记》96回。

中，临潼关守将欧阳淳"修告急文书往朝歌求救。差官在路上，正是春尽夏初时节，怎见得一路上好光景，有诗为证"，诗云：

> 清和天气爽，池沼芰荷生。梅逐雨余熟，麦随风景成。草随花落处，莺老柳枝轻。江燕携雏习，山鸡哺子鸣。斗南当日永，万物显光明。①

和前面的例子一样，有文字差异的地方，《封神演义》的"麦随风景成"不通，"风景"实为"风里"之误。另外，《西游记》此诗写师徒五人除灭妖邪重新上路的情景，一派祥和，恰如其时。《封神演义》是差官送告急文书，插入这番景致，未免牛头不对马嘴了。

再如《西游记》第十八回《观音院唐僧脱难，高老庄大圣除魔》，描写夕阳西下之时，唐僧和孙悟空到一户人家借宿情景："师徒们行了五七日荒路，忽一日天色将晚，远远的望见一村人家。……这行者定睛观看"：

> 竹篱密密，茅屋重重。参天野树迎门，曲水溪桥映户。道旁杨柳绿依依，园内花开香馥馥。此时那夕照沉西，处处山林喧鸟雀；晚烟出爨，条条道径转牛羊。又见那食饱

---

① 《封神演义》85回，602页。

鸡豚眠屋角，醉酣邻叟唱歌来。①

而《封神演义》第五十二回《绝龙岭闻仲归天》中，闻太师兵败之后，三十万人马只剩下数千，连坐骑、门人、副将全都阵亡，一时闻太师感时伤怀，难以入眠，一直坐到天明起来，带领残兵败将逶迤前行，见到一座村舍，"乃命士卒：'向前去借他一顿饭，你等充饥。'众人向前观看……"

> 竹篱密密，茅屋重重。参天野树迎门，水曲溪桥映户。道傍杨柳绿依依，园内花开香馥馥。夕照西沉，处处山林喧鸟雀；晚烟出灶，条条道径转牛羊。正是那：食饱鸡豚眠屋角，醉酣邻叟唱歌来。②

两相比较，前者的"此时那""又见那"是写傍晚高老庄景象不可或缺的提点语，后者或略去或改作"正是那"，便不够搭配。更严重的是，《封神演义》明明写的是闻太师带领残兵败将天明上路，抄诗时忽略了原作说的是傍晚时的情景，结果出现了黎明时"夕照西沉"的笑话。

更为突出的例证是《西游记》第一回的这段文字：

> 这猴王整衣端肃，随童子径入洞天深处观看：一层层

---

① 《西游记》18回，210页。
② 《封神演义》52回，354页。

深阁琼楼，一进进珠宫贝阙，说不尽那静室幽居，直至瑶台之下。见那菩提祖师端坐在台上，两边有三十个小仙侍立台下。果然是——"大觉金仙没垢姿，西方妙相祖菩提。不生不灭三三行，全气全神万万慈。空寂自然随变化，真如本性任为之。与天同寿庄严体，历劫明心大法师。"①

诗句与情境、人物完全贴合，尤其是"西方妙相祖菩提"一句，正是为菩提祖师"量体定制"的。

这首诗也出现在《封神演义》第六十一回《太极图殷洪绝命》中：

广法天尊回顾，认不得此人是谁，头挽双髻，身穿道服，面黄微须。道人曰："稽首了！"广法天尊答礼，口称："道友何处来？有甚事见谕？"道人曰："元来道兄认不得我。吾有一律，说出便知端的。"诗曰："大觉金仙不二时，西方妙法祖菩提。不生不灭三三行，全气全神万万慈。空寂自然随变化，真如本性任为之。与天同寿庄严体，历劫明心大法师。"道人曰："贫道乃西方教下准提道人是也……"②

吟这首诗的准提道人，与"妙法祖菩提"毫无关系，出现这种情

---

① 《西游记》1回，12页。
② 《封神演义》61回，419—420页。

况,只能是文抄公工作过于粗糙的结果了。这两首"祖菩提"的先后关系,可以断定是不可逆的。

我们指出以上韵文的差异,并分说其中透露出的文本相互关系,再佐以其他方面的分析,结论便是:《封神演义》的写作晚于《西游记》,其中有些内容借鉴了《西游记》,甚至图省事地抄录了一些文字。

但这并不涉及两部作品的价值评判。《封神演义》内容庞杂、丰富,有些内容针对《西游记》而为,力图与《西游记》抗衡,虽未能到达这样的高度,但也自有其独到之处。两部旷世巨作相互映衬,构成了那二三十年间文学史瑰丽奇异的一幕;两部旷世巨作的相互应答,从特殊的角度反映出当时的社会宗教生态,是难得的宗教史研究材料;两部旷世巨作相互补充,成为此后几百年间中国人神界想象的基础。

极致的"准复调"之作

"复调"是现代西方文论的一个学说,这里是借用。借用的是部分含义,所以称之为"准复调"。至于为什么要借用?咱们后面慢慢解释。

最痛快的一节

《封神演义》虽然是魔幻色彩浓厚的小说,但也有反映现实的内容,如商纣王虿盆、炮烙的酷刑,剖孕妇、断胫骨的暴行,酒池、肉林的荒唐等,都会给读者以暗无天日的压抑感受。而读全书感觉最为痛快的莫过于第九十五回《子牙暴纣王十罪》。这一回开篇就是"诗曰:纣王无道类穷奇,十罪传闻万世知。敲骨剖胎黎庶惨,虿盆炮烙鬼神悲。……至今青史不容私。"虽然简短,但可以说是对前面几十场矛盾冲突、战斗征伐的道义判决。特别是"至今青史不容私"一句,充满了盖棺论定的自信。

接下来，又有"赞姜元帅一词"：

> ……灭纣成周，武功永咏。正是：六韬留下成王业，妙算玄机不可穷。出将入相千秋业，伐罪吊民万古功。运筹帷幄欺风后，燮理阴阳压老彭。亘古军师为第一，声名直并泰山隆。①

"伐罪吊民万古功"，"亘古军师为第一"，都可谓对男主角的最高评价。而这一回的核心部分——"暴纣王十罪"，更是写得慷慨淋漓：

> "陛下无君道久矣。其诸侯臣民，又安得以君道待陛下也？陛下之恶，贯盈宇宙，天愁民怨，天下叛之。吾今奉天明命，行天之罚，陛下幸毋以臣叛君自居也。"纣王曰："朕有何罪，称为大恶？"子牙曰："天下诸侯，静听吾道纣王大恶素表著于天下者！"众诸侯听得，齐上前听子牙道纣王十大罪。子牙曰：
>
> "陛下身为天子……沉湎酒色，弗敬上天，谓宗庙不足祀，社稷不足守，动曰：'我有民、有命。'远君子，亲小人，败伦丧德，极古今未有之恶：罪之一也。
>
> 皇后为万国母仪，未闻有失德。陛下乃听信妲己之谗

---

① 《封神演义》95回，681页。

言，断恩绝爱，剜剔其目，炮烙其手，致皇后死于非命，废元配而妄立妖妃，纵淫败度，大坏彝伦：罪之二也。

太子为国之储贰，承祧宗社，乃万民所仰望者也。轻信谗言，命晁雷、晁田封赐尚方，立刻赐死；轻弃国本，不顾嗣胤，忘祖绝宗，得罪宗社：罪之三也。

黄耇大臣，乃国之枝干。陛下乃播弃荼毒之，炮烙杀戮之，囚奴幽辱之，如杜元铣、梅伯、商容、胶鬲、微子、箕子、比干是也。诸君子不过去君之非，引君于道，而遭此惨毒，废股肱而昵比罪人，君臣之道绝矣：罪之四也。

信者人之大本，又为天子号召四方者也，不得以一字增损。今陛下听妲己之阴谋，宵小之奸计，诳诈诸侯入朝，将东伯侯姜桓楚、南伯侯鄂崇禹，不分皂白，一碎醢其尸，一身首异处，失信于天下诸侯，四维不张；罪之五也。

法者非一己之私，刑者乃持平之用，未有过用之者也。今陛下悉听妲己惨恶之言，造炮烙，阻忠谏之口；设虿盆，吞宫人之肉。冤魂啼号于白昼，毒焰遮蔽于青天。天地伤心，人神共愤：罪之六也。

天地之生财有数，岂得妄用奢靡，穷财之力，拥为己有，竭民之生？今陛下惟污池台榭是崇，酒池肉林是用，残宫人之命，造鹿台广施土木，积天下之财，穷民物之力；又纵崇侯虎剥削贫民，有钱者三丁免抽，无钱者独子赴役，民生日促，偷薄成风，皆陛下贪剥有以倡之：罪之七也。

廉耻者乃风顽惩钝之防，况人君为万民之主者。今陛下信妲己狐媚之言，诓贾氏上摘星楼，君欺臣妻，致贞妇死节；西宫黄贵妃直谏，反遭摔下摘星楼，死于非命。三纲已绝，廉耻全无：罪之八也。

举错乃人君之大礼，岂得妄自施张？今陛下以玩赏之娱，残虐生命。斫朝涉者之胫，验民生之老少；刳剔孕妇之胎，试反背之阴阳。庶民何辜，遭此荼毒：罪之九也。

人君之宴乐有常，未闻流连忘反。今陛下夤夜暗纳妖妇喜媚，共妲己在鹿台昼夜宣淫，酗酒肆乐。信妲己，以童男割炙肾命，以作羹汤，绝万姓之嗣脉。残忍惨毒，极今古之冤：罪之十也。

……今臣尚特奉天之明命，襄周王发恭行天之罚，陛下毋得以臣逆君而少之也！"纣王听姜子牙暴其十罪，只气得目瞪口呆。

只见八百诸侯听罢，齐呐一声喊："愿诛此无道昏君！"[①]

这一大段，写得铿锵有力，不仅从头历数商纣的罪恶，而且紧扣一个主题：无道昏君因其罪恶而丧失了君临天下的资格，所以臣民也就没有尊奉他的义务——纲常自然崩解，换成今天的语言，就是臣民们"造反有理"！而这篇吊民伐罪的檄文，又是正义之师的统帅姜子牙当着暴君之面宣读，这一场面也能给读者留下深刻印象，甚至产生震撼的效果。

---

① 《封神演义》95回，681—683页。

一句话：这一回，高调扬善惩恶，大快人心！不料，后面一回，却给读者兜头一瓢冷水。

最别扭的一节

第九十九回《姜子牙归国封神》，是全书的收官之作。前面是凡间的大结局，暴纣王十罪、斩妲己，可谓善恶到头终有报了。下面轮到神仙世界。

封神自然要写得郑而重之："子牙分付停当，方沐浴更衣，拈香金鼎，酌酒献花，绕台三匝。子牙拜毕诰敕，先命清福神柏鉴在台下听候。子牙然后开读玉虚宫元始天尊诰敕：'太上无极混元教主元始天尊敕曰：呜呼！仙凡路迥，非厚培根行岂能通；神鬼途分，岂谄媚奸邪所觊窃。纵服气炼形于岛屿，未曾斩却三尸，终归五百年后之劫；总抱真守一于玄关，若未超脱阳神，难赴三千瑶池之约。故尔等虽闻至道，未证菩提。有心固修持，贪痴未脱；有身已入圣，嗔怒难除。须至往愆累积，劫运相寻。或托凡躯而尽忠报国，或因嗔怒而自惹灾尤。生死轮回，循环无已；业冤相逐，转报无休。吾甚悯焉！怜尔等身从锋刃，日沉沦于苦海，心虽忠荩，每飘泊而无依。特命姜尚依劫运之轻重，循资品之高下，封尔等为八部正神，分掌各司，按布周天，纠察人间善恶，检举三界功行。祸福自尔等施行，生死从今超脱，有功之日，循序而迁。尔等其恪守弘规，毋肆私妄，自惹愆尤，以贻伊戚，永膺宝箓，常握丝纶。故兹尔敕，

尔其钦哉！'

　　子牙宣读敕书毕，将符箓供放案桌之上，乃全装甲胄，左手执杏黄旗，右手执打神鞭，站立中央大呼曰：'柏鉴可将"封神榜"张挂台下。诸神俱当循序而进，不得搀越取咎。'柏鉴领法旨，将'封神榜'张挂台下。只见诸神俱簇拥前来观看。"①

　　描写姜子牙沐浴更衣，全装甲胄，开读诰敕。然后左手执杏黄旗，右手执打神鞭，开始封神。作者把封神大典的仪式感渲染得十足，真可谓盛大而崇高。

　　封神开始，先是黄飞虎、黄天化等受封。这段所写不过是"走走形式"，并无异词。但后面就开始"别扭"了。因为紧接着黄家受封的是"雷部正神"。雷部，这可是位高权重的神职呀！出乎意料地，封给了身殉殷商的闻太师。在这里，作者还多加了几笔：

> 清福神持引魂幡出坛来引雷部正神。只见闻太师，毕竟他英风锐气，不肯让人，那里肯随柏鉴。子牙在台上看见香风一阵，云气盘旋，率领二十四位正神径闯至台下，也不跪。子牙执鞭大呼曰："雷部正神跪听宣读玉虚宫封号！"闻太师方才率众神跪听封号。子牙曰："今奉太上元始敕命：尔闻仲曾入名山证修大道，虽闻朝元之果，未证至一之谛，登大罗而无缘，位人臣之极品，辅相两朝，竭忠

---

① 《封神演义》99回，707—708页。

补衮，虽劫运之使然，其贞烈之可悯。今特令尔督率雷部：兴云布雨，万物托以长养；诛逆除奸，善恶由之祸福。特敕封尔为九天应元雷神普化天尊之职，仍率领雷部二十四员催云助雨护法天君，任尔施行。尔其钦哉！"①

这里的闻仲形象，尽管是失败者，尽管是"死灵魂"，却表现得"英风锐气"、大义凛然。以至于胜利者姜子牙需要借助元始天尊的名号，借助打神鞭的武力，才能勉强将其压服。而按照道教以致民间的通常说法，雷神是掌管世间惩恶扬善权力者，所以这里讲闻太师受封之后，职责是"兴云布雨，万物托以长养；诛逆除奸，善恶由之祸福"。作者把这样重要的职位交给闻仲，自然含有高度肯定其品格的意味。

接下来封的是金灵圣母。在前文故事中，她同样是逆天行事的截教人物，闻太师、余元等都是她的门人，龙吉公主、洪锦等都死在她的手里。意外的是，她受封的职位是"执掌金阙，坐镇斗府；居周天列宿之首，为北极紫气之尊。八万四千群星恶煞，咸听驱使"。也就是说，她成为"周天列宿"的最高领袖，而那些为吊民伐罪"壮烈牺牲"的阐教人物，还有被纣王残害的忠臣、烈士，都成了她的下属——包括很有身份，立有大功的龙吉公主，被害殷商重臣商容、梅伯等。

类似的，姜子牙的劲敌赵公明被封为"玄坛真君"，实际职

---

① 《封神演义》99回，709页。

责就是财神。而他的助手之一却是阐教中他的死敌萧升。又如最早助纣伐周的王魔等，则被封为"镇守灵霄宝殿四圣大元帅"。如此等等，封神的标准与故事演进时的立场常常相反，好像作者觉得故事中"亏待"了殷商、截教一方，要在收官时"补偿"一下。

最令人惊讶的是：前面刚刚昭告天下，恶行"贯盈宇宙"的商纣王，竟然被封为"天喜星"！真不知"喜"从何来？

书中曾由元始天尊正面阐述过"封神榜"的评骘原则："共议'封神榜'，当面弥封，立有三等：根行深者成其仙道，根行稍次成其神道，根行浅薄成其人道，仍随轮回之劫。此乃天地之生化也。"若依此，得以登上榜文者，也是"根行稍次"，成神道乃是一种肯定，甚至褒奖——因为还有更差的要"随轮回之劫"。这样看，商纣王应该是有相当"根行"的，而这显然是与全书的具体描写大相凿枘的。

同样奇怪的是申公豹所获的神职："执掌东海，朝观日出，暮转天河，夏散冬凝，周而复始，为分水将军之职。"这一结果，可惊可怪之处有三：一、姜子牙代行天讨的障碍大半来自申公豹，前面元始天尊曾有严厉谴责，这里却荣膺神职。二、前文已把他塞到北海眼里，不知怎么能到东海任职。三、分水将军官位不高，但实在是个好差事："朝观日出，暮转天河。"潇洒清闲，无过于此。

当然，小说家言，又是神怪魔幻的内容，似乎不必认真推究。可是，再魔幻，也应有其内在的"魔幻逻辑"，作品内部应该逻辑自洽。现在这样一份权威"判决"的榜文，其内在的赏罚逻辑，相信多数读者读了之后是难免有几分别扭的。

其效果，好像是在告诉读者，前文所写善恶、是非皆无足道，"归去，也无风雨也无晴"。

那么，作者为什么要这样写？

贯穿全书的"别扭"

其实，回过头看，这种"别扭"是贯穿全书的。只不过，不像"封神"这一段如此集中，读者也就印象不深，感觉不到罢了。

以周武王的形象为例。

若从历史的角度看，吊民伐罪诛灭商纣，周武王肯定是第一"主谋"，第一"指挥官"。姜子牙再重要，也是"亘古军师为第一"，是武王的辅佐。在《武王伐纣平话》中，也正是这么设定、这么描写的："武王传圣旨，教围朝歌城"，"武王并众文武，尽言无道不仁之君，据此合斩万段"。可以说，在《平话》中，武王是最坚定的"革命派"。

而在《封神演义》中，"最坚定的'革命派'"被作者分派给了姜子牙，周武王成了一个首鼠两端的形象。虽然他的"戏份"并不多，但穿插于情节中，还是会产生"别扭"的感觉，如：

话说燃灯合山挤住殷郊，四路人马齐上山来。武王至山顶上看见殷郊这等模样，滚鞍下马跪于尘埃大呼："千岁！小臣姬发奉法克守臣节，并不敢欺君枉上。相父今日令殿下如此，使孤有万年污名。"子牙挽扶武王而言曰："殷郊违逆天命，大数如此，怎能脱逃？大王要尽人臣之道，行礼以尽主公之德可也。"……武王含泪撮土焚香，跪拜在地，称臣泣诉曰："臣非不救殿下，奈众老师要顺守天命，实非臣之罪也。"①

这样的表现，难免给读者"假惺惺"的印象。

在大军东征、兵阻金鸡岭、双方互有胜负之际，小说写周武王忽然萌生退意：

武王曰："今一旦信任天下诸侯狂悖，陡起议论，纠合四方诸侯大会孟津，观政于商，致使天下鼎沸，万姓汹汹，糜烂其民。……不若回兵，固守本土，以待天时，听他人自为之，此为上策。元帅心下如何？"……子牙被武王一篇言语把心中惑动，这一回执不住主意，至前营传令与先行官："今夜减灶班师。"众将官打点收拾起行，不敢谏阻。②

幸亏陆压赶来，才避免了伐纣大业的溃败。而陆压的理由非常简单："'今若退兵，使被擒之将俱无回生之日。'武王听说，不

---

① 《封神演义》66回，454页。
② 《封神演义》70回，487页。

敢再言退兵。"这样的道理，竟然还需要他人来劝谏才明白，武王的政治水平未免过低了。

对周武王的政治水平，后文还有更过分的描写。伐纣大军抵达朝歌城下，各路诸侯与纣王决战厮杀之际，武王又有奇葩的表现：

> 武王在逍遥马上叹曰："只因天子无道，致使天下诸侯会集于此，不分君臣，互相争战，冠履倒置，成何体统！真是天翻地覆之时！"忙将逍遥马催上前，与子牙曰："三侯还该善化天子，如何与天子抗礼，甚无君臣体面。"子牙曰："方才大王听老臣言纣王十罪，乃获罪于天地人神者，天下之人皆可讨之。此正是奉天命而灭无道，老臣岂敢有违天命耶！"武王曰："当今虽是失政，吾等莫非臣子，岂有君臣相对敌之理？元帅可解此危。"子牙曰："大王既有此意，传令命军士擂鼓。"子牙传令："擂鼓！"天下诸侯听的鼓响，左右有三十五骑纷纷杀出，把纣王围在垓心。……武王是仁德之君，一时那里想起"鼓进金止"之意。只见众将听的鼓响，各要争先，枪刀剑戟，鞭锏抓锤，钩镰钺斧，拐子流星，一齐上前，将纣王裹在垓心。①

已经是性命相搏的生死关头，他竟然能想到"岂有君臣相对敌

---

① 《封神演义》95—96回，683—684页。

之理"！竟然提出让姜子牙去"劝架"。结果，姜子牙耍弄了他，"传令命军士擂鼓"，加强了攻势。而周武王妄称"武"王，连战场上最基本的"鼓进金止"都不懂得，就这样被姜子牙玩弄于股掌之中。

作者这样写，看似增添了几许诙谐的效果，但总体来看，把代天行讨的总司令刻画成这样子，与全书的价值取向还是抵牾匪浅的。

除了竭力为周武王染上一些殷商"忠臣"色彩外，《封神演义》对那些为商纣死节的臣子，都极尽歌颂之笔墨。如汜水关总兵韩荣，明明知道"主上昏聩，荒淫无道，天命有归"，但还是坚持"捐躯报国，万死不辞"，以致父子三人一起毕命。作者写道：

> 可怜父子三人捐躯尽节，千古罕及。后人有诗赞之："汜水滔滔日夜流，韩荣志与国同休。父存臣节孤猿泣，子尽忠贞老鹤愁。一死依稀酬社稷，三魂缥缈傲王侯。如今屈指应无愧，笑杀当年儿女俦。"[①]

"千古罕及"！这是何等崇高的评价。还有潼关总兵余化龙，也是"见五子阵亡，潼关已归西土，在马上大呼曰：'纣王！臣不能尽忠扶帝业，为主报深仇，臣今拼一死而报君恩也！'余化龙仗剑自刎而亡。后人单道余化龙父子一门死节，后人有诗

---

① 《封神演义》76回，534页。

吊之,诗曰":

> 铁骑驰驱血刃红,潼关力战未成功。一门尽节忠商主,万死丹心泣晓风。苟禄真能惭素位,捐生今始识英雄。清风耿耿流千载,岂在渔樵谈笑中。①

"忠商主""报君恩",不仅得到作者叙事中的肯定,而且姜子牙也称之为"一门忠烈"。而在战场上,死于余氏父子手下的老将军太鸾、深明大义的冀州侯苏护等,却全然没有这等"待遇"。

类似的还有青龙关总兵张桂芳,也是陷入重围后,"大叫:'纣王陛下!臣不能报国立功,一死以尽臣节!'自转枪一刺,桂芳撞下鞍鞒。一点灵魂往封神台来,清福神引进去了。正是:英雄半世成何用,留的芳名万载传。"(第三十九回)"一死以尽臣节""芳名万载",评价之高,如出一辙。

可是,作者又不是完全站在殷商朝廷一边来叙事、来评价,如黄飞虎战死沙场后,也是有诗赞颂:

> 五将东征会渑池,时逢"七杀"数应奇。忠肝化碧犹啼血,义胆成灰永不移。千古英风垂泰岳,万年禋祀祝嵩尸。五方帝位多隆宠,报国孤忠史册垂。②

---

① 《封神演义》8回,575页。
② 《封神演义》86回,616—617页。

这个评价比起前面几位总兵，倒是毫不逊色。

在描写为罪恶滔天的商纣王捐躯者之时，作者的立场、态度便站到殷商王朝一边；在描写拯民水火的正义之师时，作者的立场、态度便转移到伐纣大军一边。在他笔下，似乎双方具有同等的价值，所以分别赋予同情的赞许。

这种自我矛盾的写作态度在第八十六回邓、芮二侯与总兵欧阳淳的争论中有集中的表现：

> 邓、芮二侯谓欧阳淳曰："……我二人实对将军说：方今成汤气数将终，荒淫不道，人心已离，天命不保，天下诸侯久已归周，只有此关之隔耳。……固然我与你俱当死君之难，但无道之君，天下共弃之，你我徒死无益耳。愿将军思之。"欧阳淳大怒，骂曰："食君之禄，不思报本，反欲献关，甘心降贼，屈杀下吉，此真狗彘之不若也！我欧阳淳其首可断，其身可碎，而此心决不负成汤之恩，甘效辜恩负义之贼也！"
>
> 邓、芮二侯大喝曰："今天下诸侯尽已归周，难道俱是负成汤之恩者！止不过为独夫残虐生灵，万姓涂炭，周武兴吊民伐罪之师，汝安得以叛逆目之？真不识天时之匹夫！"欧阳淳大呼曰："陛下误用奸邪，反卖国求荣，吾先杀此逆贼以报君恩！"仗剑来杀邓、芮二侯，二侯亦仗剑来迎，杀在殿上，双战欧阳淳。欧阳淳如何战得过，被芮吉吼一声，一剑砍倒欧阳淳，枭了首级。正是：为国亡身全

大节，二侯察理顺天心。[①]

邓、芮二侯与欧阳淳是完全敌对的关系，双方处于你死我活的冲突中。双方都认为自己是正义的一方。邓、芮二侯讲出三点理由为自己的行为辩解：一、纣王无道，"残虐生灵，万姓涂炭"，人心尽失，已成"独夫"——这里用了"独夫"这个词，很重要。二、殷商气数已终，天命已经转移。三、商纣大势已去，为其殉葬"徒死无益"。从道义到利益，可谓合理尽情。欧阳淳的理由则十分简单：曾经"食君之禄"，所以"决不负成汤之恩"。如果用现代人的眼光来看，这个欧阳淳实在是太狭隘、偏执了。可是，作者不是这样看，他的态度表现在那两句诗赞中："为国亡身全大节，二侯察理顺天心。"一方是"全大节"，操行可钦；一方是"顺天心"，行为应赞。

这样的态度贯穿在全书，成为《封神演义》叙事一大特点。对此，怎样来认识？怎样来评价？

这是一个既有阐释价值，又有理论价值的课题。

"借"一种小说理论

为此，我们"借"来了"复调小说"理论。

复调小说是苏联学者巴赫金创设的概念。"复调"本为音乐

[①] 《封神演义》86回，612—613页。

术语，基本含义就是"多声部"。巴赫金借用这一术语，来概括陀思妥耶夫斯基小说的艺术特征。这一理论在二十世纪曾产生相当大的影响，也有很激烈的争议。我们借用过来，并不想卷入那些复杂的纯理论话题，只是着眼于这一理论最核心的观点，方便解决我们面临的问题。

"复调小说"最核心的观点就是允许一部作品包含不同的"声部"——哪怕彼此之间并不一致，甚至矛盾冲突。作者不把自己的意志强加到作品人物身上，作品人物具有自身的主体性，这样便导致整部作品的"众语喧哗"。

巴赫金认为陀思妥耶夫斯基是自觉实践这一文学思想，并形成了独特的、更深刻的个人风格。

这一理论主张，以及由此作出的陀氏批评，学界都存在不同的意见。我们只是借用过来，所以不去深究。从这一理论主张中，我们受启发的是，一部作品存在不同的声音——包括立场、态度、观点，是可能的、允许的，问题只是怎样来理解、评价。

必须说明的是，借用了这个思路，借用了这个术语，绝不是拿《封神演义》来与陀思妥耶夫斯基的《罪与罚》《白痴》作类比。按照巴赫金的看法，陀思妥耶夫斯基是在自觉地、积极地构建着多声部的复调世界。那我们不妨说，陆西星在很大程度上是无意之间给自己的作品营造出了有几分嘈杂的声音世界，这个过程整体看是消极的、被动的。

但是，这种"无意""消极"却又不是简单的低劣、粗糙，其原因涉及我国小说史一些深层的问题。

专制之下儒家伦理的逻辑缺口

对于武王伐纣的正当性问题，前面在介绍姜子牙"武圣"身份被朱元璋罢黜时已有所涉及。其实，这个话题历代都有争议。其根本源头在于儒家伦理固有的逻辑缺口：既要主张良政，又要维护君权，那在暴君暴政面前应该何去何从呢？

《史记·儒林列传》有一段有趣的记载：

> 辕固生者，齐人也。以治《诗》，孝景时为博士。与黄生争论景帝前。黄生曰："汤武非受命，乃弑也。"辕固生曰："不然。夫桀纣虐乱，天下之心皆归汤武。汤武与天下之心而诛桀纣，桀纣之民不为之使而归汤武。汤武不得已而立，非受命为何？"黄生曰："冠虽敝，必加于首；履虽新，必关于足。何者？上下之分也。今桀纣虽失道，然君上也；汤武虽圣，臣下也。夫主有失行，臣下不能正言匡过以尊天子，反因过而诛之，代立践南面，非弑而何也？"辕固生曰："必若所云，是高帝代秦即天子之位，非邪？"于是景帝曰："食肉不食马肝，不为不知味；言学者无言汤武受命，不为愚。"①

---

① 《史记》卷121，1164页，清乾隆武英殿刻本。

辕固生以民重君轻、良政民心为据，肯定汤武革命；而黄生则强调君上臣下，名分不可动摇，认定武王伐纣是篡逆。辕固生无奈，只好搬出汉高祖的上位经历来堵黄生的嘴。结果挤对得"裁判"汉景帝只能用"食肉不食马肝，不为不知味"来和稀泥。这恰恰说明在大的体制背景下，这是个无解的问题。

到了唐代，围绕姜子牙的评价，争论又起。据《新唐书》：

> 刑部员外郎陆淳等议曰："武成王，殷臣也，纣暴不谏，而佐周倾之。夫尊道者师其人，使天下之人入是庙，登是堂，稽其人，思其道，则立节死义之士安所奋乎？圣人宗尧、舜，贤夷、齐，不法桓、文，不赞伊尹，殆谓此也。武成之名与文宣偶，非不刊之典也。臣愚谓罢上元追封立庙，复磻溪祠，有司以时享，斯得矣。"左领军大将军令狐建等二十四人议曰："兵革未靖，宜右武以起忠烈。今特贬损，非劝也。且追王爵，以时祠，为武教主，文、武并宗，典礼已久，改之非也。"乃诏以将军为献官，余用纾奏。

在陆淳等看来，忠于暴君者为"立节死义"，所以要"贤夷齐"，所以要罢黜太公的"武成王"。

到了宋代，叶梦得作《春秋考》，撷拾黄生的"冠、履"话头，又抬出"君臣大义"的大帽子来，称：

冠虽敝不加于足。君虽不君，臣可以不臣乎？汤既胜桀，而为诰曰："予有惭德，恐后世以台为口实。"文王三分天下有其二，犹服事商。武王观兵孟津，诸侯不期而会者八百，武王犹复退焉。此万世君臣不可夺之义也。①

看到这里，我们发现《封神演义》中那些赞美商纣一方死节之士的话头，原来都是历代儒生们反复讲过的了。

看来，要正大光明、坦荡磊落地讲述周武王、姜太公讨伐商纣，取暴君而代之，并不是一件容易的事情。历朝历代积累下的舆论，宋明道学强化了的伦理纲常，更有明太祖明确的否定意见和处置措施，都使得歌颂汤武革命带有了几分危险性。

举一个作品的细节，可以看出上述说法并非危言耸听。作于元代的《武王伐纣平话》，所写纣王的下场是：

兵将元帅，一齐入城去捉纣王。一城百姓，见城自摧破，自来搜捉纣王。纣王……知不免难，大叫一声，自往跳入火中。才欲待跳，忽然一人拦腰挟住，不能跳入火中，令左右捉住，拥见太公，武王见了。……太公传令，教建法场。大白旗下斩纣王，小白旗下斩妲己。帝问曰："教甚

---

① 叶梦得《春秋考》卷5，67页，清武英殿聚珍版丛书本。

人为刽子？"问一声未罢，转过殷交来："奏陛下，小臣愿为刽子。"……武王并众文武尽言：无道不仁之君，据此合斩万段，未报民恨。言罢，一声响亮，于大白旗下，殷交一斧斩了纣王，万言咸乐。①

"大白旗下斩纣王"，暴君是被太公、武王明正典刑的。而且行刑的就是他的儿子殷郊。到了明代的《封神演义》中，纣王却改为自焚而死，场面便近乎"壮烈"了。而他的两个儿子都为他流尽了最后一滴血。这中间价值取向的变化，岂非隐然可见？

与唐宋时期比，明代的君主专制大为强化，东厂、锦衣卫的建立标志着君主权力的无限扩张。虽然没有清代那么多文字狱，但思想控制，包括对文学活动的监控，都是相当严厉的。明初，大诗人高启因诗得祸被腰斩。才子李昌祺因创作小说被排斥于乡贤祠。朱元璋废黜《孟子》，钱唐死谏，结果就真的莫名其妙地暴死。明末清初，官方张榜严禁《水浒传》，金圣叹只好编造一段剿灭梁山的梦境结尾，作为刊刻的"保护色"。

《封神演义》总体是歌颂武王伐纣、吊民伐罪的，这与朱元璋定的调，还在执行中的"废武圣"直接冲突。何况书中还歌颂了"弑父"的哪吒，"叛君"的黄飞虎。这样一部书，存在着被"黄文炳"之流告讦的危险，似乎也不能完全排除。

所以，《封神演义》的种种"别扭"笔墨，嘈杂的不同声音，

---

① 《武王伐纣平话》卷下，44—46页。

大端来说存在两种可能性：一种是作者未能超越儒家思想体系的局限，历朝历代对这一大历史事件的争议束缚了他，结果在价值判断上自相矛盾。另一种则是作者意识到这个题材的敏感性，有意识地把两种观点都写进作品，在一定程度上模糊了立场，以达到"保护色"的效果。

哪种是陆西星的初衷呢？我们无法起九原而询问本人，只能是两者存之了。

"准复调"普遍存在于我国古代小说中

在一部长篇小说中，存在着不同的价值取向，存在着不同趋向的笔墨，《封神演义》是我国小说史上最突出的，但不是唯一的。

例如《水浒传》。

全书主调是"官逼民反"，有所谓"无恶不归朝廷"之说。这一点，从林冲的故事就定下了基调。而宋江作为江湖公认的"大哥"，是民间正义的代表。可是，他又念念不忘招安，把一众反抗者带到朝廷的"体制"内。甚至甘愿作为牺牲品，维护与体制的关系。

这两种声音同时存在于作品中，同时存在于宋江身上，以至于金圣叹认为宋江是诈伪小人。现代学者也有提出"两种《水浒》，两个宋江"的观点。

再如《西游记》。

前七回，写美猴王反抗天庭，痛快淋漓。玉帝的颟顸无能，众神的尸位素餐，都成为孙悟空"造反"的背景板，赋予其正义的色彩。第八回以后，孙悟空皈依佛门、痛改前非，成了体制内人物，大力剿杀自己当年的同党。两部分都写得义正辞严。

于是，一度有研究者执前而责后，指取经的孙悟空是"反叛者队伍的叛徒"。这样的阐释当然很可笑，但细想来，却自有其原因在。

甚至如《红楼梦》。

钗、黛优劣，困扰了"红粉"一百多年。为什么？因为作品中的的确确描写了林黛玉的"林下之风"，所代表的潇洒、超俗令人神往。但是，作品中同样用细腻、美妙的笔墨写了薛宝钗的"闺房之秀"，所代表的贤淑、达理令人心仪。

这实际超出了对两个少女的描写与评价，而是士人面临的个性舒张与社会生存哪个优先的千古难题。作者犹豫其间，于是只好"散点透视"，造成"双峰对峙，二水分流"的效果。

例子还可以举出不少。怎么评价？

清初小说作家褚人获对如何阅读《封神演义》的意见可为一说：

> 或曰："太公导武王伐纣，是以下杀上也。伯夷叩马直曰：'弑君。'"当时纣恶虽稔，周德虽著，而守关扼塞之臣，怀才挟术之士，群起而与太公抗，此见汤之明德尚未泯于人心，使商纣苟能痛革前非，勤修政事，况又有比干、闻

仲诸贤以佐之，吾未见姜尚之必捷也。子何以右之若是？"余应之曰："伯夷叩马之时，左右欲兵之，太公扶而去之曰：'义士也。'伯夷之志欲全万世君臣之义，太公之志欲诛一代残贼之夫，志不同，而道同也。且周公之治鲁也，尊贤而亲亲；太公之治齐也，尊贤而尚功，治不同，而道同也，太公之本末彰彰如是。此书直与《水浒》《西游》《平妖》《逸史》一般吊诡，以之消长夏、祛睡魔而已。圣门广大，存而不论可也，又何必究其事之有无哉！"[1]

简言之，对立的观点各有道理，"志不同，而道同"，所以不必执一端而排他。何况，作为通俗小说，娱乐性优先，不必在纲常伦理的抽象道理上深究。

不过，还可有一说：如《封神演义》的"准复调"集中反映出两千年在根本政治伦理上的价值争拗，又间接反映出明代的社会宗教生态、社会政治观念的种种问题，其认识价值未可忽视。其他小说作品不妨亦作如是观也。

---

[1] 褚人获《封神演义序》，转引自《明清小说资料选编》上册，557页，齐鲁书社，1990。

余韵：从昆仑到蜀山

《封神演义》问世后的四百年间，作为民间信仰的伴生物，影响超出了一般意义的通俗小说，一时风光无两。

二十世纪以来，我国民智渐开，认真相信"太公封神""黑虎财神"之类戏论的人群逐渐减小，《封神演义》的评价与影响力也随之下降。

但是，一部有特色、有创建、有底蕴的作品，它的生命力必定是顽强的。如同一棵根系发达的大树，即使枝干枯萎，气候合适时，也会旁逸斜出茁生新芽。

《封神演义》在近百年间正是这样呈现着它的活力。

一方面，它仍然是具有相当多读者的古典名著；另一方面，它内蕴的奇思妙想，它构建的文学天地，又滋乳出另一部（系列）奇妙的文学巨著。

那便是还珠楼主的"蜀山"系列。

所谓"蜀山"系列，包含还珠楼主的一系列作品，主干便是

500多万字的《蜀山剑侠传》，以及由它衍生出来的十几部小说。细玩这一系列作品，会发现很多地方隐约闪动着《封神》的影子。

例如：神仙世界分为正邪两大阵营。如同《封神》中阐教与截教的对立与争斗一样，《蜀山》的主体冲突也是峨眉派与五台派的对立与争斗。

《蜀山》中的仙人们，无论正邪，都面临着宿命的"劫运"，如何对抗"劫数"成为贯穿全书的又一线索；而"劫运"恰恰是"封神榜"的出发点。

《蜀山》中仙人们的神通，很大程度上取决于他们拥有的法宝的威力，于是，如同《封神》中那些奇妙的法宝——杏黄旗、五火神焰扇、九龙神火罩、定海珠、风火轮、金蛟剪、混元金斗等等，寄寓了作者丰富的想象力一样，《蜀山》中仙人们的法宝同样五花八门，都天烈火旗、九天十地辟魔神梭、雪魂珠、法华金光轮、炳灵梭、太乙如意圈、纳芥环，等等，有的带有些许《封神》法宝的影子。

《封神》中使用最多的兵器就是剑，其中别有名堂的如吴钩剑、青锋剑、雌雄剑、诛仙剑、戮仙剑等；《蜀山》既然以"剑侠"名篇，别有名堂的剑就更多了，如紫郢剑、青索剑、七修剑、鸳鸯霹雳剑、南明离火剑等等。

在《封神》中，正邪相争的一个重要方式就是"摆阵"，什么十绝阵、黄河阵、诛仙阵、万仙阵等等；在《蜀山》中，正邪相争"摆阵"的花样更多些，如两仪微尘阵、九子母玄阴大阵、大须弥正反九宫仙阵等等。

在《封神》中,有各种异能奇才之士,如土行孙、张奎的地行术;在《蜀山》中,也有石生、南海双童、法胜等擅长地行。

如此等等。

《蜀山剑侠传》在诸多近现代武侠文学作品中,以其大量的奇思妙想而卓荦不群,还珠楼主的想象力令人佩服,而《封神演义》对他的启发、影响也是不应忽略的。

民族的文学／文化大树根深叶茂,在欣赏、品鉴的同时,如果能够对其枝干脉络也有所了解,其收获必将更加丰厚,兴味必将更加馥郁。

阅读书目

《中国小说史略》 鲁迅 上海古籍出版社 1998。
《中国章回小说考证》 胡适 上海书店 1980。
《中国古典小说导论》 夏志清 安徽文艺出版社 1988。
《中国古代小说演变史》 齐裕焜 敦煌文艺出版社 1990。
《中国小说源流论》 石昌渝 生活·读书·新知三联书店 1994。
《神怪小说史》 林辰 浙江古籍出版社 1998。
《明代小说史》 陈大康 上海文艺出版社 2000。

《和风堂文集》 柳存仁 上海古籍出版社 1991。
《红楼梦、西游记与其他》 余国藩 生活·读书·新知三联书店 2006。

《封神演义：道教文化与文学阐释》 刘彦彦 西安交通大

学出版社　2016。

《中国神魔小说文体研究》　冯汝常　上海三联书店　2009。

《神魔小说与印度密教》　薛克翘　中国大百科全书出版社　2016。

《道教史》　[日]窪德忠　上海译文出版社　1987。

《道教史》　卿希泰　中国社会科学出版社　1994。

《明末佛教研究》　(释)圣严　浙江古籍出版社　2000。